Rick Moody
Garden State

D1735530

SERIE PIPER
Band 1811

Zu diesem Buch

Nach dem »Eissturm« liegt nun auch das bemerkenswerte Debüt der neuen literarischen Entdeckung aus den USA vor: Eine atmosphärisch dichte Milieustudie der jungen Erwachsenen der neunziger Jahre in der amerikanischen Provinz.

Alice, wasserstoffblondiert, mit schwarzem Lippenstift und Minirock, und ihre Freunde leben in einem schäbigen Vorort in New Jersey. Leben ist eigentlich übertrieben, sie hängen herum, träumen von einer Bandkarriere, verwechseln Liebe mit Sex und nehmen Drogen. Gearbeitet wird nur sporadisch. Man wohnt bei den Eltern oder bei Freunden auf dem Sofa. Keiner hat Lust, erwachsen zu werden, denn man weiß ja, was für ein tristes Dasein einen erwartet. Dennoch keimen in diesen Hohlräumen des Lebens zarte Gefühle ...

Rick Moody, geboren 1961, lebt in Brooklyn. Universitätsdozent und Schriftsteller, erhielt für »Garden State« den Pushcart-Press-Editors'-Preis und wird in den USA als »Updike der neuen Generation« gerühmt. In diesem Frühjahr erschien, ebenfalls im Piper Verlag, sein zweiter Roman »Der Eissturm«.

Rick Moody

GARDEN STATE

Roman

Aus dem Amerikanischen von
Michael Hofmann

Piper
München Zürich

Die Originalausgabe erschien 1992 unter dem Titel
»Garden State« bei Pushcart Press in New York.

ISBN 3-492-11811-9
Deutsche Erstausgabe
März 1995
© Rick Moody 1992, 1993
Deutsche Ausgabe:
© R. Piper GmbH & Co. KG, München 1995
Umschlag: Federico Luci
Umschlagmotiv: © Wendell Minor 1989
Foto Umschlagrückseite: Meredith Moody
Gesamtherstellung: Clausen & Bosse, Leck
Printed in Germany

Für John Crutcher
und alle im Hinterzimmer an der 46. Straße

Dank an: Miriam Kuznets, Neil Olson, Eric Ashworth, Helen Schulman, Betsy Lerner, Allen Peacock, Barbara Heller, die Feelies, Laura Browder, Lorimer F. Burns, Susan Schorr, Susanna Sonnenberg, Kennedy Fraser, Melora Wolff, J. K. Eugenides, Donald Antrim, Barbara Jones, Dan Barden, David Means, Cynthia Krupat, Bill Henderson, Caroline Sutton, Julie Rose, alle Saxons, Davis und Moodys.

April

1

Nieselregen überzog Haledon, New Jersey, mit einem traurigen, verkommenen Glanz. Erster April, und Alice, die Rhythmusgitarristin der Critical Ma$$ war faul und schlug zu Hause bei ihrer Mutter die Zeit tot, wie sie während und nach der High-School die Zeit totgeschlagen hatte. Nick, den Schlagzeuger, hatten sie an das städtische College verloren – das war jetzt zwei Wochen her –, und dieser Verlust war für die Band tödlich. Aber bei Ben Dover, der Stammkneipe der Einheimischen (mit Blick über den Fluß Dern im heruntergekommenen Industriegebiet der Stadt), verzeichnete man keine Ausfälle, keine Veränderung des Schauplatzes. Die Kneipenhocker kamen angetappt wie eh und je.

Bahngeleise bildeten die Grenzen von Haledon, ein gleichschenkliges Dreieck im flachen Ostteil des Gartenstaats. Güterzüge rasten durch den Ort wie Blutkörperchen und trugen unaussprechliche Spurenelemente und Gifte mit sich. Sie polterten an den Unfällen vor den Bahnschranken vorbei, an den Schauplätzen von Verbrechen und spätnächtlichen Müllverbrennungen.

Hinter der Stadt ragten im Norden und Westen Hügel auf. Wo Alice jetzt saß, war die Gegend der wohlhabenden Hausbesitzer auf den Steilfelsen an der Stadtgrenze. Von dort konnte man die Weiten der Ebenen von New Jersey sehen – im Osten die Städte Paterson, Fleece, Mahwah; im Süden Jersey City, Tyre, Orange sowie West, East und South Orange. Die eigentliche Stadt erstreckte sich unterhalb der Hügel, und an einer Seite umfuhren die Züge ein

9

Stück herrenloses Land – Züge, die so lang waren, daß sie im Augenblick der Gegenwart noch in der Vergangenheit zu weilen schienen, Züge, die den geschlossenen Kreislauf von Industriegütern bewahrten und bezeugten.

Dann brach über luxuriösen Anwesen auf den Hügeln einen Moment lang die Sonne durch die Wolken; jeder Hektar Land hatte sein eigenes Vokabular an Pflanzen: Eiche, Ahorn, Pinie, Weide, Forsythie, Rhododendron. Vom Sonnenlicht gefleckte Rasenflächen. Alles in numerischen Proportionen.

Zwei Wochen lang hatten Wind und Wetter daran gearbeitet, die Zettel auszubleichen, die Alice an Telefonmasten, Briefkästen und überall dort, wo das Ankleben verboten war, befestigt hatte:

SCHLAGZEUGER GESUCHT.

ORIGINELLES MATERIAL.

BEI ALICE MELDEN.

Und darunter die Telefonnummer.

Sie wurden unablässig ausradiert, diese Buchstaben, vom tristen Frühlingsregen – nur mit einem Industriegift ließ sich seine Erbarmungslosigkeit erklären –, und am Ende glichen die Zettel altem Pergament. Mit den Plakaten von Legionen ungewählter Kandidaten für politische Ämter und den Suchmeldungen nach entlaufenen Haustieren gehörten sie nun zum Inhalt eines toten Briefkastens. Sie waren so unleserlich wie Hieroglyphen.

Es würde sich kein neuer Schlagzeuger finden, obwohl Alice Songs hatte, die sie mit einer neuen Band hätten spielen können. Das Dover war für sie jetzt Ödland. Die alten Akkorde, die leichten Akkorde, die offenen Vokale, die sie gesungen hatte, die dröhnenden schnellen, ganz schnellen Nummern, die Bilder vom Ruhm, die Theorien über alles und jedes. Im Moment war es damit vorbei. Sie war dreiundzwanzig, arbeitslos, wohnte daheim, streunte im Haus ihrer Mutter herum, wo es in jedem Zimmer eine Anlage gab, es gab ein Videogerät, ein Tonbandgerät, ein Großbildschirmfernsehgerät, ein Mobiltelefon. Das war alles, was vom Auszug ihres Vaters im vergangenen Dezember übriggeblieben war. Er wohnte jetzt auf der anderen Seite der Stadt, in einem frisch renovierten Apartment. Er verkaufte Eigentumswohnungen.

Als Alices Mutter mit einer Tüte voller Lebensmittel auftauchte, traf sie ihre Tochter an, wie sie ihre elektrische Gitarre in gefährlichen Bögen herumwirbelte.

Sie bat Alice, vorsichtig zu sein.

Alice brummelte etwas.

Ihre Mutter ging in die Küche und stellte die Lebensmittel auf den alten, wackligen Spieltisch. Alice ging ihr mißmutig hinterher.

»Du errätst nie, was passiert ist«, sagte Mrs. Smail.

Alice durchstöberte die Tüte mit den Lebensmitteln auf dem Klappstuhl, wühlte sich bis ganz unten durch.

»Ich hab im Laden mit Ruthie Francis geredet, und sie hat mir erzählt, daß ihr Sohn Lane, du weißt schon, hierher zurückgezogen ist. Aus heiterem Himmel. Er ist in die Stadt gegangen, und jetzt ist er wieder daheim. Hat eine ganz gute Stelle gehabt, und jetzt ist er wieder daheim.«

Mrs. Smail hielt eine Packung Kartoffelchips vor sich. Sie starrte sie ausdruckslos an.

Alice sagte nichts.

»Alles hat ihn nervös gemacht. Das hat mir zumindest seine Mutter erzählt.«

Alice sah zu, wie die Regale sich wieder füllten. Sie stellte die Tasche mit den Lebensmitteln weg und setzte sich betont sinnlich auf den Stuhl.

»Und?« sagte sie.

»Du hast ihn gekannt, oder?« fragte Evelyn.

11

»Ich hab ihn immer wieder mal gesehen. Er war ein Bekannter von Max. Max, der die Straße runter wohnt. Nicht daß er deswegen zu mir freundlich gewesen wäre oder so.«

»Ach so.«

»Sie waren ganz groß im Schachclub.«

Mrs. Smail hielt inne. Sie beobachtete, was draußen vor sich ging, durch ein kleines Fenster neben dem Kühlschrank.

»Ja, Dennis –«

»Natürlich«, sagte Mrs. Smail. »Na, ich hab eben gedacht, es ist interessant, daß« – draußen stürzte sich eine Krähe von einem Baum und schnappte etwas vom Rasen auf –, »er da ist und du da bist. Ihr beide –«

»Nett.« Alice stieß gegen die Salz- und Pfefferstreuer auf dem Tisch und warf sie beim Aufstehen um. Dem Klappstuhl versetzte sie zum Abschied einen Stoß.

Evelyn Smail setzte sich hin. Sie wühlte die Tasche zu ihren Füßen durch. Wieder einmal stellte sie fest, daß sie eine angebrochene Packung Aspirin gekauft hatte. Sie hatte Angst vor Waren, die nicht versiegelt waren. Einmal hatte ihre Tochter sie im Supermarkt herausgefordert. Sie sollte aus einem Wasserkanister ohne Verschluß trinken, was eine lächerliche Mutprobe war. Aber dann hatte sie, als Alice nicht hinsah, den Kanister genommen und gierig daraus getrunken. Danach hatte sie sich stark gefühlt.

In der Zwischenzeit hatte Alice sich im Wohnzimmer in ihren Tagträumen abgeschottet. Vor zwei Wochen war sie über die Ebenen von New Jersey gefahren und hatte versucht, damit fertig zu werden, daß Nick sich aus der Band zurückgezogen hatte. Inmitten der trostlosen Sümpfe vor Newark war sie an einem Auto vorbeigekommen, das mit der Nase nach unten am Straßenrand lag. Über ihr der Pulaski Skyway. In der Bucht stockten in allen Spektralfarben schillernde chemische Abwässer. Über der Ebene rasten

Wolken. Das Auto brannte, und Alice hielt an, um zuzusehen. Neben ihr das Brausen überhöhter Geschwindigkeit. Über den Sümpfen steif im Wind gleitende Möwen, der schwelende Rauch und die Flammen in wirbelnden Spiralen. Es tauchte kein Fahrer auf, der, fluchend wegen des Verlusts seines Autos, im Kies am Straßenrand entlangstolperte. Die Behörden traten nicht in Erscheinung. Nur Alice und das verlassene Auto.

Das erinnerte sie an Mike Maas. Ein Typ, der sich damals, als sie alle noch jünger waren, tatsächlich selber in Brand gesteckt hatte. Es war nahe der Bundesstraße 81 gewesen, im Sumpf. Er übergoß sich mit bleifreiem Benzin, zündete es an und wankte dann auf die Standspur. Es war der berühmteste Stau durch Gaffer in der Geschichte des Gartenstaats. Es war die berühmteste Selbstverbrennung. Trotzdem war die Erinnerung daran bloß eine Erinnerung. Jetzt änderte es nichts. Was hätte schon etwas geändert? Nicht einmal Scarlett, die Baßgitarristin der Critical Ma$$, die einzige aus der Band, die Alice mochte. Sie sah dem Auto beim Brennen zu. Sie dachte an Versicherungsbetrug. Sie dachte an die Zukunft. Sie war wieder im Wohnzimmer; sie war draußen auf der Straße.

Das Licht wurde blaß. Der erste April war ohne Insekten nach Haledon gekommen, aber die Freude darüber hatte etwas Unheilschwangeres. Der Regen hatte sich ausgeregnet. Diese Wolkenformationen am Himmel würden bald in Paterson und Ho-Ho-Kus zu sehen sein, und dann in Bolt, Fleece, im Staat New York – wie eine wichtige Nachricht, die über den Fernsehbildschirm rollt. Mrs. Smail öffnete die breiten Verandafenster. Die Vögel zwitscherten. Die Luft war feucht und schwer. Sie setzte sich in einen Korbstuhl und nippte an ihrem Drink.

Das abgerissene Geräusch von Alices Stereoanlage oben

und der Klang ihrer elektrischen Gitarre, der an einer Stelle immer wieder den Faden durch eine Nadel zu ziehen versuchte, hörten sich für Mrs. Smail einsam an. Aber für sie hörte sich vieles so an. Der Güterzug zum Beispiel, der gerade an der einen Seite der Stadt vorbeifuhr oder an der anderen.

Hinter dem strähnigen weißen Haar ihrer Tochter, ihrem schwarzen Lippenstift, ihrer zerrissenen Jeans, ihrem Hundehalsband und ihren Stiefeln mit Stahlspitzen sah Evelyn Smail in ihrer Erinnerung noch immer das wollüstig weiche Mädchen – dicke rotblonde Locken, Babyspeck. Ungeachtet der Taktlosigkeiten, die Alice sich leistete, der Meinungen, die sie vertrat, wurde ihre Mutter noch immer vom Bild der Vergangenheit beherrscht. Oder mindestens bis vor kurzem. Oder vielleicht war auch die Vergangenheit unablässig ausradiert worden. Zum Beispiel war Mrs. Smail während ihrer Tätigkeit als Anwältin mißbrauchter Kinder an einen Satz anatomischer Puppen gekommen. Für ihre totemgleichen Erektionen und höhlenhaften Öffnungen hatte sie kaum Verwendung, sie waren ihr jedoch so zuwider, daß es ihr schwerfiel, sie der entsprechenden Behörde zurückzugeben. Als sie eines Tages nicht mehr da waren, wußte sie sofort, wer sie hatte.

Später hatte Alice sie natürlich in die Schule mitgenommen. Sie war mit einem allseits verachteten, erbärmlichen kleinen Fiesling in der Jungentoilette verschwunden, wo sie ihn mit Hilfe des Puppenpaars in das Ritual der Paarung eingeweiht hatte.

Ist das alles? hatte Mrs. Smail sich auf dem Weg zur Schulleitung gefragt. Nicht mehr als das? Es kam zu keinem anstifterischen Handanlegen. Nichts Abartigem. Worin bestand das Problem? Die beiden waren einfach mit den Puppen erwischt worden. Ihre Hände umfaßten seine Hände, die die Puppen umfaßten.

Das war der erste von vielen ähnlichen Vorfällen. Alice wurde dann in langwierige Gespräche mit den Schulpsychologen verwickelt, Experten auf diesem Gebiet. Was auch immer ihr Denken durcheinanderbrachte, es entging ihnen. Mit einer Hingabe, die nur zeitweise nachließ, war Mrs. Smail dem Glauben treu geblieben, daß in ihrer Tochter mit Anfang zwanzig etwas Sanftes und Nettes zum Vorschein kommen würde. Aber alles, was ihr begegnete, war Arbeitslosigkeit, ein steter Strom ungesunder Freunde und Rock 'n' Roll. Während der Fastenzeit, hatte Mrs. Smail sich gelobt, durfte Alice noch bleiben. Während der Fastenzeit würde sie ihren Auszug nicht zur Sprache bringen. Damit blieben ihr noch sechs Tage.

Das Gebüsch draußen wurde von einer Gestalt auseinandergeschoben, die in voller Größe in der Fensterscheibe vor Mrs. Smail auftauchte. Von dem Gesicht des Jungen konnte sie lediglich die Sonnenbrille erkennen. Er redete mit den Händen als Trichter vor dem Mund.

»Ich bin's«, sagte er. »Ich bin's, Dennis.«

Eine jugendliche Methode, sich seiner Angebeteten zu nähern, eine moderne Version des Bäumekletterns und der Dachrinnengymnastik ihrer eigenen Generation. Nun, sie bat ihn, auf dem normalen Weg hereinzukommen und ihr noch einen Drink zu machen. Wenn er wolle, könne er sich selbst auch einen nehmen.

Bald saß Dennis in einem Korbstuhl Mrs. Smail gegenüber und hielt ein Bein vorsichtig über das andere geschlagen. Er schien kein Bedürfnis zum Reden zu verspüren. Mrs. Smail beobachtete ihn, wie er sie beobachtete. Sein Haar war ein hoffnungsloser Wirrwarr abstehender Zotteln. Einen Zentimeter unterhalb seiner Unterlippe sproß ein Bärtchen. Er trug Jeans voller Farbspritzer und hatte einen Schraubenschlüssel in der Tasche. Er trug ein zerrissenes weißes T-Shirt.

Oben hörte eine Platte auf.

Noch einmal bemerkte Mrs. Smail etwas über Dennis' Mutter Ruthie. Sie hatte kein Talent zur Unterhaltung, vor allem nicht mit jungen Leuten, und hielt sich an vertraute Themen.

Dennis erinnerte sie daran, daß Ruthie seine Stiefmutter sei, daß seine richtige Mutter in Paramus lebe. Aber Mrs. Smail dachte diesen biographischen Details voraus. Sie dachte an die Frage, die sie schon die ganze Zeit über hatte stellen wollen. An seinen Bruder, an –

»Stiefbruder«, sagte Dennis.

Es entstand eine Verlegenheitspause, und dann stand er auf, um zu gehen. Die Augenblicke, die man notwendigerweise mit den Angehörigen eines Mädchens zu verbringen hatte, waren vorüber. Er wurde nicht rot. Er stand einfach auf. Mrs. Smail blieb sitzen.

Oben waren Plattenhüllen verstreut wie abgefallene Blütenblätter. Hinter zugezogenen Jalousien lag das Zimmer in fahlem Dunst. Alice saß in der Mitte auf dem Fußboden, neben der Skulptur, mit der sie sich nebenbei mehrere Jahre lang beschäftigt hatte: ein auf der Seite gekippter Klappstuhl mit Besteck aus rostfreiem Stahl, das in Schlingen und Spiralen um seine Verstrebungen und Beine gewickelt war. Dazwischengestreut, an ausgewählten Stellen angeleimt oder mit Klebeband befestigt Aschenbecherinhalte, Unterwäsche, Kondome, Handschellen, Plastikdinosaurier und Infanteriesoldaten.

Alice spielte jetzt ohne Strom auf ihrer Gitarre, schnalzte im Rhythmus eines immer wiederholten Akkordpaars mit der Zunge. Dennis sah ihr zu.

Monat für Monat war er nun abends hierher gekommen, etwa seitdem ihr Vater ausgezogen war. Eigentlich um mit ihr zu schlafen, so dachte er wenigstens, und obwohl sie es taten, gab es zwischen jedem Mal lange Abstände. Bei ihm war es ein Bedürfnis, ein andauerndes, dringendes Bedürfnis, doch bei Alice herrschten in diesen Dingen strenge Regeln. Dennis war zu hilflos, er fand die Sprache nicht, die den Akt hervorgebracht hätte. Es gab diese Sprache, aber er hatte ihre Worte nicht gelernt. Bei Alice gab es gewisse Anzeichen, und manchmal durfte er sie küssen, ihr einen Finger in die Gürtelschlaufe stecken: wenn ein Zug vorbeifuhr, wenn Alice etwas Blaues anhatte, wenn irgendwo Sirenen heulten, wenn der Mond nicht schien, wenn Amphetamine über den Teppich rollten. Aber diese Dinge waren keinesfalls klar. Dennoch: An diesem Nachmittag hatte Alice etwas Blaues an – einen zerrissenen Jeansrock.

Dennis räumte ein paar Wäschestücke am Boden aus dem Weg und ließ sich neben ihr nieder.

»Hab unten mit deiner Ma geredet«, sagte er.

Sie lehnte ihre Gitarre gegen den Verstärker.

»Irgendwas angestellt heute?« sagte sie. »Jemand reingelegt?«

»Deine Ma vielleicht.«

Sie waren alt genug, um nicht warten zu müssen, bis Mrs. Smail ausgegangen war, obwohl das lästige Warten der Jugendzeit Möglichkeiten eröffnet hatte, die es jetzt nicht mehr gab. Das Erwachsensein war arm an Phantasie. Man brauchte sich nicht mehr in den Schrank, unter das Bett zu quetschen. Alice hatte herausgefunden, daß sie weniger wollte, sich aber mehr erlauben konnte. Wenn Dennis sich über sie hermachte, hatte sie – obwohl sie strenggenommen gar nichts fühlte – das Gefühl, daß der Tag einen Sinn hatte. Sie stieß ihn um. Sie rutschten auf den Boden. Sie lachten. Alice schaffte es, eine Schallplatte auf den Plattenteller zu werfen, während er sie mit seiner Zunge bearbeitete. Sie nahm sich die Zeit, sich die richtige Platte zu überlegen, und verlor darüber nicht die Beherrschung. Dennis versuchte, ihr einen Schlüpfer über den Kopf zu ziehen, dann über den Mund. Sobald er sich in sie hineingekämpft hatte, schlug Alice zurück und entwaffnete ihn dadurch, daß sie ihm die Hände mit den Beinen seiner Jeans zusammenband. Vielleicht wollte er ja, daß sie ihm die Hände zusammenband. Es war unschön und umständlich und dauerte lang. Vögeln war nichts, was die Welt verändern würde. Danach legten sie sich auf die Seite und warteten darauf, daß ihr Pulsschlag sich verlangsamte.

Unten schenkte sich Mrs. Smail noch einen Drink ein. An der Bar wählte sie eine der Flaschen aus Kristall, die unangemessen wie Staub in ihrem Haus geblieben waren, während es so viele andere Dinge gab, die sie einst besessen und verloren hatte.

Sie hatte den europäischen Vorführwagen behalten. Er gehörte ihr. Er hatte sie getröstet, bis alle Wagen der Serie zurückgerufen wurden, weil sie von selbst starteten. Eine Frau in der Nachbarschaft hatte ihren Mann überfahren. Wenn doch Mrs. Smail nur ihren Mann hätte überfahren können. Wenn sie ihn nur eines Tages draußen in der Einfahrt stehen sehen würde.

Und sie hatte das ganze Silber. Sie benützte das Silber, um Apfelmus aus dem Glas zu löffeln, um künstlichen Käse aufzuschneiden, um chinesisches Essen vom Heimservice aufzulegen, weil das Silber alles war, was ihr jetzt noch blieb. Und sie hatte das Haus. Doch wie wenig gab es, was sie wirklich zu erfreuen vermochte – früher war ihr beim Anblick der Sonnenuntergänge von New Jersey das Herz vor Glück übergeflossen, oder wenn sie die Kirchtürme sah, die auf den Hügeln oberhalb von Haledon verstreut aufblinkten, oder die schwarzen Eichhörnchen, die hier und nirgendwo sonst lebten.

An einem Abend wie diesem rief sie mitunter ihren Exgatten an, um ihm Vorwürfe ins Ohr zu schreien (und dabei dachte sie nicht nur an die Besitztümer, die er mitgenommen hatte). Doch heute abend hatte sie sich für eine Spazierfahrt entschieden. Ja, eine Spazierfahrt. Es war jetzt kühler, und die Abende schienen länger zu werden. Das Aprilabendlicht schien die Träume von Brandstiftern zu beleuchten. Der Sonnenuntergang schwelte über den Ausläufern der Berge.

Vom Fuß der Treppe aus rief Mrs. Smail zu ihrer Tochter hinauf: »Ich bin gleich wieder da. Ich mache nur eine kleine Spazierfahrt.«

Sie erwartete keine Antwort im Lärm des Plattenspielers, es kam keine.

Sex roch für Alice nach industriellen Abfallprodukten. Es mußten dabei genauso starke Chemikalien im Spiel sein, solche, die organisch und gefährlich zugleich waren. Manchmal bildete sie sich während des Tages den Geruch von Spermaflüssigkeit ein. Auch Guacamole oder frische Tinte rochen schwach nach Sperma. Und Sex drang aus Worten – Wortbildern, Klängen. Sowie sie versuchte, die Sache zu ignorieren, tauchte sie in allem auf.

»Also, erzähl mir von deinem Stiefbruder«, sagte Alice. Sie lag auf dem Rücken, den Kopf mitten in einem Wäschehaufen auf dem Boden. Sie zog ihre schwarze Stretchhose wieder über ihre Hüften hinauf.

»Welchem?« fragte Dennis.

»Hast du außer Lane noch einen?«

»Nee.«

»Also, was ist los mit ihm?«

Dennis warf seine schwach glimmende Zigarette auf den umgekippten Stuhl in der Zimmermitte.

»Gar nichts.«

»Und ob. Warum ist er denn sonst zurückgekommen?

Nicht wegen dem ländlichen Luxus oder so. Ich hab gedacht, es hätte geheißen, rauskommen und draußen bleiben.«

Dennis starrte auf die Schallplattenhülle auf dem Boden. Er betrachtete sie, ohne Antwort zu geben. Es war das Album mit der Karte vom Radongürtel darauf. Eine Infrarotkarte, auf der die Verbreitungsgebiete hervorgehoben waren.

Alice fragte Dennis, ob er Kartoffelchips oder duschen wolle. Sie könnten ja gemeinsam duschen. Dennis wollte Chips. Auf dem Flur war es stockdunkel. Sie stießen gegeneinander, gegen Treppengeländer und offene Umzugskisten. Oben an der Treppe wartete Dennis. Sie packte ihn an den Handgelenken. Sie lachten beide.

»Warum willst du's mir nicht sagen?«

»Was?« sagte er.

»Na, wegen ihm.«

»Weil nichts ist. Ich weiß es nicht. Wahrscheinlich hat er Heimweh oder so.«

»Heimweh nach hier?«

»Na ja, aber jetzt geht's ihm wahrscheinlich bald besser. Wenn er jetzt nicht überall Heimweh hat.«

Daß Mrs. Smail fort war, fiel nicht auf. Zwischen Alice und ihrer Mutter vergingen manchmal ganze Tage so. Mit einemmal war sie mit Dennis in der Speisekammer, als hätte sich das Haus mit Nacht vollgefüllt und wäre riesengroß geworden und sie hätten sich in Flügeln und Anbauten verirrt. Im Schrank fanden sie die Kartoffelchips und reichten die Tüte hin und her, nahmen die Tüte mit auf ihre Tour durch die unmöblierten Gewölbe im Erdgeschoß, gingen von der Küche durchs Wohnzimmer auf die Veranda.

Zwischen Alices Beinen kam etwas herausgetropft.

»Wir sollten ein Bier trinken gehen«, sagte sie.

Im Eßzimmer streifte Alice über den Schalter an einer

Wand, und ein Lüster warf Licht über den Staub, der zu ihren Füßen kugelte.

»Nehmen wir den Bus?«

»Genau«, sagte Alice.

»Wir könnten in die Stadt«, sagte Dennis. Doch den Vorschlag machte er oft. »Oder wir könnten einfach ins Dover rüber.«

»Genau«, sagte Alice. »Ins Dover.«

Und bald knallten sie die Türen von Dennis' Bus zu, der vor dem Haus der Smails geparkt stand. Auf den Straßen draußen spürten ihre Scheinwerfer die Reste von Alices Zetteln an Postkästen und Telefonmasten auf.

Bei jedem Auto auf dem Parkplatz vor dem Dover fehlte ein Scheinwerfer. Die Kneipe selbst hatte zwei Gesichter. Erst kamen die Arbeiter aus der Gummifabrik vom anderen Ufer des Flusses, die am Abend ihr Zuhause mieden, einen draufmachten. Und dann um zehn Uhr herum der erste Schwall Jugendlicher. Beide Gruppen waren Stammkunden.

Früher hatte die Nachtschicht aus Jugendlichen von der High-School bestanden, aber das gesetzliche Alter für den Alkoholausschank war zentimeterweise heraufgesetzt worden. Jetzt waren es hauptsächlich Collegeleute (von der staatlichen Schule). Die Abschlußklassen der Haledon-High-School, die mit der Zeit in die Jahre gekommen waren, beherrschten das Dover mehrheitlich und waren fähig, bei der geringsten Provokation einen von den Proleten des Hauses zu verweisen. Der Geschmack dieser Schicht herrschte vor, und die Zeit schien seitdem stehengeblieben zu sein.

An der Rückwand verfügten die Bands über ein einen Quadratmeter großes Podium. Zum Tanzen war kein Platz, aber hier tanzte sowieso niemand. Auf der Bühne warf sich niemand wild hin und her, es ertönten keine komplizierten Gleichklänge. In den Gängen zwischen den Tischen wurde nicht getanzt. Die Lautsprecheranlage im Dover stammte aus früheren Zeiten, von Square-Dance-Veranstaltungen oder öffentlichen Versteigerungen. Der Sound war schmierig und bedrohlich wie die quietschenden Bremsen eines schleudernden Autos. Der Klang der Gitarren, der nur zum Teil durch den Verstärker erzeugt wurde, war für die Bands selbst nicht zu hören. Darum drehten sie noch lauter auf. Durch den akustischen Brei im Dover brach sich immer nur ein schmaler Klangkorridor, und das führte zu der lyrischen Dunkelheit der Bands in Haledon und zur Vorherrschaft von *Metal*.

Als Alice und Dennis hinkamen, spielte D'Onofrio. Sie kamen einmal im Monat in einem grauen Econoline-Bus von Paramus herüber. Alice hatte sie von Anfang an nicht leiden können, ihre abgedroschenen Texte – ich brauch dich so, laß uns Spaß haben, sei nicht gemein zu mir –, ihre Unfähigkeit, den Bassisten dazu zu bringen, die Akkordwechsel zu lernen, ihre geklauten Zierfelgen, ihre Plateausohlen.

Sie und Dennis tranken am Ecktisch, sie saßen nahe genug beieinander, um sich nicht verrenken zu müssen, wenn sie einander in die Ohren brüllten. Während Alice der Band zusah, küßte Dennis sie im Nacken. Sie schob ihn weg. Für die kleinste Kleinigkeit war er dankbar. Der Abend war ätzend, aber Dennis war jedenfalls dankbar. Alice fiel ein, daß sie geschworen hatte, nie wieder hierherzukommen, und schon wieder saß sie hier.

Dann kam Louis, der erste Gitarrist der Critical Ma$$, herein. Er trug seine rosa Lederhose und ein bis zur Taille offenes schwarzes Satinhemd, ein ledernes Hundehalsband, einen Fleck Rouge. Alice rutschte auf ihrem Stuhl ein Stück tiefer. Eine Zeitlang kippte L. G. an der Bar süße Drinks, aber als Alice ihn schon vergaß und aufhörte, jede seiner

Bewegungen zu verfolgen, ging er auf die Bühne zu. Bald hopste er da oben mit D'Onofrio herum und schnallte sich eine Gitarre um. Dann fingen sie an mit »Devil on the Devil Train«. Sogar Alice spürte, wie ihr Puls den ersten Einsatz aufnahm. Es war einer von diesen ganz gewissen Songs. Manche Klänge waren für die Kneipenhocker von Haledon wie Herzschrittmacher, Herzlungenmaschinen eines Zeitalters, schrille Harmonien, die nicht ganz stimmten, Solos, so schnell wie automatische Gewehre, Melodien wie Industrielärm. Es fuhr einem ins Blut.

Alice fühlte sich so mies wie seit Jahren nicht mehr. Als der tobende Refrain kam, wurde ihr klar, daß die Jahre seit der High-School nichts gebracht hatten und daß die Jahre, die sie vor sich hatte, auch nichts bringen würden. Nichts war jemals schlimmer gewesen als das, nicht die Trennung ihrer Eltern, nicht der Tod von Mike Maas, keine globale Katastrophe – es war alles unwichtig. Vielleicht lag es am Alkohol.

Die Aufmerksamkeit aller richtete sich auf das Schlußsolo. L. G. hämmerte auf den Gitarrenhals, auf die oberen Bünde. Der Song ratschte wie immer ruckartig zu Ende und alle standen auf. Applaus, Applaus. Mit Sicherheit würde als nächstes »West of Network« kommen. Es war die Sensation in einer völlig unsensationellen Stadt.

»Ich weiß nicht, was ich machen soll«, sagte Alice, während sie Dennis' Kopf nah an ihren Mund hielt, ihre Wange an einem Klumpen ungekämmter Haare lag. »Ich schwör's dir, Dennis, ich weiß es nicht.«

Dennis ließ sie ausreden, dann deutete er auf sein Ohr und schüttelte den Kopf.

Nach einem zweiten Beifallssturm war der Song vorbei. L. G. schnallte die Gitarre ab, warf sie, als wäre es ein großer Konzertsaal, irgend jemandem, der unten stand, zu und sprang vom Podium in die Menge. Er drehte den dritten

Hocker an Alices Tisch um und setzte sich verkehrt herum darauf; seine Hände legte er oben drüber, als wären es berühmte Schmuckstücke. Unverbindlich begrüßten sie einander.

»Hör mal«, sagte L. G., »ich stelle mich bei dieser Band vor, Slaughterhouse.«

Alice verschränkte die Arme.

»Es war eh alles im Arsch. Und wo Nick jetzt weg ist –«

»Mach, was du willst«, sagte Alice.

»Slaughterhouse hat einen Manager. Die sind Profis. Sie sind sozusagen auf 'nem Profi-Level. Und weil wir –«

Sie beugte sich jetzt nach vorn, zeigte mit dem Finger auf ihn. »Ich kann's nicht glauben, daß du darauf reinfällst. Da spielst du Marschmusik.«

L. G. ließ sich nichts anmerken.

»Manchmal bist du ein richtiges Aas.«

Alice lächelte. Der Krach an der Bar, als die Leute von D'Onofrio anfingen, ihre Ausrüstung wegzuräumen, das trat für Alice alles in den Hintergrund. Sie starrte ihn an. »Mach, scheiß noch mal, was du willst. Hat auf lange Sicht ja doch nichts zu sagen.«

Er grinste. Mit nach oben gedrehten Handflächen stand er auf.

»Also, paß auf«, sagte er. »Nichts für ungut, was mich betrifft. Ich laß am Samstag 'ne Fete steigen, mit Musik. Ich hoffe, ihr zwei könnt kommen.«

»Lieber laß ich mich von einem Zug überfahren«, sagte Alice.

Genau in dem Moment ließ der Barmann eine ganze Ladung Bierkrüge fallen, die frisch aus der Dreißigsekundenspülung mit einem gefährlichen Reinigungsmittel kamen. Als L. G. auf die Tür zusteuerte, hörten die Gespräche auf. Dann setzte der Kneipenlärm wieder ein.

Als sich die Menge zur nächsten Band umdrehte, blieben

Alice und Dennis, wo sie waren. Hammerharte Kids mit Iro-
kesenschnitt und gelbsüchtigen Gesichtern packten Instru-
mente aus zweiter Hand aus. Über den Abend hatte sich
etwas Undurchdringliches gelegt, und Alice fühlte sich von
heißen Empfindungen überflutet, über die sie nicht reden
konnte. Wut war das einzige, was sie unterscheiden konnte,
aber es steckte noch mehr als Wut dahinter. Nach ein paar
Nummern in mörderischem Tempo kam Alice zu dem
Schluß, daß Sex vielleicht doch etwas helfen würde. Sie
packte sich Dennis und drückte ihn an sich. Sie packte den
Kragen seines T-Shirts und dehnte ihn, so weit sie konnte. In
dieser Haltung stolperten sie hinaus.

Ganz durcheinander wachte er in seinem Zimmer wieder
auf, erinnerte sich noch nicht daran, hatte noch nicht das
Gefühl, zu heißen, wie er hieß, Lane, hatte nicht das Gefühl, der von allen geliebte Sohn, der Stiefsohn oder Stiefbruder zu sein, hatte nicht das Gefühl, fort zu sein aus dem
spärlich möblierten Loch, das zu bezahlen er sich abgemüht
hatte, hatte nicht das Gefühl, er selbst zu sein. Wie war er
hierhergekommen? Die Farbe Rosa lag über allem; das Gefühl von Übelkeit und das Gefühl, dauernd zu spät zu seiner
Verabredung zu kommen. Das war das einzige, was er
wußte, als er wach war.

Er hatte sich abgemeldet. Jetzt kam es ihm wieder.

Jetzt war die geblümte Tapete in seinem Schlafzimmer
überhaupt nicht geblümt, sondern mit Doppelspiralen voll
genetischer Informationen bedeckt. Daß er diese Ideo-
gramme plötzlich lesen konnte, überraschte ihn nicht. Das
rote Blinklicht in jedem Muster, das Gen seiner Verrückt-
heit, das seine ganze Kindheit über auf der Lauer gelegen
hatte, zeichnete sich da ab. Also das war er jetzt.

Während er im Bett lag, wartete er darauf, daß Einzelheiten zurückkehrten, als ob sein Leben in einer Entwickler-

lösung für Fotos liegen würde. Zuerst war alles verschwommen. Er wußte, daß er seine Mutter angerufen hatte, nachdem er sie wochenlang gemieden hatte, nachdem er wochenlang ignoriert hatte, was direkt vor ihm war – sein kaputtes Ich –, und ihm fiel ein, daß er sich dann gefühlt hatte, als ob ihm ein Zahn gezogen worden wäre. Bitte komm und hol mich, hatte er schließlich gesagt.

Und jetzt stand er unter Drogen und schlief sechzehn Stunden am Tag. Fortsetzung folgt.

Alice rief sich den Abschiedskuß ins Gedächtnis. Wie Dennis mit den ersten groben Stacheln des Sonnenscheins fortgegangen war, um irgendwo ein paar Linien aufzutreiben. Mit Rabatt für Mitglieder. Doch ehe er fort war, hatte er ihr etwas ins Ohr geflüstert. Einen Rat? Und dann hatte er sie geküßt. Die Einzelheiten lagen im Nebel.

Von ihrem Nackenansatz verlief wie eine Nadel ein Schmerz durch Sehnen, Muskeln, Knochen, vor allem durch ihr Gehirn, und stach ihr von hinten in die Augen. In schwarzer Unterwäsche zog Alice bei einer Schüssel mit trockenen Cornflakes und einem ganzen Karton Saft neben sich ihr Leben zur Rechenschaft. Und es war erst Dienstag: noch weit bis zum Wochenende.

Klar, in Haledon herrschte Rebellion, und klar, sie war ein Teil davon. Es war die Mode. Die Jugendlichen zwischen zehn und dreißig verreckten wie die Fliegen und ließen die Sterbeziffern explodieren. Sie beschämten die Nachhut, die, die gerade aufwuchsen, und zwar nicht nur durch autoerotische Todesarten (Erhängen und andere Arten von Ersticken), sie machten es nicht so monochrom. Es gab noch die Auspuffgase in verschlossenen Garagen, Autounfälle, Drogen in Überdosen, rituelle Entleibungen, Erschießungen und Selbstverbrennungen. Alles hatten sie erlebt, wozu es auch immer gut sein mochte.

In ihrem Katzenjammer glitt sie über die Tatsachen hinweg. Die Geschichte mit der Band. Der Wind der Kernspaltung in ihrer Kernfamilie.

Das Haus wirkte leer. Sie überlegte, welche ihrer persönlichen Dinge sie letzte Nacht verloren hatte. Dann, mitten in den trockenen Cornflakes kam es ihr, der Wortlaut von Dennis' geflüstertem Abschied. Er würde sie vorstellen, wenn sie es wollte. Sie würde bis zum späten Abend warten, und dann würden sie zu ihm rübergehen. »Komm am Nachmittag«, hatte er gesagt, »wir schlagen die Zeit tot.«

Und Lane kennenlernen, das wollte sie. Vielleicht war das krank, aber scheiß drauf.

Mrs. Smail fuhr durch Regenvorhänge, starke Winde, schwache Sicht. Zuvor hatte die Sonne die Niederschläge mit der Strahlkraft billiger religiöser Bildchen überwunden, dann aber hatten die Schauer wieder eingesetzt. Sie war in Redding – einem Ort, den sie in ihrer Jugend zusammen mit ihrem Vater besucht hatte, einem Stahlfabrikanten, aber heute fand sie die Stadt scheußlich. Die Gießereien und Fabriken arbeiteten nicht mehr. Sie brauchte etwas zum Essen.

Ihre Benzinkarte war noch ein Jahr gültig. Wem würde auffallen, daß sie weg war? Es gab das Mittagessen mit der Frau, deren Mann sich erhängt hatte. Es gab Alice. Die einzelnen Dinge des Lebens bewegten sich langsamer, wurden stumpf und ließen Veränderungen nicht mehr zu, und schon spürte Evelyn ihre hysterische Entschlußkraft schwinden. Aber jetzt war sie erst einmal in einem Schnellimbiß. An versengten Resopaltresen verzehrten beklagenswerte Reisende mit erschöpften Mienen und ungebügelter Kleidung ungenießbare Kost. Sie schlürfte ihren heißen Kaffee und aß ihr Sandwich wie alle um sie herum. Truthahn und Weißbrot, von einer hellbraunen, mehlklumpigen Soße durchtränkt – die Spezialität des Hauses. Keiner redete. Während Evelyn aß, schielte sie auf das Wandtelefon neben den heruntergekommenen Toiletten. Die alte Wählscheibe lockte. Sie vermutete, daß das Leben der Männer und Frauen, die sie über die Jahre hinweg kennengelernt hatte – im Gartenstaat und draußen in der offenen Weite –, großenteils plötzlichen Aufbrüchen und demütiger Wiederkehr zum Opfer fiel. Ehe und Scheidung zum Beispiel waren so etwas. Überall sahen die Dinge überall anders besser aus. Überall der Hunger nach einer schlichten, altmodischen Unterhaltung.

In dem Viertel, durch das Dennis und Alice spazierten, verliefen die Häuserreihen in Diagonalen. Die Güterzuggeleise markierten die Endpunkte dieser linierten Segmente, schnitten sie ab. Die Häuser in auffälligen und billigen Farben – Lavendel, Rosa, Magenta – grenzten an die leeren Fabriken von Haledon, den Teil der Stadt, wo Müllhalden, ominöse Umzäunungen, Dachräume und Lagerhäuser neben Kneipen und Nachtclubs existierten, Läden wie dem Dover, dem Go-Go, dem Bottled Blondes. In dem Viertel wimmelte es von Warnschildern vor Hunden, elektrischen Zäunen, Hausalarmanlagen, die das Wort *Einbrecher* kreischten. In einem Delta am Dern – der Wasserstraße, die sich halbherzig und träge durch die Stadt zog – herrschten Männer mit Galgengesichtern über den städtischen Autoschrottplatz. Sie hatten nicht genug Grips für die gröbste Mathematik, aber sie rissen die erotischen Kurven von Kotflügeln, Heckflossen, Motorhaubenverzierungen ab und verkauften die sezierten Karossen an jene Einwohner von Haledon, die den ganzen Frühling damit zu verbringen schienen, die Unterseiten ihrer Autos mit rostigem Werkzeug zu traktieren. Uralte Abschleppwagen lieferten einen steten Strom von Rohmaterial.

Das war das Viertel, in dem Alice und Dennis den Nachmittag vergeudeten. Hier steckten in den Waschmaschinen und Wäschetrocknern genug Stundenlöhne für sein ganzes Leben. Es war ein gutes Viertel für Klempnerarbeiten. Dennis war oft hier. Oben auf den Hügeln glänzten die Armaturen wie polierte Handspiegel. Keine Tankexplosionen durch Faulgase, keine Verstopfungen oder Überschwemmungen störten den Zufluß.

Und er erzählte Alice, daß er oft hierhergekommen war, als er noch jünger gewesen war, während der Maloche in der Abendschule, einfach des Spaziergangs halber. Der Regen fiel stetig und dröge auf sie. Die Straßen und der Spielplatz am Ende des Blocks hatten sich geleert. In Haledon bestand die Gerätschaft der Spielplätze fast vollständig aus ausgemusterten Autoreifen. Wo die beiden gegangen waren, lagen auf den Straßen Glasscherben – zersplitterte Autoscheiben und Bierflaschen. An einem anderen Tag hätte das Sonnenlicht hier unzählige Reflektoren gefunden. Die Zerstörung wäre von anbetungswürdiger Schönheit gewesen. Heute nicht.

Ein Auto ohne Scheinwerfer kam auf der vierspurigen Fahrbahn vorbei und beschleunigte an einem Stoppschild. Dennis und Alice gingen nach links, dann nach rechts und dann nach links. Alle Straßen waren gleich. Sie kamen wieder zu dem Bus zurück, ohne die Richtung geändert zu haben.

Dennis schloß Alice die Beifahrertür auf. Er ging nach hinten, um zu überprüfen, ob alle Werkzeuge, die er brauchte, noch an Ort und Stelle waren, und als er sich vergewissert hatte, sprang er nach vorn.

»Ich sage ja nicht, gleich jetzt oder so«, sagte er, »aber damit könnten wir weit kommen. Mit dem Bus.«

Alice sagte nichts.

Schweigend fuhren sie die gewundene Straße über die Hügel hinauf, eine Straße, wo umgekippte verlassene Autos lagen und das Pflaster mit überfahrenen Tieren übersät war.

Nach dem mexikanischen Essen brachte Dennis sie zum Haus seiner Eltern zurück, einem stattlichen dreistöckigen Gebäude, etwa eine Meile von Alices Zuhause entfernt. Sie gingen hinten um die Garage, tappten lautlos um eine hellgrüne Schlauchrolle, ausgeleerte Abfalltonnen herum. Es fiel noch mehr Regen. Ein paar Außenlampen beleuchteten ihren Weg. An der Tür zum Waschhaus deutete Dennis auf den Holzstapel unter dem niedrigen Dach. Sie würden hinaufklettern.

»Anders geht es nicht«, sagte Dennis.

»Ach, komm. Das Garagentor steht offen. Was ist denn dabei?«

»Wenn du's machen willst, dann mußt du's so machen, wie ich es sage. Bestimmte Sachen gehen nur auf eine bestimmte Art.«

Er lächelte, und sie gab nach. Er stemmte sie hoch.

Über den splitternden Fenstersims hinweg landeten sie mit matschigen Füßen auf einem abgewetzten, hellblauen Teppich in der Diele im zweiten Stock. Als sie an die hintere Tür klopften, antwortete eine schwache Stimme. Alice wischte sich an ihrem Minirock die Hände ab.

Von einer Nachttischlampe spärlich beleuchtet – einer Lampe, die kurze Schatten auf die Frisierkommode, das Bücherregal, den Holzstuhl, die offene Schranktür warf –, zwischen einem Haufen aus Decken, die wie in einer Wäschetrommel verwurstelt waren, rührte Lane sich schwach, mit abgewandtem Gesicht.

»Hey«, sagte Dennis.

Lane sagte nichts.

»Was geht'n ab?« Dennis ließ sich auf den Hocker am Fenster fallen. »Na ja, äh, wir waren grade dabei, die Zeit totzuschlagen, und da haben wir gedacht, wir schauen mal rein.«

Er drehte sich um. Seine Hand kam eine Weile unter den

Laken hervor und zupfte an ihnen herum. Die Hand war ziemlich normal, aber Alice musterte sie und musterte sein skelettartiges Gesicht, seine verblühten blauen Augen.

»Das ist Alice. Wohnt ein Stück die Straße runter«, sagte Dennis.

»Freut mich, dich kennenzulernen«, sagte Lane.

Draußen fuhr heulend ein Güterzug vorbei. Dennis fand in seiner Tasche einen Joint.

»Dir geht's ja echt schlecht«, begann Alice versuchsweise. Sie setzte sich neben dem Bett auf den Boden. Über ihrer Schulter hing zwischen Wolken der Mond. »So was hab ich schon mal erlebt.«

Lane sagte eine Weile lang nichts, und dann bat er Dennis, den Joint nicht zu rauchen oder wenigstens das Fenster aufzumachen.

»Häh?«

»Na, mach schon«, sagte Lane.

Der Sinn der Bitte dämmerte Dennis schließlich, und er beeilte sich, den Joint an seiner Stiefelsohle auszudrücken. Er hatte sich nichts dabei gedacht, wirklich. Die ganze Situation war fürchterlich.

»Früher hab ich mir immer vorgestellt«, sagte Alice, »ich würde zu atmen aufhören und ersticken. Das hab ich gedacht. Ich weiß, daß man das nicht kann, aber das hab ich gedacht.«

Lane fixierte sie mit einem stieren Blick. »Anatomische Puppen«, sagte er, »das warst du, stimmt's?«

Alice lächelte.

»Paßt auf«, sagte er, »wenn mir nach Reden zumute wäre oder so. Ich weiß nicht –«

Lane schaute weg. Er betrachtete die Uhr auf seinem Nachttisch, die nur Zentimeter von seinen Augen entfernt war, den Phosphorstreifen auf dem Sekundenzeiger. Verfliegende Tage.

»Hey, wir waren grade auf dem Weg raus«, sagte Dennis, »wir waren grade am Abheben. Tut mir leid, dich gestört zu haben, echt, Bruder.«

Alice, die neben der Bettkante auf ihren Knien saß, streckte ihm die Hand hin. Mit den unsteten Schatten um ihn, zwischen den ungemütlichen Möbeln, war sein Händedruck fremd, streng und leblos zugleich.

Am Rand der Einfahrt sahen sie einen Polizeiwagen vorbeifahren, und jede dritte Straßenlampe flackerte schwach. Dort tauschten Dennis und Alice ihre Resümees aus.

»Keine große Sache«, meinte Alice. »Da waren andere schon schlimmer dran. Ich wette, daß Mike Maas schlimmer dran war als das.«

Sie grübelten still über Mike nach.

»Lane wird's uns nicht übelnehmen, daß wir reingekommen sind«, sagte Dennis, »er wird sich nicht mal erinnern, daß wir da waren.«

»Es ist ja nichts Besonderes.«

In dem zerborstenen Pflaster standen Pfützen. Der Widerschein der Straßenlampen spielte auf den nassen Flächen. Die verzerrten Spiegelungen wellten sich im Frühlingswind.

»Können wir zu dir zurück?« fragte Dennis.

»Du meinst –«

Eine blöde Frage. Die Fehlschläge eines ganzen Jahres blühten um sie herum auf.

»Darf ich nicht?«

»Nichts drin«, sagte Alice. »Ich geh rüber, Scarlett besuchen. Gönn uns ein paar Tage Pause, okay?«

»Halt«, sagte Dennis. »Moment mal. Laß mich dich wenigstens hinfahren –«

»Vergiß es«, sagte sie. Sie lächelte, als sie es sagte.

So standen sie einen Moment da, die Hände tief in leeren Taschen vergraben.

Mrs. Smail saß auf einem Bett, das ihrer Figur nicht bekam, und starrte das schwarze Wählscheibentelefon an, das sie neben sich gestellt hatte. Sie befand sich in Bristol, Pennsylvania, einer Stadt, die nur aus Kettenlokalen bestand. Sie würde jedoch zurückfahren. Morgen würde sie wieder in den Gartenstaat hinüberfahren, aufhören mit dieser Dummheit, Schluß machen mit diesem Auf-und-Davon, diesem Kopfeinziehen und Deckung suchen. Zitternd würde sie zurückkehren, wie ein Missionar, der sich auf entweihtem Boden fortbewegt, vorsichtig, in großen Bögen. Alles, was jetzt zählte, war, daß sie sich nach ihrem Zuhause sehnte, nach der zuverlässigen täglichen Diät von Verabredungen und Verantwortlichkeiten. Nimmermüdes Beschäftigtsein, der Trost der Gewohnheit.

Sie wühlte in ihrer Handtasche nach ihrem Adreßbuch, einem vergammelten alten Krokoeinband mit kaputter Bindung, das alle Namen und Fetzen ihres Lebens enthielt. Es war nicht da. Schließlich kippte sie die Handtasche auf dem Bett aus und durchsuchte methodisch den Haufen ordentlich gefalteter, an sie selbst geschriebener Zettel. In diesem Haufen steckte so viel von ihrem Leben, so viel vom dicht zusammengeballten Leben. Kurz bevor sie das Adreßbuch fand, das sie in ihre Brieftasche gestopft hatte, faltete sie einen zerknitterten, hellgelben Zettel auseinander:

SCHLAGZEUGER GESUCHT.

ORIGINELLES MATERIAL.

BEI ALICE MELDEN.

NACHRICHT HINTERLASSEN.

2

L. G., Ned und Antonio gründeten die Band mit drei Nummern, die sie bei einer Elternaufführung in der Haledon-High-School bringen durften. Sie wurden zwischen einem Gedichtvortrag und einer Szene aus einer romantischen Komödie eingeschoben. Abendelang probten sie im Übungsraum, gingen immer wieder die gleichen Akkorde durch, eins vier fünf, eins vier fünf, stießen mit ihren Instrumenten Notenständer um, kritzelten Obszönitäten auf die Tafeln der Musiklehrer. Draußen unter dem Fenster waren manchmal Schulschwänzer, die Bier tranken und sporadisch klatschten.

L. G. brachte den anderen beiden etwas bei von Song-Struktur und rhythmischer Variation. Solo, Solo, Refrain, Überleitung, Solo, Refrain, Refrain. Er dehnte seine Stimme bis zum Falsett, wie es die Mode vorschrieb. Bei den Einsätzen hüpfte er. Seine Finger stolperten über die mit Punkten markierten Akkorde des Übungshefts für Anfänger.

Eigentlich war es egal, was sie spielten. Es war etwas, das einem im Blut lag. Das einzige, was eine Rolle spielte, waren die farbigen Scheinwerfer, die zu den kargen und dringlichen Texten flackern sollten. Von Rot nach Grün bei den Beckenschlägen, von Grün nach Blau bei dem hohen schnellen Teil des Solos, das L. G. mühsam von einer Platte abgekupfert hatte.

Und dann kam er zu dem Schluß: Vielleicht eine Frau. Ja, da war eine, die an manchen Tagen draußen auf den Verladerampen rumhing. So schien es im Nachhinein passiert zu sein. Sie war ein bißchen älter. Eine Frau konnte die hohen Töne schaffen, und außerdem gab es noch den kommerziellen Anreiz von Frauen.

Als sie vor Publikum spielten, spielten sie acht Minuten lang. Drei Songs, acht Minuten. Am Ende des ersten Songs waren die Kids aufgesprungen. Ein Aufstand, schlicht und einfach, war dieser Beifallssturm. Die Kids mochten keine Liebesoden oder Komödien mit musikalischer Umrahmung, es sei denn, sie waren im Viervierteltakt. L. G. sang die ersten beiden Songs, und dann kam Alice mit einem. Gute Arbeit.

Als nächstes der Schulball. Gleich nach dem ersten Erfolg. Sie hatten so wenig Material, daß sie eine Mischung aus Songs mit den gleichen Akkorden brachten, man kennt das ja, zum Beispiel E-A-B, immer wieder. Sie spielten fünfunddreißig Minuten lang, modulierten ab und zu, wenn sie mußten, vielleicht zu G-D-E. »Devil on the Devil Train«, »(Baby Talks) Sign Language«, »Out in the World«, »Maybe Maybe«, »Last One out of Town« und »West of Network«.

Alice schrieb einen Song und L. G. ein Instrumentalstück mit dem Titel »Voodoo«, und dann gab es noch ein paar weitere, ziemlich mittelmäßige Originalstücke, aber die Leute auf dem Schulball waren aus dem eigenen Lager. Sie schluckten es. Alice meinte jedes Wort so. Sie war ein Medium, sie stellte den Kontakt her.

Bald probten sie in einer verlassenen Fabrikhalle und riefen einander nachts an, um sich widersprüchliche Einfälle und Erfolgsphantasien mitzuteilen. Tagsüber liefen in der Lagerhalle windige Geschäfte – an den Türen standen in verblassender Schablonenschrift Sachen wie »Sonderangebote aus Plastik«, »E. Z. Versand«, »Damensportkleidung«. Alice übernahm den Namen der Band von einem Zettel, den sie im Aufzug fand.

Als Antonio nicht mehr kam, überredete L. G. Alice, es Nick zu sagen, aber dann war es L. G. selbst, der Nick anwarb. Nick war ein Tier. Wenn er nicht am Schlagzeug saß, befand er sich in einem Zustand der Leblosigkeit. Er verbrachte ganze Tage bei der Tankstelle an der Ostspur der Schnellstraße.

Scarlett kam im Herbst in die Stadt geschneit, nachdem L. G. und Nedd von der High-School abgegangen waren. Die Band war jetzt vielleicht eineinhalb Jahre zusammen. Scarlett hatte im Staat New York ein Durcheinander hinterlassen – so etwas ähnliches sagte sie –, war als Bedienung von Stelle zu Stelle geflogen, hatte Sachen verloren, Geld aus Kassen geklaut. Sie zog nach Haledon, um wieder auf die Reihe zu kommen – sie gehörte zur New-York-Diaspora. Mit der Baßgitarre fing sie an, als sie im Farmboy an der Kasse saß, der Vollwertkostinsel in der Stadt. Auch dort klaute sie, Johannisbrotklößchen mit Joghurtsoße, Karottenkekse und Selleriesaft. Doch in Haledon war alles anders. Die Leute stellten sich einfach blind. Die Art von Eiseskälte.

Und dort lernte Nick sie kennen, im Farmboy. Er beobachtete sie, während andere Tofu, Datteln, Kefir, Hefe, Rumrosinenkuchen bezahlten. Er kam oft vorbei und unterhielt sich locker mit ihr. Und weil Scarlett neu in der Stadt war, weil sie fernsah und vielleicht ein bißchen zuviel trank, weil sie ihre Rückkehr nach Ohio hinauszuschieben versuchte, nahm sie Nick eines Nachts mit zu sich in ihre Wohnung über dem Laden des Kammerjägers. Sie schliefen auf der Couch miteinander, unter einem zerschlissenen Mantel, den Scarlett mitgebracht hatte in den Osten.

Am nächsten Morgen versuchte sie ihn so schnell wie möglich wieder loszuwerden. Wenn sie ihn bloß ansah, bekam sie schon Heimweh. Doch da fiel Nick der Gitarrenkasten auf, und so führte eins zum anderen. Und Scarlett schlüpfte wieder mit ihm unter den Mantel, weil Nick etwas von einer Probe gesagt hatte. Vielleicht wollte sie es sowieso, aber so wurde der Deal bombenfest.

So oder so mußte Nick zur Armee. L. G. war davon beeindruckt, daß Scarlett einmal Diaprojektionen für eine Band im Mittleren Westen gemacht hatte, die einen Sänger hatte, der später einen größeren Plattenvertrag bekam. Alice gefiel ihre künstliche Haarfarbe, ihre Selbstsicherheit. Und außerdem war sie offenbar eine Frau, die rechnen und Anrufe entgegennehmen konnte.

In jenem Herbst, als noch eine Klasse Jugendlicher aus der High-School Richtung College verduftete und billiges Zeug und Stapel verzogener Schallplatten mitnahm, hatte Critical Ma$$ die erste Serie von Wochenendkonzerten im Dover. Sie hatten in allen Diskos gespielt und die zwei Jahre gebraucht, um es von den Dienstagabenden zu den Wochenenden zu bringen. L. G. beschloß, sich noch ein freies Jahr zu genehmigen. Alice beschloß, noch ein Jahr im Pinnacle Coffee Shop zu arbeiten. Dann spielten sie in Oakland, Tenafly, Stadt, Ho-ho-kus, West, East und South Orange, Trivium, mit Scarlett am Baß; es war die letzte Formation der Critical Ma$$. Scarlett war etwa ein Jahr später noch immer bei ihnen, als die Kids langsam von der Handelsschule zurückkamen, nach Jobs als Hausmeister oder Angestellte bei der Bahn suchten, als Nick beschloß, auf das städtische College zu gehen, als die Band immer seltener Auftritte bekam, als sie nur noch ein paarmal pro Monat probten.

Sie wohnte noch immer im dritten Stock über dem Laden des Kammerjägers, und abends flackerte sein Schaufensterlicht und beleuchtete die schmalen Reihen der verschiedenen über den Ladentisch verkauften Gifte und die T-Shirts, die der Kammerjäger hatte drucken lassen, auf denen Comicinsekten Comicqualen erlitten. Wenn der Kammerjäger wie heute abend nichts zu tun hatte, saß er vor seinem Laden, rauchte eine Zigarre und betrachtete teilnahmslos das Leben und Treiben auf der Straße. Er hatte lange auf. Als er am Mittwoch endlich seinen Stuhl zusammenklappte, seine Zigarre ausdrückte und die vier Stufen zu seinem Laden hinaufging, war es schon spät. Kurz darauf tauchte er wieder auf, hustete tief und schleimig, hängte ein Schloß vor das Gitter und machte sich auf den Nachhauseweg.

Scarlett saß im Fenster über ihm. Es war Nacht. An diesem Wochenende würden die Uhren einen Sprung nach vorn machen, und am Ostersonntag würde es so sein, als wollte die Sonne niemals untergehen. Jetzt drehte Scarlett sich vom Fenster weg, schob sich die Baßgitarre wieder auf den Schoß. Der Fernseher stand auf dem Couchtisch, und daneben schillerte ein Martini wie in einer Zeitschriftenanzeige.

Der Summer dröhnte. Hart und unerwartet. Scarlett stellte den Baß weg, stieg über das Fernsehkabel, das zwischen dem Tisch und der Wand baumelte. Doch dann hielt sie sich dazu an, Ruhe zu bewahren. Sie griff sich den Martini, nippte daran, stellte ihn wieder auf den Tisch. Sie beschloß, die Identität des Störenfrieds festzustellen. Wieder steckte sie den Kopf aus dem Fenster. Es wehte ein Wind.

Es war natürlich Alice, und Scarlett hakte ihre Hausschlüssel aus der Gürtelschlaufe und warf sie hinunter.

Als Alice hereinkam, ließ Scarlett ihren Blick flüchtig über die Klamotten ihrer Besucherin gleiten. Schwarze Lederjacke, zerrissener Jeansminirock, schwarze Netzstrümpfe, schwarzer Lippenstift, weißer Gesichtspuder, rote Plastikohrringe. Scarlett spürte, daß ihr die Vitalität fehlte, Alices Freundin zu sein.

»Willst du was trinken? Bin grade selber dabei.«

Alice nickte, und sie flackten sich auf die Couch. Das Fernsehbild flimmerte. Die Drinks kamen und gingen, kamen und gingen. Scarlett gähnte und zupfte an der Baß-gitarre auf ihrem Schoß. Sie redeten über die Geschichte der Band. Lauter anmaßende, eingebildete Leute. Alice gab L. G. die Schuld; sie erzählte Scarlett vom Abend zuvor im Dover. Scarlett nannte ihn einen Hund, aber eigentlich nur Alice zuliebe. Und dann erzählte sie ihr, daß er sie auch angerufen hatte, wegen der Party, der Aprilscherzparty. Sie bezichtigten ihn des Gebrauchs von Moschus und Leopar-denunterhosen, wahre Verbrechen. Sie redeten über seine lüsterne Vorliebe für Stierkämpfe, Ringkämpfe und Frei-zeitanzüge.

Und dann zog Scarlett über Nick her.

»Ein Schmiermittelaffe«, sagte sie. »Schmieren ist so un-gefähr das Schwierigste, was er kapiert. Ein Auto schnell-starten kann er, damit hat sich's auch schon. Eine Frau kann er bestimmt nicht schnellstarten. Was er mit –«

Und dann hörte sie einfach auf.

»Na ja, aber gespielt hat er nicht schlecht«, sagte Scarlett.

Sie schlürften ihre Drinks.

»Aber das ist jetzt vorbei.«

»Tja«, sagte Alice.

Eine Sendestörung. Das Bild verrutschte wieder, und die Figuren flimmerten endlos von oben nach unten, ziellos.

»Willst du am Samstag spielen? Bei dieser Sache?«

»Ach, ich weiß nicht«, sagte Alice. »Was sollen wir denn spielen?«

Sie tranken.

Scarlett stand auf, stolperte über das Fernsehkabel, riß es heraus, steckte es wieder ein. Sie lief in der Wohnung herum, räumte auf. Von der Couch zum Ausguß, um die Getränke aufzufrischen, vom Ausguß zum Schrank, wo sie nach Kissen und einer leichten Sommerdecke suchte, zum Sofa zurück, mit dem Bettzeug beladen, die Herzlichkeit und Fürsorge in Person, bewegte sie sich mit hausfraulichem

Eifer. Scarlett war der Meinung, daß sie das am besten konnte, und während sie sich abmühte, glitt sie in einen Zustand traumlosen Schlafwandelns. Es war schön.

»Was machst du denn da, verdammt nochmal?«

»Bleibst du nicht über Nacht? Da brauchst du nicht mehr den ganzen Weg den Berg raufzugehen. Das dauert ja eine Dreiviertelstunde. Du kannst hier auf dem Sofa schlafen.«

Alice schüttelte heftig den Kopf. »Scheiße, nein. Du kapierst es nicht, Scarlett. Ich nehme den Bus zurück.«

»Ach, komm.«

»Doch.«

Alice gab ihr das Glas. Sie sprang von der Couch auf, als würde sie in Flammen stehen. In Sekundenschnelle war sie die Treppe runter, und Scarlett winkte mit dem halbleeren Glas.

Nach Mitternacht an einem Mittwochabend von Scarlett zu ihr nach Hause ging es zu Fuß wahrscheinlich schneller, aber dann mußte man über die steilen Felsen, durch den fauligen Wald, immer bergauf. Daher setzte Alice sich auf die Bank an der Ecke und wartete, obwohl die Busse zwischen zehn und zwei bloß alle halbe Stunde kamen. Sie sah zu, wie bei Scarlett die Lichter ausgingen. Sie sah zu, wie der Verkehr auf den Straßen nachließ.

Wann würde die Nacht kommen, in der sie nicht draußen sein und warten würde, in der sie nicht Angst haben würde, im Bus ohnmächtig zu werden oder ihre Schlüssel zu verlieren oder sich zu erbrechen oder etwas Lächerliches zu sagen? Wann würde sie nicht mehr vergessen, schlafen zu gehen oder sich auszuziehen? Eine Menge von dem, was verschwunden war, als sie zum erstenmal den Schalter an einem Verstärker umstellte, würde jetzt nie mehr zurückkommen. Aber es gab Sachen, die noch immer okay waren, zum Beispiel wenn der winzige, eisgraue Busfahrer endlich die Türen aufmachte und sie ihn fragte, ob er sie wecken würde, wenn sie oben ankämen, und er nickte und lächelte.

Die Panoramastraße durch den Gartenstaat führte in beiden Richtungen durch Handels- und Industriegebiet, es gab keine störenden Naturbilder, so daß Mrs. Smail in ihrem europäischen Hochleistungswagen das Gaspedal ohne Rücksicht auf Geschwindigkeitsbegrenzungen durchtreten konnte und am Westrand des Staates von Trenton nach Suffern durchraste, leicht und beharrlich und wie nebenbei.

Die Straße wurde von einer Vielzahl von Bäumen und Sträuchern gesäumt, von Antiquitätenläden und Gemüseständen, Blumen- und Lebensmittelgeschäften, aber auch die Handfeuerwaffenfabriken und jene Orte, wo Kaffee durch Kernspaltung entkoffeiniert wurde, waren nicht weit weg. Nur gab es niemanden, der auf die Uhr sah, während sie fuhr, so daß sie langsamer wurde und trödelte, ehe sie in den Donnerstagsfeierabendverkehr geriet.

Sie steckte fest. Etwas in ihrem Kopf war nicht geklärt. Es war der natürliche Zustand. Entbehrung, Verwirrung und stille Verzweiflung waren der natürliche Zustand. Genau so ergoß sich die Nebenstraße, auf der sie durch die halbherzigen Berge des Gartenstaats mit seinen wehmütigen Biegungen und Ausblicken Slalom fuhr, plötzlich auf die Schnellstraße. Ampeln, Schnellimbißbuden, Autorestaurants, Kohlenmonoxid, Großhandelsläden, künstliches Gebüsch und Zedernspäne, grell bemalte Abfallbehälter. Ab hier nichts als Kommerz.

Das Ganze passierte genau zu der Zeit, als New Jersey das Gesetz widerrief, durch das in seinen Grenzen Selbstbedienungstankstellen verboten worden waren. Nun waren sie überall und trafen auf die Kreuzzüglerin in Mrs. Smail. Ihr paßte die Anstrengung, die damit verbunden war, nicht – die kugelsicheren Häuschen, die scheppernden Metallschubladen und Mikrofone. Trotzdem würden sie nun bleiben, diese Bunker. Und als Mrs. Smail zum Tanken von der Schnellstraße abbog, traf sie gleich wieder auf eine Selbstbedienungseinrichtung. Als sie ihr Auto abschloß, malte sie sich eine Volksbewegung aus, die Widerstand leistete; sie würde sich an die Spitze der Bewegung setzen, sobald sie wieder in der Stadt war.

Evelyn überquerte die Insel mit den Zapfsäulen und kam, einen Fünfer schwenkend, zu dem Kassiererhäuschen.

»Super«, sagte sie.

Das kalte, elektrifizierte, betonte Englisch des Angestellten knirschte durch die Gegensprechanlage. Er bat sie, lauter zu sprechen. Er deutete auf den Mikrofonbereich.

»Super«, sagte sie und wurde kühner: »Und was ist, wenn ich das Öl gewechselt haben möchte?«

Der Angestellte zuckte die Achseln.

Er deutete mit dem Leuchtstift, den er benutzte, um ein Wortsuchspiel auszufüllen. Er deutete auf die Insel mit den Zapfsäulen. »Da gibt es Lappen. Gleich da drüben.«

Mrs. Smail hob ihre mit Armreifen bestückten Arme. Sie sagte, daß sie es nicht könne. Sie sagte, daß sie nicht einmal wisse, wo sie anfangen solle.

Der Angestellte schüttelte den Kopf.

»Zeigen Sie mir doch bloß, wie«, sagte sie.

Zusammenfassend warf sie den Fünf-Dollar-Schein auf den drehbaren Metallteller und ging zu ihrem Auto zurück, in der Gewißheit, daß er ihr nachkommen würde. Und das tat er, nachdem er seinen Bunker mit einem Schlüssel aus einem Riesenhaufen von Schlüsseln abgesperrt hatte.

Als die Pumpe auf An stand – das tat Mrs. Smail selbst, nachdem sie die Motorhaube geöffnet hatte –, blieb sie in der Nähe, während er gemächlich den Meßstab abwischte.

»Sieht in Ordnung aus«, sagte er. »Alles in Ordnung.«

Und genau in dem Augenblick, als er fertig war, startete Mrs. Smails Auto gemäß einem dunklen und hieroglyphischen Schaltkreis, der sich nie würde vollständig aufklären lassen, durch ein bedrohliches Aufeinandertreffen von Technik und Zufall von selbst. Trotz angezogener Handbremse startete es und beschleunigte mit unheimlicher Geschwindigkeit.

Als es geschah, stand Mrs. Smail in Gedanken versunken mit den Handflächen am Beifahrerfenster, sie dachte an zu Hause. Sie wurde in einem Augenblick milder Zufriedenheit überrascht. Sie wurde zurückgeschleudert, entweder durch zentrifugale oder durch psychische Kräfte. Der Tankwart wurde ebenfalls zurückgeschleudert, stolperte über die Insel, stürzte. Die Motorhaube knallte zu, während das Auto nach links – schlecht eingefädelt – auf die Hauptverkehrsstraße des Gartenstaats schoß. Als es auf der Überholspur auf einen Luxuswagen prallte, beugte Evelyn sich über den niedergestreckten Körper des Tankwarts. Sie preßte ihr Ohr an seine Brust.

Als nächstes machte der Wagen einen Satz, als er auf die Mittelleitplanke traf, prallte gegen ein weiteres Auto, dann gegen ein drittes. Der Wagen brüllte auf wie ein erzürntes Rudel Raubtiere. Mrs. Smail saß auf dem Asphalt, neben dem bewußtlosen Körper des Tankwarts.

Als die Polizei kurz darauf eintraf, hatte sich der Verkehr bereits bis zur Mitte des Staates zurückgestaut. Sowohl Mrs. Smail als auch der Tankwart wurden eilends in einen Krankenwagen geschafft. Verkehrshubschrauber registrierten die langwierigen Verzögerungen durch Schaulustige.

Der fünfte Tag brachte Lane zwar keine besseren Aussichten, aber zumindest Beweglichkeit. Von den Dingen in seinem Schlafzimmer wurde ihm übel. Sie trieben ihn schließlich hinaus. In den vergangenen Tagen hatte er Ausflüge ins

Badezimmer unternommen, weil ihm von der Perspektive, sich erinnern zu müssen, tatsächlich speiübel wurde, speiübel vom Anblick alter Fotos auf seinem Bücherbord, seinen alten Sachen, seinen Möbeln. Als er sich nicht aus dem Bett rühren konnte, kam seine Mutter herauf. Sein Stiefvater tauchte einmal auf und redete über Trägerbalken.

Er las nichts, sah nicht fern, hörte nichts außer dem Vogelgeschrei. Er wartete auf das große Verflachen, durch das gute Herz seiner Mutter, durch irgendein Arzneimittel, das sie im Badezimmer aufbewahrte. Er hatte sie nicht im Verdacht gehabt, Medikamente dazuhaben, aber jetzt brachte sie ihm Pillen und Traubensaft, und er schluckte alles hinunter. Die Medikamente hackten die Höhen und Tiefen von ihm ab. Er war kupiert, ohne Schwindel, Schüttelfrost und Panik, ohne jegliche Empfindung. Er konnte herumlaufen.

An der Tür schauderte er, wühlte in der Kommode herum, bis er eine alte, schlechtsitzende Schlaghose fand. Er zerrte sie über seine lächerliche Unterhose, streifte sich ein ungebügeltes Hemd und ein Paar Halbschuhe über, bereitete sich auf seine Tasse Kaffee vor, als ob sie sich zu holen ein Abenteuer wäre.

»Frühstück?« sagte Ruthie – nervös, vorsichtig –, als er auftauchte, als wäre er nie weggewesen. »Kaffee? Cornflakes? Eine Banane?«

Er sagte nichts.

»Na, schön, dich zu sehen.«

Nichts.

»Ich habe Importkaffee. Es ist halb was und halb was anderes. Java- oder Mokka-irgendwas.«

»Ich weiß nicht«, sagte Lane.

»Dann Tee? Wie wär's damit? Ist vielleicht sowieso das beste. Wir wollen den Körper nicht überfordern. Wollen's nicht übertreiben.«

Ohne seine Antwort abzuwarten, zündete sie das Gas unter dem Kessel an. Sie suchte einen Teebeutel aus, eine Kräutermischung.

Draußen tauchte kurzzeitig die Sonne auf.

Ruthie dachte: In der Nähe hat mal ein Ehepaar gewohnt, mit einer Tochter, die an einer Art Geisteskrankheit litt. Sie waren ein stilles, starkes Paar. Sie mühten sich lange Zeit mit der Tochter ab. Mühten sich ab, denn was hätten sie sonst tun können? Der Ehemann hatte eines Abends zugegeben, daß er am Fuß der Treppe unter einem Haufen Decken schlief, in der Hoffnung, aufzuwachen, falls sie das Haus zu verlassen versuchte. Manchmal schlief er, meist lag er einfach so da, in einem Zustand panischer Besorgtheit. Wachte mit Muskelschmerzen in allen Schattierungen auf. Wenn sie manisch war, hoffte er, würde die Tochter es einfach nicht schaffen, über ihn zu steigen. Oder er würde sich widersetzen und sie ins Bett zurückführen. Ruthie erinnerte sich, wie sie in der Nachbarschaft darüber diskutiert hatten, auf Partys, bei zufälligen Begegnungen. Der Preis, den man zahlte, war sehr hoch, gerade wenn man anfing, sich daran zu gewöhnen. Man entwickelte diese merkwürdigen Muskeln. Und dann hatte sich das Mädchen sowieso das Leben genommen.

»Ich gehe später«, sagte seine Mutter. »Ich gehe später weg.«

Lane nickte.

Er hatte immer öfter an Drogen gedacht. Das lag an den Medikamenten. Er erinnerte sich nur – vor allem – an die schlimmen Zeiten. Gute Zeiten mit Drogen ließen sich nur schwer festmachen. An seinem fünfzehnten Geburtstag war er in einem Kiefernwäldchen auf dem Hügel oberhalb der Stadt gesessen und hatte sich mit seinem ersten Sechserpack zugeschüttet. Aus jenen Dosen war Energie gekommen, explosionsartig. Sechserpacks waren die kalte Kernfusion der Persönlichkeit. Mit Sechserpacks hieß er sich selbst im Industriezeitalter willkommen.

Das Haschisch hatte wie Torfmoos geschmeckt. Erst war gar nichts passiert. Das war im Dezember gewesen. Nach dem ersten Sechserpack. Voller Begeisterung ging er in den Wald, nur um Bundesgesetze zu verletzen. Er stieß einen abgestorbenen Birkenstamm um und sah zu, wie er den Hügel hinunterdonnerte, Äste und Unterholz mitriß und unten auf einer Straße knapp ein Auto verfehlte. Ganz einfach Ursache und Wirkung. Es fing zu schneien an. Als das Hasch wirkte, begann der Schnee gerade zu fallen. Unglaublich kompliziert war er, dieser Schnee. Er grübelte über die Komplexität der Flocken nach, bis hin zu ihren unendlich winzigen Strukturen. Das verwirrte ihn. Er legte sich mit dem Gesicht nach unten in den Schnee. Er schaufelte sich das Zeug in den Mund.

Bei jeder Droge gab es eine ähnliche Geschichte. Es dauerte ein paar Jahre, doch machte er den größeren Teil der Liste durch. Angel Dust, Pilze, Acid, Kokain, Reds, Quaaludon, Speed und dann Heroin. Sein Kumpel Max hatte ihm den Arm abgebunden, und er hatte sich den Schuß gesetzt. Dope zu nehmen war, wie zum ersten Mal auf einer Autobahn zu fahren. Es war, wie schnell den New Jersey Turnpike entlangzufahren. Aber nur dieses eine Mal.

Acid war das beste. Es war das, was er eine Zeitlang immer im Kopf hatte, es war besser als phantasierte sexuelle Abenteuer, besser als Bücher oder Schallplatten oder der heißeste Typ in der High School zu sein. Lane lebte, um auf Trips zu gehen. Er wollte dauernd auf Trips gehen.

Auf dem Golfplatz hatte er einmal ein halbes Dutzend Hits von irgend etwas eingeworfen, Acid, das irgendwer in einem Keller zusammengekocht hatte. Es hatte diesen Placebo-Effekt. Immer ein schlechtes Zeichen. Innerhalb von zwanzig Minuten hatte er Wahnvorstellungen. Drei Meter tiefe Meteorkrater mitten auf den Fairways, Krater in Form eines menschlichen Auges. In Form eines stilisierten Auges.

Moment, er war unten in einem der Krater und durchquerte ihn, schritt ihn ab. Er rieb die Hände in dem feuchten Erdreich, das von der Wucht des Meteors aufgerissen worden war. Geräumig wie ein frisches Grab. Und genau in diesem Augenblick ertönte das Geräusch weiterer Beerdigungen um ihn herum: Abschiedsrituale, Trauerklagen, weinende Verwandte. Von oben wurde die erste Handvoll Erde auf ihn hinuntergeworfen. Von oben blickte die Trauergesellschaft auf ihn hinab. Fünfzehn Meter weiter oben. In dem weiten Himmel, der sich über ihm erstreckte, Sternschnuppen. Sternschnuppen, Teilchen, die im Beschleuniger aufeinanderprallten. Sternschnuppen wie verzauberte subatomare Partikel.

Er lief Querfeldeinrennen, als er dort herauskletterte. Er sprintete an grasenden Tieren vorbei, zurück in die Vergangenheit – es gab Mammuts, Pferde mit gespaltenen Hufen, den üblichen Halluzinationskram, und alles war wahr –, und er rannte einfach immer weiter. Er war auf einer schmalen Hängebrücke mit zerschlissenen Seilen. Zerbröckelnden Felsgesichtern. Ein wenig in Panik, aber in der Hoffnung, daß es nur kantig werden würde. Waren das die Lichter des Golfclubs? Was war passiert? Wie war er hierhergekommen?

Hinter dem Clubhaus lag die Straße, hinter der Straße waren die Bäume, durch die Bäume war eine Kirche zu sehen, in der Kirche ein Pfarrer, der ihm öffnen würde, wenn er klopfte. Doch vor diesem Klopfen zogen sich die Momente in die Länge. Es dauerte Stunden, bis er das Pfarrhaus erreichte, und selbst dann vermochte er nicht zu klopfen, obwohl er sich nichts sehnlicher wünschte. Auf der Treppe schlotterte er, wartete. Undenkbare Gedanken schwärmten um ihn, und sie hatten tatsächlich eine Gestalt und eine Geschwindigkeit wie Motten an einer Gittertür. Er schlotterte auf der Treppe, bis die Kirchentür von selber nach innen aufflog und er sich nur noch melden mußte. Er warf sich dem Pfarrer in die Arme, er war im Delirium.

Fünf, sechs Stunden lag er unter dem kleinen Frühstückstisch in der Pfarrhausküche. Da begriff Lane, daß die Zeit ein Korsett war, das nur die äußerste Schicht des Zivilisationsdenkens bedeckte. Er erinnerte sich nur an wenige Bilder – einen riesigen, verschlungenen Rosenstrauch, dessen Blüten zu einem menschlichen Mund geformt waren, aus dem krampfartig erotisches Stöhnen drang. Etwas in dieser Art. In jener Nacht erschien ihm Gott – oder vielleicht war es nur der heilige Geist –, um ihm zu sagen, daß er zu Recht leide.

Und als die Stimmen aus seinem Kopf verschwunden waren – genau nach Zeitplan, denn es lag nun einfach alles an den Drogen –, hatte der Pfarrer ihn nach Hause zurückgefahren. Und dann stand er dort auf der Treppe, erstarrt, von einer echten Säure, einem beißenden Acid verätzt.

Ruthie fragte ihn, ob er Zucker, Milch, Zitrone oder sonstwas wolle.

»Ist egal.«

Sie drückte den Teebeutel über dem Becher aus.

»Hast du deinen Bruder gesehen?«

»Nein«, sagte Lane.

Auf dem Herd knatterte der Kessel. Aus dem Becher stieg Dampf auf. Er blies, weil es das war, was man gewöhnlich tat.

»Er und das Mädchen, das auch hier wohnt, waren gestern abend oben«, sagte Lane. »Sie sind zu mir ins Zimmer gekommen.«

Ruthie rührte ihren Tee um, langsam, geistesabwesend.

»Er geht mit ihr«, sagte sie. »Sie heißt Alice.«

Er verbrühte sich die Zunge an dem Tee. Aber es störte ihn eigentlich nicht. »Sie kamen übers Dach rein.«

»Ach. Das Dach. Was ist damit?«

Lane sagte nichts. Er sah ihr nicht in die Augen.

»Ist das nicht seltsam.« Ruthie stellte ihren Tee auf den Tisch. Ein Teller, ein Messer, eine grüne Birne. Der Stuhl ratschte zurück. »Ihre Mutter rief nämlich gestern abend an.«

Er sah weg.

»Sie will, daß Alice auszieht. Sie hat ihr eine Frist gesetzt.«

Lane nickte.

»Sieht so aus, als würden sie immer länger bei den Eltern bleiben –« Aber sie sah, daß ihn das in Unruhe versetzte. »Ach, ich weiß nicht, warum – o je –«

Er warf sich die Hände übers Gesicht.

Alice stand am Ende der Auffahrt. Wind, Helligkeit. Die Üppigkeit der Frühlingsvegetation. Japanischer Ahorn. Färberbaum. Forsythien. Löwenzahn. Dreiblättriger Zeichenwurz. Wolken, die Richtung Osten zerstoben.

Der Briefkasten war leer. Die Scharniere rosteten. Sie hatte wieder einen Kater. Sie hatte zu Hause getrunken. Sie hatte auf dem Weg zu Scarlett getrunken, bei Scarlett, und sie hatte sich auf dem Weg ins Bett noch einen genehmigt. Zu spät am Tag, um ihn jetzt noch auszuschlafen.

Das Telefon klingelte. Sie würde neunmal Läuten brauchen, so in etwa, wenn sie rannte, aber rennen konnte sie nicht. Das ging über ihre Kraft, in diesem Zustand. Sie nahm das Supermarktblättchen mit und las im Gehen darin. Es lagen ein paar Rechnungen da. Auf einer stand DRINGEND ANTWORT ERBETEN. Am Wandtelefon in der Küche vorbei zum Luxusmodell neben dem Fernsehsessel im Wohnzimmer. Sie konnte die Füße hochlegen.

Die Begrüßung am anderen Ende der Leitung war flach und unpersönlich. Ihr erster Gedanke: ein Talk-Show-Moderator. Doch dann kapierte sie es. An dem Tonfall war etwas.

Sie wurde nach ihrem Namen gefragt und gab zu, daß sie

so hieß; sie wurde gefragt, ob ihre Mutter tatsächlich ihre Mutter sei. Sie wurde gefragt, wann sie ihre Mutter zuletzt gesehen habe, und konnte sich nicht daran erinnern. Inzwischen wußte Alice Bescheid – das weiß man meistens – und unterbrach die Stimme, um ihrerseits Fragen zu stellen. Die Stimme teilte ihr mit, daß ihre Mutter im Krankenhaus liege, daß ihr Zustand stabil sei – sie stehe unter Schock, aber es sei wohl nichts Ernstes – und daß ihr Wagen sich auf der Schnellstraße selbständig gemacht habe.

Die Telefonnummer habe man anhand des Inhalts der Handtasche festgestellt, die man neben Mrs. Smails Wertsachen an der Unfallstelle gefunden habe.

Alice nickte.

»Möchten Sie sich die Zimmernummer aufschreiben?«

»Klar«, sagte Alice, »muß mir bloß einen Stift holen. Bleiben Sie kurz dran.« Und sie stürzte in die Küche. Sie rannte. Sie rannte in der Küche herum. Kein Stift. Sie rannte nach oben. Im ganzen Haus war kein Stift. Es war nicht einmal ein Wäschemarker da. Aber schließlich fand sie einen Wachsstift. Er war in ihre Skulptur eingeschmolzen. Umbra. Sie kratzte die Wachsstückchen von den Metalldrähten der Skulptur und hastete in das Schlafzimmer ihrer Mutter, zum Telefon dort.

Lane belauschte seine Mutter am Telefon. Die Neuigkeit erschloß sich ihm sogar aus Bruchstücken, sie war wie ein Schrapnell, das sich von unten zur Oberfläche einer Wunde arbeitet. Er dachte, daß es eine schlimme Neuigkeit sei, aber er empfand nichts dabei.

»Oh, nein«, sagte Ruthie gerade.

Sie sprach leise, begütigend. Lane erinnerte sich an diese Vokale und Assonanzen und daran, wie sie ihm in seiner Kindheit alle Sorgen aus dem Kopf vertrieben hatten, und auch später, als sein Vater krank geworden war. Eine Weile funktionierte es, und dann hörte es zu funktionieren auf. Es folgte eine Zeit, in der die Freundlichkeit seiner Mutter ihn anwiderte. Jetzt durchschaute er ihre Beteuerungen genau, aber er brauchte sie trotzdem. Noch etwas Trauriges am Älterwerden.

»Oh, Alice«, sagte Ruthie.

Alices Eltern waren geschieden, wie seine, aber er merkte, daß es nur Zufall war und schob den Gedanken beiseite. Er dachte, daß er vielleicht irgendwann versuchen würde, etwas zu sagen, aber jetzt noch nicht. Jetzt war er zu müde.

Ruthie legte den Hörer hin und nahm den Stift und den Block von der Küchentheke. Lane ordnete die Decke um seine Schultern, machte sich bereit, in diesem Gewand die Treppe hinauf wieder ins Bett zu gehen. Ohne etwas über die Einzelheiten zu erfahren. Er stand auf. Er schob seinen Stuhl unter den Tisch zurück.

»Ich glaube, ich muß sie besuchen. Sie hat ihr Auto zu Schrott gefahren.«

Lane nickte. Das Gesicht seiner Mutter war blaß und besorgt.

Er ging die Treppe hinauf.

Dennis verließ Haledon am Mittwochmittag, eierte bergab bis zum Ortsrand von Paterson, bis Boonton, wo der Dern sich vom mächtigen Passaic abtrennte, bei der Felsenge voll Gischt und Wasserfällen. Dort belieferte ein Wasserkraftgenerator Paterson mit Strom, dazu sämtliche Industriebetriebe – die Colt-Pistolenfabrik, die Krakatoa-Kaffeefabrik. Am Fluß gab es einen Meeresfrüchteimbiß namens DD. Jeder Nichtsnutz aß dort zu Mittag.

Dennis fuhr alle paar Wochen hin. Eine Menge von den Jungs aus dem Bezirk tauchten ab und zu auf. Klempner, Streckenwärter, Fernfahrer, Kabelverleger, das DD war im ganzen Bundesstaat für seine Drinks und die heimelige Klatschatmosphäre bekannt. Früher hatte es Daniella oder Dmitri oder irgendwie ausländisch geheißen, aber jetzt war von dem Neonschild nur noch der erste Buchstabe übrig, und der Konsonant war durch Mundpropaganda verdoppelt worden, aufgestockt, gepaart, quadriert, wie ein Anfangsstottern. Jetzt hieß es DD.

Außer dem Essen und Trinken, das nicht toll war, verkauften sie geprüften Stoff. Das machte einen Teil des Reizes aus. Das übliche Zeug zum Schnupfen oder Spritzen, ab und zu eine Lieferung von etwas echt Wildem. Alles war in einem alten, verrosteten Bierkühler an einem Ende der Theke eingeschlossen. Im DD trank sowieso keiner Bier. Sie tranken die harten Sachen. Sie rauchten viel. Es war ein altmodischer Laden. Die undurchdringliche Luft schwächte das schon düstere Licht noch zusätzlich ab. Im DD konntest du kaum die Nummern auf der Jukebox lesen. Du konntest kaum deine Freunde erkennen.

Als er ankam, dachte Dennis über Alice nach. Er überlegte, wie er sie malen sollte. In seinen Gedanken lümmelte sie auf einem Sessel in Porträthaltung. In seinen Gedanken war sie wie eine Rebe am Stock, wie Wasser, das durch den Rinnstein schießt. Sie wollte nicht stillsitzen. In seinem Unterleib krampfte sich ein Wulst aus Verlangen zusammen, und dann folgte die Nebelglocke seines Unvermögens. Sie würde sich nie von ihm malen lassen. Und selbst wenn, na und? Er schloß die Tür hinter sich, als wäre sie bröckelig, in Gefahr, zu zerbrechen.

Dieser ganze Regen, und es würde noch weitergehen damit, und darum hielten Mike und Annie, die Besitzer des DD, die Aussichtsterrasse hinten geschlossen. Eigentlich war sie selten offen, als ob die Aussicht auf die Wasserfälle, die Aussicht auf ihre natürliche Energie – ihre rastlose Tätigkeit – die Tiefenkälte im DD hätte beeinträchtigen können. Durch kleine, verschmierte Fenster konnte Dennis mit Müh und Not das qualmende Wasserkraftwerk ausmachen, die vulkanischen, glänzenden Dampfsäulen. Sowieso war es am besten, beim Mittagessen die Gedanken von der Industrie fernzuhalten. Dennis schob sich auf einen Barhocker.

Der heisere Lärm der immer gleichen alten Jukeboxnummern, das Klirren leerer Gläser: Dennis fühlte sich daheim. Das Gepolter, die Entfremdung, die Zerstörung. Das Kinn in die Hand gestützt, wartete er darauf, daß Mike ihn bediente, und gleich darauf kam Mike die Theke entlanggeschlurft. Er trug sein blauschwarzes Haar schulterlang und hatte Koteletten. Schwarze Jeans, Fischnetzunterhemd, Wampe, Goldzahn. Ohne zu fragen, stellte er Dennis das Übliche hin.

Und dann rief jemand. Sein eigenes Anfangs-D klang wie noch mehr vom selben. Er starrte in das trübe Licht. Hinten, wo die Nischen abgeteilt waren, sah er Max wild winken. Max aus Haledon. Max, der Kabelfernsehmonteur, Max, der Dealer. Er winkte Dennis zu sich und stellte die Werkzeugtasche auf den Boden. Er machte ihn mit der drallen Frau bekannt, die ihm gegenübersaß. Jones, seine Gehilfin.

»Hab dich hier noch nie gesehen«, sagte Dennis.

Max sagte: »Willst du mich hochnehmen? Der Laden hier ist wie ein Unterstand bei Gewitter. Die Kabeltypen aus drei Bundesstaaten kommen hierher.«

Ohne ein Wort schob Annie in Plastik eingeschweißte Speisekarten auf den Tisch, und Max griff sie sich und teilte sie aus.

»Was kann man essen?« murmelte Jones.

»Einen Hamburger, Jones«, sagte Max. Er schwitzte zuviel. Er grinste wild, wann immer sich die Gelegenheit dazu bot. Dennis konnte sich keinen Reim darauf machen. »Das gibt's hier eben. Hamburger.«

Max Crick war Lanes Kumpel aus der Haledon High-School. Damals hatten sie sich getrennt; sie wuchsen weit voneinander auf, machten den ganzen relevanten Reifeprozeß weit voneinander entfernt durch, wie es bei allen Leuten anscheinend der Fall war. Aber es hatte einmal eine Zeit gegeben, da hatten sie die Clubs beherrscht – das wußte Dennis alles von Alice –, den Elektronikclub, den Naturwissenschaftsclub, den Chemieclub. Sie hatten über eine Schar aus Verlierern geherrscht, die Aknenarbigen, die Drogensüchtigen und Abstinenzler, Jugendliche, die verlassen, unterdrückt, vernachlässigt oder bestraft worden waren. Der Typ mit einem kürzeren Bein, der hochgebildete Kretin, der ein Kreuzworträtselwunderkind war. Dennis erinnerte sich an sie von daheim, als Lane sie mitbrachte. Jeder, der ein Niemand war, war Lanes Freund.

Das war die andere Haledon High School. Dieselben Ein- und Ausgänge, aber ganz anders als die, die Dennis kannte. Lane und Max hatten diese Typen um sich, und eine Zeitlang ging es gut. Aber irgendwann setzte sich Max ab. Er fing an, Dinge zu reparieren. Er las Stromkreisdiagramme, Störfallhandbücher. Er erkundete alle Oberflächen, die mit NICHT FÜR DEN BENUTZER gekennzeichnet waren. Er kannte sich gut mit Autos aus, mit Automaten und Autodidaktik. Es passierte jedoch etwas, oder vielleicht passierte eine Menge kleiner Dinge. Und danach hing keiner mehr groß mit ihm herum. Außer diesem Pennebaker. Diesem schwarzen Typen. Das einzige, was sie wußten, war, daß Max mit diesem Kabrio in der Stadt herumfuhr. Er ließ auf seinem Stereo richtig hartes Material dröhnen. Er dröhnte sich zu. Er knallte mit dem Auto gegen einen Telefonmast und zerschmetterte sich den Unterkiefer. Ließ ihn sich wieder zusammendrahten. Sparte zwei Jahre lang, arbeitete als Neontechniker. Kaufte sich wieder ein Auto. Verlor seine Stelle. Dröhnte sich zu. Verlor wieder ein Auto.

Verlor seinen Führerschein. Bekam ihn wieder. Wurde Kabelfernsehmonteur.

Von alldem hatte Dennis gehört. Lane erzählte Dennis von Max, daß dieser ihn nach einem Jahr Schweigen wieder angerufen habe. Das war, nachdem Lane ins College abgegangen war. Und die beiden machten einen Spaziergang in den Wald. Max schoß sich das Speed, und Lane schnupfte es, und sie gingen den ganzen Weg zum Hügel hinauf und wieder zurück zu Fuß, weil keiner von ihnen fahren konnte. Während sie durch den Wald gingen, hatte Max etwas sagen wollen, aber er sagte es nicht. So war es immer.

Die Hamburger kamen in Strohkörbchen, die mit Folie ausgelegt waren. Es gab kein Geschirr, nichts, was abgewaschen und wiederverwendet werden konnte. Die Biere kamen gleich danach. Die Jukebox spielte wieder »West of Network«, und dann einen neuen Song, den alle mochten. Es war ein Stück Metal. Es war diese neue Geschichte, Sensitive Metal.

Max juckte es, etwas zu sagen. Er wand sich. Er hatte etwas in den Adern. Wand sich und grinste. Aber Dennis schwieg. Es kam kein Gespräch in Gang. Wieder so ein Tag. Dann brachte Max Lane aufs Tapet. Daß das sein mußte, ging Dennis auf den Keks.

»Sollte den Alten vielleicht mal treffen. Sollte ich wohl.«

Es war nur so dahin geredet. Dennis nickte. Er kämpfte mit seinem Hamburger. Jones kämpfte ebenfalls. Sie fielen dauernd auseinander, die Hamburger. Kein Bindemittel hielt sie zusammen.

»Der Bruder von dem Typen da, Jones«, sagte Max. »Die besten Kumpel, er und ich. Ist schon lang her. Ziemlich lang.«

Max wedelte mit den Händen herum. Dennis schluckte, biß wieder ab. »Stiefbruder«, sagte er mit vollem Mund.

Die Unterhaltung schlaffte ab.

Gegen zwei machten sich die meisten aus dem DD fort. Max, Dennis und Jones blieben da, hockten da wie Kartenspieler. Das Hin und Her beim Zahlen und Gehen löste die Menge auf, und mitten in dieser Auflösung stellte Max ein kleines Plastikmäppchen mit Reißverschluß auf das Set mit der Landkarte des Gartenstaats. Ein Dutzend winziger rosa Pillen, die ganze Ladung nicht größer als ein Tintenkiller. Ihre Form unvollkommen, in Heimarbeit hergestellt: Sie waren nicht genormt und nicht gestempelt.

Früher hätte Dennis nicht nach dem Inhalt des Mäppchens gefragt, hätte einfach geschluckt, was man ihm anbot. Früher hatte er alles eingeworfen, was das Bewußtsein irgendwie erweiterte oder verwirrte, auch wenn er nur Gerüchte darüber gehört hatte – Muskatnuß, Windensamen. In der Phase hatte er Vanilleextrakt gefressen, Bauchschmerzen simuliert, in der Hoffnung, Schmerzmittel verschrieben zu bekommen. Und die Verlockung des dünnen Mäppchens mit Reißverschluß war groß. Er hatte seit vielleicht drei Jahren kein Dust mehr genommen, aber trotzdem. Es lag an den Zeiten, es lag am Wetter, es lag daran, wie die Dinge in letzter Zeit liefen.

»Ich hab gedacht, das wär was für Arbeitslose und Gehirnkranke und so.«

Max nannte einen Preis. Billig, ganz billig, er brauchte wirklich Kunden.

»Nichts drin«, sagte Dennis. »Drei für den Preis von zwei. Sonst ist nichts drin.«

»Jones, machst du da mit?« Sie nickte.

»Pipifax«, sagte Max und beugte sich wie ein Profi über den Tisch. »Siehst du, sie ist bereit, so weit zu gehen. Ein paar Scheine. Und es ist echt gut.«

Dennis tastete in seiner Hosentasche nach ein paar Ein-Dollar-Scheinen und legte sie auf den Tisch. »Scheiß drauf«, sagte er.

»Scheiß-Okay«, sagtc Max, zählte die winzigen Pillen auf den Tisch und teilte den ganzen Haufen in drei unauffällige Portionen. »Scheiß-Okay.« Sie standen auf.

Dennis saß am Steuer, als es ihn überwältigte. Er versuchte, zu einem Wohnblock zurückzufahren, der gerade renoviert wurde und wo er die neuen Duschen und Leitungen einbaute. Er hatte vorgehabt, die Leitungen so zu installieren, wie er war, aber als das Zeug zu wirken begann, fuhr er auf einen leeren Parkplatz in Paterson.

In seinem Bus spielte das Radio. Er stieß die Türen auf und ließ seine Augen träge über Risse im Asphalt, aufgemalte Wörter gleiten. Konnte sie nicht lesen. Nicht weit von ihm machte ein dicker Junge lustlos Körbe an einem Ring ohne Netz. Dennis' Windschutzscheibe war aus Zellophan. Der Basketball sprang komisch auf. Unstimmigkeiten trafen Dennis wie richtige, körperliche Schläge in den Solarplexus, in die Hoden, Unstimmigkeiten des Unbelebten. Irgendwie paßte nichts zusammen, und ihm wurde nicht wohlig zumute.

Die feuchte Luft war so scharf wie Zähne, so erstickend wie ein Vakuum. Die unglückliche Welt war empfindlich wie ein bloßgelegter Nerv. Der Zug, der in der Ferne erklang, erinnerte ihn an sauer gewordene Milch. Es regnete. Der Basketball traf auf der Rückwand auf, prallte vom Rand ab und entkam dem dicken Jungen, der lethargisch hinterhertrottete. Mit einemmal fiel Dennis der quälende Tumult in seinen Eingeweiden auf. Als er klein gewesen war, hatte er zugesehen, wie sein Hund an verschluckten Glassplittern gestorben war; er hatte zugesehen, wie er heulend und aus Maul und After blutend im Kreis herumgerannt war, und ganz genauso war es jetzt, als er Platz machte für das, was unaufhaltsam aus ihm herausquoll.

Er plumpste auf den Teer hinaus, seine Handflächen

wurden von Splittern durchbohrt, als er aufkam, schwer atmend, sich übergebend. Um ihn herum breitete sich eine dicke Suppe aus. Es brannte. Es war, als würde er seine Rippen auskotzen. Er hustete. Er wischte sich die Hände an seiner Hose ab, an einem Fleck Unkraut neben seinem Kopf. Er wurde ohnmächtig.

Später schwatzte das Radio. Der Junge glotzte. Dennis versuchte, etwas zu rufen, brachte aber nichts heraus. Wieder sein Magen. Als er fertig war, lag er auf der Seite ausgestreckt da. Mister, hörte er hinter sich, he, Mister, sind Sie in Ordnung? Die Schritte entfernten sich. Bald zog er sich am Vorderreifen hoch und blickte über den Parkplatz. Wie lange hatte es gedauert? Im Radio spielte ein Song und gab ihm Kraft. Die Melodie des Liedes schien zwischen Strophe und Refrain hin und her zu schwingen wie die sanfte Bewegung einer Wiege. Dann ging er wieder zu Boden. Doch allmählich feuerte das Nachmittagslicht ihn an. Die Wolken waren theatralisch. Es ging ihm gut genug zum Fahren.

Als er sich hinter das Steuer setzte, sich bereit machte, probierte er seine Konzentrationsfähigkeit aus. Mit der ganzen Kraft, die er aufzubringen vermochte, hörte er sich den Verkehrsbericht an. Stau auf der Schnellstraße durch den Gartenstaat. Fahrerloser Wagen, fahrerloser Wagen, die Polizei ist Herr der Lage.

Ruthie zog den Löwentürklopfer zurück. Am Haus der Smails blätterte die Farbe schlimm ab. Das Leben mancher Leute spielte sich am Rande der Tragödie ab. Tatsächlich brachten sie die Vorstädte zum Erstarren. Sie, diese Leute, redeten auf Partys nur von Atomwaffenlagern, von mit abgerissenen Händen übersäten Stränden, Industrieabfällen, Weltraummüll, Designerdrogen und allen, die extrem gelebt hatten und gestorben waren. Ruthie wollte sie an den Schultern rütteln und sie an den Augenblick nach ihrem

Ehegelöbnis erinnern, ihren Studienabschluß, ihre erste Verliebtheit oder an Vogelrufe und unbeherrschbares Lachen, aber es war ihr auch bewußt, wieviel sie selbst für diese Dinge übrig hatte. Tiefer in ihrem Innern liebte Ruthie das Unglück.

Sie klopfte noch einmal an die Tür.

Lane trug jetzt Scheuklappen. Er hatte bis auf einen winzigen Auszug seiner Erinnerungen alles ausgelöscht. Wenn sie ihn sich hinsetzen ließ und ihn an sein Lächeln als kleiner Junge erinnerte oder daran, wie er zum ersten Mal stehen konnte, wie er seine ersten Wörter redete, dann leugnete er alles. Er richtete seine Aufmerksamkeit auf alle Schrecknisse – die Krankheit seines Vaters, jede stumpfe, zusammenhanglose Silbe, die sein Vater seit seiner Einlieferung von sich gegeben hatte – und wiederholte diese einzelnen Silben mit der rhetorischen Genauigkeit der Verlassenen.

Sie ging seitlich um das Haus herum, auf der Suche nach einem anderen Eingang.

Sie hatte einmal ihren Exmann besucht – nachdem sie gesetzlich getrennt worden waren, fünf, sechs Jahre später –, und als sie das Zimmer betreten hatte, in dem er lag (vergessen wie einer in der Einzelzelle), empfand sie als erstes einen Stich der Zufriedenheit. Darauf war sie nicht stolz, sie konnte es aber auch nicht verleugnen: Einen Augenblick lang schien es genau richtig, daß er am Ende seines langen, langsamen Niedergangs angelangt war. Doch das Elend seiner Krankheit äußerte sich hauptsächlich in kleinen, feinen Geschichten, und als sie so dasaß und ihm beim Atmen zusah, wurde ihr klar, daß diese Geschichten vorbei waren. Die Geschichte ihrer Ehe war vorbei, eine Seite davon. Sie vergab ihm das meiste. Der Verlust eines Vaters richtete einen Jungen zugrunde. Und nach diesem Tag kam es ihr vor, als wären alle Väter in ihrer Nachbarschaft fort. Nein, Väter waren da, aber keine Papas.

Bei Evelyn Smails Schiffbruch würde das gleiche herauskommen. Alice würde fällig sein. Lane war ein gutes Beispiel. Er hatte sich zusammenzureißen versucht zwischen zehn und zwanzig, wenn ein Vater so wertvoll ist – die Störkraft und Strenge eines Vaters –, aber Ruthie hatte die Risse gesehen. Sein Leben gründete sich auf Vermutungen.

Inzwischen wurde sein Erzeuger nachts festgeschnallt, damit er nicht herumwanderte. Er verirrte sich auf den Fluren, platzte in die Zimmer der anderen. Mit der Wortlosigkeit eines Kleinkinds bettelte er um Hilfe, tauchte ziellos in den Türen auf und murmelte etwas davon, daß er nach Hause wolle, will heim, bis er sogar damit aufhörte, bis es ein einfaches wortloses Wollen war.

Also hatte auch Ruthie ihn einmal besucht. Und ehe sie wieder wegging, hielt sie ihrem Ehemann den Kopf. Er war etwa so schwer wie ein Schoßkätzchen; er war etwa so schwer wie eine Aktentasche. Sie konnte nicht umhin, ihn zu halten. Wer hätte es gekonnt? Beweis genug dafür, daß wir heiraten, bis daß der Tod uns scheidet. Sie sagte ihm, er sei bereits zu Hause, daß alles in Ordnung kommen würde.

Das Garagentor der Smails ging auf und führte in eine Gruft. Es herrschte Stille. Ruthie staunte über die Batterie von Gartengeräten. Sie wußte genau, daß die Smails keinen Garten hatten. Sie versuchte es an der Tür dort, am Hintereingang. Und die war nicht abgeschlossen, und im Wohnzimmer lag Alice auf der Couch, rauchte, blies Rauchringe in die Luft.

Alice sagte nichts.

Ruthie ergriff Alices Hand und führte sie zum Auto, zur Beifahrerseite. Sie ging zurück, um sich zu vergewissern, daß das Garagentor zu war.

»Ein Schock«, sagte sie, als sie wieder ins Auto stieg, »da kann man nichts machen. Die Dinge kommen in der Reihenfolge wieder, in der sie verschwunden sind.«

Ruthies Nova fuhr um die Weiden herum, die auf den Straßenrand hinaushingen – diese Bäume hatten von jeher hier gestanden; sie waren wie alte, kaputte Pinsel – den Park und die Hügel entlang, ließ den Golfplatz und den Wunderheilertempel hinter sich, bog in die Straße ein, die aus Haledon hinausführte. Ruthie fuhr so hastig, wie es ihre Mission verlangte.

In dem Viertel, das sie gerade verlassen hatte, kroch ein Polizeistraßenkreuzer geräuschlos am Haus der Smails vorbei und verschwand. Dann kam Dennis in seinem Bus um die Kurve bei den Weiden und schlingerte auf die Straßenmitte, ehe er vor der Einfahrt der Smails zum Stehen kam, schlitternd, sich aufbäumend, den Motor abwürgend. Vögel, die sich auf Ästen niedergelassen hatten, fühlten sich von dem Quietschen der Reifen gestört. Darauf ließen sie sich auf Stromdrähten nieder. Dennis taumelte aus dem Auto, als hätte er einen Frontalzusammenstoß hinter sich.

Erschöpft lehnte er sich schwer gegen die Garagenmauer. Jeder Schritt versetzte ihm eine Art Nachschock. Eine grobe Rechnung hatte ihn hierhergeführt. Er ging um das ganze Haus herum, über den zugewachsenen Rasen, in der Erwartung, Mrs. Smail bei einem Glas auf der Veranda anzutreffen, wie es immer gewesen war. Aber es war niemand da. Niemand öffnete die Vordertür. Die Garage war zugesperrt. Er preßte seine Handflächen auf die Fensterscheiben an der Veranda. Er blinzelte. Er rief. Er drückte ein Fliegenfenster auf der Hinterseite des Hauses auf und schwang sich ins Eßzimmer. Er landete ohne Eleganz auf dem harten, staubigen Boden.

Er bewegte sich durch das Haus, als wäre es sein eigenes. Die Leere des Orts befriedigte ihn. Er fühlte sich besser. Er hatte die Rechte eines Hausbesetzers. Er war der größte aller Forscher. Er hatte überlebt.

In ganz Haledon wie auch im ganzen Land beobachtete Lane diesen Augenblick der Not. Süchte, die in Persönlichkeiten wie Parasiten aufblühten. In ganz Haledon gingen die Kinder kaputt. Eine Zeitlang sprangen sie wieder zurück, und dann hörten sie auf, zurückzuspringen und ergaben sich dem Flüstern ihrer Zellen. Die Sucht war die Gegenspionage des Fleisches, das Doppelagententum. Die Statistiken deckten ein Anschwellen nach außen auf, das wuchs wie ein Tintenklecks – die Typen, die er kannte, und die Typen, die danach kamen, noch Kinder, noch nicht trocken hinter den Ohren, die bei schlechten Ideen Zuflucht suchten – Erstikken durch sexuelle Stimulation, Selbstverbrennung.

Und er wußte, was passiert war. Es war eine biochemische Umwandlung. Es war Gentechnik. Sein eigener Körper hatte sich verändert. Sein Körper umfaßte nun diese Substanzen, wie er eine Bauchspeicheldrüse oder ein Zäpfchen hatte. Es gab keine Kehren, Zufahrtsstraßen, Ausweichspuren, Ausfahrten, nichts als das, wohin diese Straße führte. Ins Bett, verbraucht. Sein feierlicher Schwur, sein feierliches Bemühen bestanden darin, nicht zu trinken, solange er die Tranquilizer seiner Mutter bekam.

»Laß mich einfach kurz dasitzen«, sagte Dennis, als er jetzt hereinkam, »laß mich reden. Ich muß was loswerden. Ich muß einfach reden.«

Lane wühlte sich unter seiner Decke hervor. Draußen hing die Sonne niedriger in den Bäumen. Der Mittwoch war vorbei wie die anderen Tage auch.

»Du siehst schlecht aus«, sagte Lane. »Bist du –«

»Ach, ich weiß es nicht«, sagte Dennis.

Lane sagte nichts.

»Mir ist speiübel.« Er rollte sich in einer Ecke unter dem Fenster zusammen. »Max war zum Mittagessen da –«

»Wo?«

»Na, er hatte diese, du weißt schon –«

Lane schüttelte den Kopf.

»Dust. Es ist Dust«, murmelte Dennis.

Lane sagte: »Ich wußte nicht mal, daß es das Zeug noch gibt.«

»Ich war draußen auf einem Parkplatz. Mir ist wie –«

»Wie lang?«

»Stunden vielleicht. Du hast's genommen, stimmt's? Ich hab gedacht, es ist wie Speed oder so. Ich hab gedacht, du weißt vielleicht Bescheid.«

Dann sagten sie nichts. Dennis röchelte. Das konnte noch lange so weitergehen.

Lane hob seine Decke mit hoch, als er aufstand. Er ging mit ihr durch das Zimmer, ein auferstandener Invalide. Er kniete sich neben seinen Stiefbruder und breitete die Decke über ihn. Dennis schüttelte den Kopf und strampelte den größten Teil davon weg.

»Max wird krepieren«, sagte Lane. »Alle in dieser Stadt werden krepieren. Das würde mich nicht weiter überraschen.«

»Ja, und das ist noch nicht alles«, sagte Dennis. »Gib mir einfach dein Kissen, ja?« Lane schüttelte ein Kissen aus dem Bett auf und legte es Dennis unter den Kopf. »Bei Alice kommt überhaupt nichts raus, das ist es. Es kommt nichts heraus.«

Lane sagte nichts.

»Ich weiß nicht ...«

»Na ja«, sagte Lane, »die wird jetzt ziemlich fertig sein. Ihre Mutter –«

»Was ist mit ihrer Mutter?«

Und Lane erzählte es ihm. Und es war eigentlich egal. Dennis würde sowieso einschlafen, selbst wenn es einen Nuklearschlag im Gartenstaat gegeben hätte, wäre er eingeschlafen. Wie sein Vater war Dennis ein geborener Schläfer. Und wenn er schlief, dann verlor er das Bewußtsein.

Lane beschloß, noch eine Tasse Kaffee zu trinken. Er fühlte sich stärker.

An der Theke der Krankenschwester spulte Ruthie Francis die Auskünfte ab; sie hielt die ganze Zeit den Arm um Alice gelegt, und Alice nahm die glatten Oberflächen, die starken Wattzahlen, die Uniformen, das Klappern von Absätzen auf den Korridoren in sich auf.

»Du bist blaß, mein Kind«, sagte Ruthie.

»Gesichtspuder«, erwiderte Alice. »Ich sehe immer so aus... Ob sie wohl im Koma liegt oder so?«

Aus den Aufzügen tauchten Krankentragen auf. Leichen. Wächserne Gesichter und Gliedmaßen.

»Es ist schwer«, sagte Ruthie. »Ich weiß, daß es schwer ist –«

Alice sagte nichts.

»Lanes Vater war lange Zeit im Krankenhaus. Mein Exmann.«

Ausgerüstet mit Besucherausweisen, suchten sie das Zimmer, liefen Sackgassen entlang. Keiner kümmerte sich um ihr Kommen und Gehen, obwohl sie auf einer Gnadenmission oder einer Verbrechenstour hätten sein können. Nur ein geschlossenes Krankenhaus ist ein ehrliches Krankenhaus, dachte Alice.

Als sie das halbprivate Zimmer 101 A fanden, lag in dem Bett an der Tür eine hispanische Frau, deren Gesicht kreuz und quer mit Stichen überzogen und deren Mund zugedrahtet war. Zwischen ihrem und Mrs. Smails Bett war ein schlaffer Gazevorhang, und über den beiden Betten hing ein Paar Fernsehmonitore an der Wand, wie elektronische Hängepflanzen. Die hispanische Frau sah sich eine Talkshow an. Der Fernseher von Alices Mutter war leer.

Ihre Mutter schlief.

Alice und Ruthie sahen sie einfach an. Sie hatte keine

Schürfwunden, Kratzer oder Nähte. Ihr Schlaf hatte nichts, was Sorge verdient hätte. Nur das Krankenhaus an sich war beunruhigend. Es war der Ort selbst, der einen Menschen zum Kranksein bestimmte.

Alice begriff, daß es ein künstlicher Schlaf war. Ihr eigener Schlaf war auch oft ein künstlicher. Sie begriff, daß ihre Mutter unter Drogen stand und daß sie sie ansah, wie ihre Mutter *sie* angesehen hatte, wenn sie versuchte, sie zu Verabredungen aufzuwecken oder einfach, weil sie wollte, daß sie sich den Dingen stellte. Und sie dachte, daß sie es noch einmal versuchen wollte. Sie wollte sich zu bessern versuchen. Vielleicht nach Ostern. Sie würde versuchen, früh aufzustehen. Sie würde versuchen, eine Arbeit zu finden.

Sie setzte sich auf die Bettkante. Sie rüttelte ihre Mutter an den Schultern.

»Ich bin's, Mom. Alice ist da.«

Nichts.

»Bestimmt willst du –«, sagte Ruthie.

»Ich weiß nicht«, sagte Alice. Sie schüttelte ihre Mutter noch einmal, aber das änderte nichts. Sie zog sich auf einen Stuhl neben dem Bett zurück. Alice und Ruthie schauten. Eine lange Zeit schauten sie. Schwestern kamen und gingen. Die hispanische Frau machte einen Anruf. Auf dem Monitor Talkshows, dann die landesweiten Nachrichten und dann die Sensationsmeldungen.

Scarlett lag nun im Bett, am Ende des Tages, und hatte den Abend wieder mit dem Fernseher verbracht, der unergründlich flimmerte, mit Alkohol, mit der Baßgitarre im Schoß. Sie hatte das Bedürfnis abgewehrt, zu Hause anzurufen, und daher lag das Telefon still auf einer Seite, mit seinem Adjutanten, ihrem neuen Anrufbeantworter, ebenfalls unbenutzt.

Sie hatte ein paar Stunden im Gourmetladen eingelegt,

und es war demütigend gewesen. Sie hatte den Gebrauch verschiedener Kräuterarzneien mit einem jungen Ingenieur erörtert, der sie um ihre Nummer bat, die sie ihm nicht gegeben hatte, und dann war sie, vielleicht aus Rache, selbst irgendwo hingegangen, um Pizza zu essen. Und das war es gewesen. Der Ingenieur, sonst niemand. Nein, Moment, sie hatte mit jemand ums Wechselgeld gestritten. Eine Frau hatte ihr lauter komische Münzen gegeben statt Pennys, und sie waren in Streit geraten.

Der Kammerjäger hatte an diesem Abend auf seinem Stuhl gesessen. Sie beobachtete ihn, wie er die Straße beobachtete. Der Duft von chinesischem Essen trieb über Haledon und hüllte die Durchgangsstraßen ein. Man hörte das Rattern der Züge. Der Gedanke kam ihr, daß sie, wenn sie in Jersey bliebe, bald bei dem Kammerjäger beschäftigt sein würde, seine Werbe-T-Shirts tragen, dieses oder jenes Gift empfehlen würde.

Sie beschloß, eine Schlaftablette zu nehmen. Noch ehe sie den Entschluß ganz gefaßt hatte, war sie schon im Badezimmer am Arzneischränkchen. Vielleicht mochte sie die Schlaftabletten ein wenig zu gern. Beim Schlucken fiel ihr auf, wie im Badezimmer an der Decke die Farbe abblätterte. Wieder in ihrem Schlafzimmer, sah sie eine Fliege, die unmögliche rechte Winkel flog und außerstande war, den Spalt des gekippten Fensters und die Freiheit zu erreichen. Scarlett stellte das Gläschen mit den Schlaftabletten neben ihrem Bett auf den Boden. Engel lächelten über ihrem friedvollen Gesicht. Gott liebt die Schlafenden und die Wachenden.

3

Max Crick ging für das, was er liebte, zugrunde. Die Verlok-
kung des Fäkalienschlamms in den duftenden Sümpfen des
Gartenstaats, die Verlockung liebevoll ausgesprochener
Abkürzungen chemischer Schadstoffe, die Verlockung der
sagenhaften Trostlosigkeit der Schutthügel von Jersey City –
Blöcke aus zermalmten Geräten, die wie die Trittsteine der
großen Pyramiden aufgetürmt waren, wirbelnde Tornados
fliegender Aasfresser –, diese Verlockungen hatten seine
normalen Instinkte ersetzt, und er war dabei, zugrunde zu
gehen. Und er wußte es nicht.

Außerdem deprimierte ihn der Frühling. Sommerzeit, um
Energie zu sparen, herrliche Morgen, Hartriegelsträucher,
mit Pailletten besetzte Perlmutterfalter: Sie rührten ihn wie
Zeitungsausschnitte oder Zahngeschwüre. Das war nicht
die Paarungszeit. Statt dessen lud er jedes Jahr zu dieser Zeit
eine tiefe Kälte dazu ein, sich in seiner Brust festzusetzen,
und gab sich seiner wahren Berufung hin – der Berufung als
Drogendealer. Was an den Frühling erinnerte, war verboten. Liebe nur in der Lieblosigkeit. So oder so, welche
Alternativen hätte er kennen sollen? Seine Mutter lag zwei
Meter tiefer; sein Bruder war in einer psychiatrischen Klinik
unweit von Bernardsville eingesperrt. Es war nur noch der
alte Herr vorhanden, rachsüchtig und einsam. Es hätte auch
anders sein können, aber es war nicht anders. Max wohnte
in einem Wohnwagen in den Bergen. Und er verlegte Fernsehkabel. Er dealte nicht mehr so viel wie früher.

Das gute Leben war nicht gut genug, und damit hatte es

sich. Das Leben als Elektriker. Das Weltraumessen, das man sich damit leisten konnte, das Zeug im Kühlschrank, die sterbenden Zimmerpflanzen. Max lebte allein. Er hatte einen Chemiebaukasten.

Früher zog er sich die reichen Kids im Go-Go, im Dover oder im Bottled Blondes an Land, in den Pizzerien und Spielhallen. Wenn die Reichen von Haledon nicht greifbar waren, gab es immer noch die armen Jugendlichen. Alle wollten sie an Stoff rankommen. Es gab eine Liste, auf der er sie taxiert hatte. Alkohol zum Frühstück? Auf Partys Arzneischränke ausräumen? Abends zur Entspannung das Ärztehandbuch lesen? Max war zur Stelle gewesen, mit Klapsen auf den Rücken für die, die neben der Theke kotzten, und mit Heimfahrten für die, die nicht mehr fahren konnten, und er hatte seine Arbeit mit der nervösen Erregung des Liebhabers auf der Suche nach Beute verrichtet.

Seine eigenen Probleme verhinderten jedoch den Erfolg, brachten seine Gewinne auf Null herunter. Und als er jetzt kreuz und quer durch den Staat fuhr, stotterte sein Herz, ohne daß er das Zündschloß umgedreht hatte. Keine Messerstecherei, kein Industriebrand und keine Überdosis drangen zu ihm durch. Trotzdem ließ er es sich nicht nehmen, ab und zu Hausbesuche zu machen. Diesmal der Krakatoa-Kaffeefabrik in Paterson.

Direkt am Passaic River gelegen, einen Steinwurf von den wichtigen Schnellstraßen entfernt, unerschütterlich wie eine mittelalterliche Festung, war die Krakatoa-Fabrik Max seit seiner Kindheit in gewisser Weise verlockend erschienen. Das Verlangen, dort einzubrechen, hatte ihn zu Zeiten heftig umgetrieben, und jetzt, gerade in dem Augenblick, als er seine starken Wünsche hinter sich lassen wollte, ergab sich eine Gelegenheit. Er kannte den Nachtwächter. Den Nachtwächter, der jetzt bald entlassen würde, kurz vor dem Rausschmiß stand und den nichts mehr aufhalten konnte.

Um fünf Uhr abends wimmelte es in der Gegend von Typen, die in die Berge aufbrachen, wo die billigen Wohnungen waren, oder hinunter in die verkommenen Vorstädte wie Dint, Fleece, Malagree, Nutley. In der Fabrik wurde entkoffeinierter Instantkaffee hergestellt, und die chemischen Umwandlungen wurden von einem Geruch nach versengtem Gummi und Kreosot begleitet. Der Geruch war in den Boden und die Bäume der Gegend eingesickert, in die Poren ihrer Bewohner. Die Tante-Emma-Läden in Haledon und um Paterson herum führten Krakatoa auf Kosten anderer Marken. Es war die Marke, die sich nicht in Wasser auflöste, die am Tassenboden hart wurde, aber die Nerven auf Touren brachte, selbst ohne das Koffein. Max trank sie, wie jeder andere auch.

Dann wurde das Werk automatisiert. Die Nachricht wurde über die Lokalzeitungen versprüht, aber wer las die schon? Damals waren Arbeitskämpfe an der Tagesordnung, und die Manager warfen die Gewerkschaften hinaus, so wie andere sich tätowieren ließen oder schon morgens tranken. Es gab keine große Auseinandersetzung. Bald mußte Krakatoa Strafe zahlen, weil Abwässer in den Passaic geleitet worden waren. Nervenschädigende Karzinogene, Stoffe, die Embryonen mißgestalteten, und Schlimmeres. Zum Auslösen des Koffeins benutzte man korrosive Bestrahlung. Max liebte die Großartigkeit des Werkes.

Jetzt war es eine dynastische Ruine. Die Behörden hatten sorgfältig Stacheldraht darum gezogen, einen Großteil geschlossen und den Rest an kleine Geschäftsleute vermietet. Die Verantwortlichen verschwanden. Die letzten Arbeitskräfte gerieten aus dem Blick, erschienen nur noch in den nationalen Statistiken des Kapitals. Von einem dritten Beteiligten, der nichts mit den illegalen Abwässern oder ihrer Entsorgung zu tun hatte, wurde Nails Pennebaker angestellt, um den Ort nachts zu überwachen. Nails von der

Haledon High-School, jetzt wohnhaft in Paterson. Max' alter Freund Nails. Nails, das schwarze Omen. Nails mit dem Schlagstock und der Kanone.

Sie waren Blutsbrüder gewesen. Sie hatten es offiziell gemacht, indem sie auf dem Männerklo der Haledon High School Speed eingeworfen hatten, ehe Speed in Haledon in war. Es war das Abschlußjahr, als sonst niemand mehr etwas mit Max zu tun haben wollte. Die beiden schliefen während der Förderstunden in Geometrie hinten im Klassenzimmer, mit Pillen unter der Zunge. Sie hatten auf Feueralarmübungen gewartet, um die Büros zu plündern, und den Alarm ausgelöst, als sie das Warten satt hatten. Sie brachten Waffen mit in die Schule, erpreßten sich Mittagessengelder, quälten Sonderschüler, verkauften gepantschte Drogen an die Vertrauensseligen und Ahnungslosen. Die Möchtegerne.

Aber sie stritten sich. Nails fühlte sich in Haledon nicht wohl. Er stand hinter den Linien. Max sagte, er würde ihn an einem bestimmten Ort treffen, und tauchte dann nicht oder erst zwei Stunden später auf. Und Nails darbte unter den Weißen, während Max den halben Staat durchquerte, auf den Felsen über der Brücke saß oder in den Industriewüsten herumstreunte.

Sie stritten sich, weil Max für die Schuhschachtel voller Substanzen, die Nails ihm beschaffte, nicht zahlte. Er feilschte mit den Geldeintreibern der Unterwelt von Paterson, als sie auftauchten, bettelte darum, Sachen für sie reparieren, kleine Verbrechen für sie begehen zu dürfen. Die Ergebnisse taugten nichts. Die Syndikate verwüsteten das Haus von Max' Vater, als Max noch dort wohnte.

Im Frühjahr nach dem Ende der Schule gab Nails auf und zog in eine eigene Wohnung in Paterson. Seine Mutter und sein Vater waren in die weißen Vorstädte gezogen, um ein Geschäft aufzumachen, und blieben dort. Sie wollten nicht so schnell aufgeben. Für Nails war das Verrat, und er kehrte in seine Heimatstadt zurück, um für die großen Kanonen, die großen Dealer zu arbeiten. Er warf abgepackte Briefchen durch Briefschlitze.

Er war den Typen mit den Spitznamen gegenüber die reine Höflichkeit, aber nach einer Weile machte es ihn fertig, genau so, wie wenn er einen Besen für einen Weißen geschoben hätte. Nach einer Weile wurde er Nachtwächter. Es war eine Art moralischer Entschluß – so sah es Max –, es war der Entschluß, für sich zu bleiben.

Max schloß seinen Motorroller an den Maschendrahtzaun neben dem Decoplex-Kinopalast an, wo sie Splatterfilme und Pornos zeigten. Direkt an der Bundesautobahn. Er schlenderte über die Gütergeleise, an den patronenförmigen Chemikalienwaggons vorbei, an den Garagengeschäften, wo steuerfrei Zigaretten und Bier verkauft wurden. In alle Richtungen rasten Autos vorüber. Der Wind war kühl, und er ging gern zu Fuß.

Ein Teil seines Problems mit dem Frühling hatte damit zu tun, daß sein Bruder sich um diese Zeit vor einem Jahr selbst eingeliefert hatte. Nicht, daß ihm so viel an seinem Bruder gelegen hätte, aber es stellte sich heraus, daß er ihm fehlte. Manchmal telefonierte er mit ihm. Sein Bruder lachte über die, die eingeliefert worden waren, und wie schlecht sie dran waren, die Scheißkerle. Er hielt Max über die Drogentherapien und über andere Trends auf dem laufenden. Schockmethoden waren wieder angesagt. Aber wie alle übrigen da drin hatte sein Bruder Angst, wieder rauszukommen. Er würde rauskommen, wenn von dem Geld der Versicherung nichts mehr übrig war, aber keinen Tag eher.

Die Riegel am Fabriktor knarrten wütend. Der Stacheldraht wackelte. Der Geruch nach früherer Industrie, nach verschwendeter Macht erfüllte den leeren Platz vor der Fabrik. Nails wirbelte seinen Schlagstock, als Max sich herein-schob. Keine nette Begrüßung – Max wurde einfach ge-schluckt.

»Ich hab guten Stoff«, platzte er heraus, »echt super.«

Und dann in den Korridor hinein – die Feuertür fiel ins Schloß, als sollte es endgültig sein. Drinnen war alles abge-nutzt und still.

»Hier proben ein paar Rockbands, normalerweise«, sagte Nails, »aber nicht mehr so oft. Hab sie nachts immer ge-hört.«

Max wußte, wer. Er hörte auf seinen eigenen Tritt und den von Nails' ungeputzten Nachtwächterschuhen. Das ein-zige Geräusch.

Am Aufzug, einem Käfig aus Metall, tauchten Stock-werkszahlen auf, rutschten vorbei wie Treibgut auf einer trägen Wasserstraße. Nails rauchte. Nails erzählte ihm von seinen Geldnöten. Das sah ihm nicht ähnlich. Aber er er-zählte Max alles. Er redete wieder von seinem Kind. Max hatte über jemand anderen davon gehört. Das Kind hatte keine Daumen. Seine Frau hatte während der Schwanger-schaft etwas genommen. Sie hatten damals diese neue Droge auf dem Markt. Die Daumen ragten irgendwie wie kleine Geweihe heraus. Das Traurigste war, daß das Kind dauernd versuchte, Sachen aufzuheben. Dann hatten sie es in einer Sonderschule angemeldet. Und das war noch nicht alles. Nails verlor seine Stelle. Die Geschichte ging immer weiter. Es war ein langsamer Aufzug.

»Sie machen hier alles dicht.«

»Aber paß auf«, sagte Max, »ich hab hier was vor.«

»Geschäftemacher«, sagte Nails. Und dann rauchte er.

Als der Aufzug endlich stehenblieb, waren sie auf dem Dach. Der Abend verblaßte. Es war Max ziemlich klar, daß, was immer sie aneinander gebunden hatte, diese wilde Zu-neigung in der High School, jetzt fort war. Wenn es damals die Drogen gewesen waren, so änderten die Drogen heute nichts mehr daran. Die Drogen waren völlig abgenutzt. Nails machte sich über Sachen Sorgen, die Max nicht kannte. Und daß Max weiß und Nails schwarz war, schien jetzt etwas ganz anderes, als es einmal gewesen war.

Max wußte, daß er selbst Probleme hatte – er konnte zum Beispiel abartigen Schrecken nicht von erotischer Besessenheit unterscheiden (wenn von Mord und Selbstmord die Rede war, rührte sich in seinen Lenden etwas) –, doch ihm kamen diese Probleme wie gute Ideen vor. Und der Behälter zur Dekoffeinierung war die beste Idee, die ihm bisher gekommen war. Was war überhaupt die Halbzeit von Cäsium? Mit einer Lötlampe würde er an das Zeug herankommen. Er wollte es sich bloß einmal ansehen.

»Sag was, Nails«, sagte Max.

Über den Verkehr schwappten Farben in fleckigen Wellen. Auf der nächstgelegenen Brücke ertönte ein langsames Pulsieren von Hupen.

»Es ist nicht das gleiche, Nails«, sagte Max, »das ist alles.«

Nails holte aus seiner Hosentasche einen Flachmann – einen Augenblick lang sah es so aus, als würde er nach seiner Schußwaffe greifen –, und als er trank, schmeckte Max den Feuerstoß des Bourbon. Es hätte so sein sollen, daß zwei Freunde miteinander tranken, aber das Gefühl stellte sich nicht ein. Max überlegte, wie viele Zentimeter in dem Flachmann waren, wieviel er trinken konnte, ohne sich wie ein Arschloch aufzuführen.

Bei der Unterhaltung versuchte er, etwas von dem Verlorengegangenen wiederherzustellen. Um Konversation zu machen, erzählte er von Mike Maas und wie Mike in die Sümpfe hinausgefahren war. Max dachte an Typen in Filmen, die brennend herumtaumelten, flammende Vogelscheuchen. Viele Gespräche in Haledon kamen immer wieder auf Mike Maas zurück.

Und dann Lane.

»Er ist wieder da, sieht aus, als würde er sterben oder so. Wie eine Leiche. Läuft rum wie ein Gespenst. Und Alice von Critical Ma$$. Ihre Mutter hat einen Typen überfahren und ihr Auto zu Schrott gefahren und ein paar Finger eingebüßt. Das Auto ist von selber losgerast.«

»Von selber«, sagte Nails. »Sie haben immer hier draußen geprobt, Alice und die andern.«

Sie waren am Eingang zum Treppenschacht. Durch das andrängende Zwielicht kreuzten zwei Verkehrshubschrauber.

»Paß auf«, sagte Max. »Ich muß echt wissen, Nails, ob wir das Ding aufbrechen oder nicht. Ich hab da Pläne« – er suchte in seiner Tasche nach dem Beutel mit dem Speed –, »ich meine, ich will über deine Waffe Bescheid wissen. Welche Art Waffe geben sie euch denn für einen Job wie den hier?«

Er drückte Nails Pillen in die Hand.

In dem Notfallkasten, wo früher die Feuerlöscher gewesen waren, war noch eine Flasche versteckt. In welchem Stockwerk befanden sie sich? Mittels einer Reihe von Zahlenkombinationen öffnete Nails eine massive Hydrauliktür. In der riesigen Fließbandhalle, die so großartig war wie die öffentlichen Plätze eines alten Weltreichs, hatte Max das Gefühl, vor einer bedeutenden Unternehmung zu stehen. Wahrscheinlich lag es bloß an den Drogen.

»Im Zweiten Weltkrieg haben sie hier Flugzeuge gebaut«, sagte Nails. Er lehnte sich an einen Metallschrank und deutete in die Weite.

Der Raum war maßlos. Biologisch. Das verrostete Fließband ragte in ein offenes Zwischengeschoß empor, wie Gedärm, das sich von einer Verdauungsschleuse zur nächsten erstreckt. Glatt und einfach wie Sehnen und Knochen, standen entlang des Fließbands Reihen von Spezialmaschinen. Sie zogen den Kaffeedosen Plastikhüllen über, erfuhr Max, richteten die Dosen aus und deckelten sie. Und dort stand eine geheimnisvolle Maschine, eine Art Stahlgiraffe, die nichts anderes tat, als Fehlprodukte zu zermahlen, sie zu einer heißen Suppe zusammenzuschmelzen und in den Passaic River zu gießen.

Doch Max war hinter der größten Maschine her, der Maschine des zwanzigsten Jahrhunderts, und die stand hinten unter einem Sims, als wäre sie der Mittelpunkt eines Altargemäldes. Der Schrein. Das Allerheiligste.

»Also gibst du mir deine Pistole oder was?« sagte Max.

»Wie hoch ist mein Anteil?«

»Die Hälfte von allem, Mann. Die Hälfte meines Erstgeborenen.«

Nails sog nachdenklich an der Halbliterflasche. Dann tauschte er sie gegen seine Pistole aus, steckte die zugekorkte Flasche mit dem Hals nach unten in den Halfter, übergab die Waffe mit dem Lauf voraus.

»Das Ding ist seit Jahren nicht mehr in Betrieb gewesen. Die Pistole hat überhaupt keinen Zweck.«

»Was kümmert's dich?« sagte Max schnell und schoß.

Nails duckte sich unter das Fließband, als die ersten drei, vier Schüsse von der Oberfläche des nuklearen Dekoffeinierers zurückschnellten und von den Wänden abprallten. Wie die Scharfschützen in Fernsehserien balancierte Max den Lauf der Pistole auf seinem Unterarm.

»Schauen wir mal nach.« Er ging auf sein Ziel zu, Waffe im Anschlag, ganz echt. Sie betasteten die Dellen im Metallgehäuse der Maschine.

»Willst du mal?« fragte Max. Nails hielt ihm einfach die Munition hin. Die folgenden Schüsse richteten nicht mehr Schaden an als die ersten.

Später öffneten sie das Gehäuse mit einem Brecheisen – was überhaupt kein Problem war –, und bis dahin hatte Max sein Jeanshemd durchgeschwitzt. In sein Fleisch war der alte Fabrikstaub eingesickert. Sie waren betrunken und torkelten, als das Seitenteil abging, doch Max spürte die scharfe Wunde der Leere in der Maschine trotzdem. Keine kleinen blauen Kuchen, kein perfektes Gift, um sich aufzulösen oder Klarheit zu erlangen. Nichts, was man hätte rauchen, in Heftchen füllen oder schnupfen können.

War Nails fähig, Trost zu spenden? Max war längst nicht mehr imstande, die Unterhaltung zu verstehen. Max war zugleich fröhlich und verzweifelt. Was war das? Die moderne Welt war seltsam und unfertig, ein aufgegebenes Projekt. Ihre Wirkungen waren unterschwellig. Max war ein Typ, der die Explosion einer Neutronenbombe schön gefunden hätte, und das war auch schon alles, was er von sich selbst begriff.

»Ich weiß nicht, ob's am Pollenflug liegt oder an was«, sagte er zu Nails, »aber der Scheißfrühling geht mir auf den Keks. Manchmal will ich im Frühling einfach krepieren. Was soll ich jetzt machen? Mir einen Piepser besorgen oder was?«

»Du solltest Autos ausschlachten oder was in der Größenordnung oder so«, meinte Nails. Dann schwiegen sie.

Max entleerte die Waffe und feuerte sie gegen seine Schläfe ab. Er grinste. Das nächste, was er wußte, war, daß Nails Schlüssel klirrten. Nails am Schloß der Hydrauliktür. Dann, daß der Aufzug kraftlos nach unten ging. Max sauste in seiner eigenen Vergangenheit herum. Er erinnerte sich an die Zeit, als sein Bruder in der Schule ohne hinzusehen einen Hakenwurf von drei Metern hinter der Wurflinie landen konnte. Er erinnerte sich an eine halbe Notiz, die ihm seine Mutter eines Nachts dagelassen hatte – VERGISS NICHT... Er erinnerte sich daran, wie er von Mike Maas gehört hatte, und wunderte sich, warum es ihm so vorkam, als wäre er bei Mikes Tod dabeigewesen. Er konnte ihn so deutlich vor sich sehen, als wäre er es selbst gewesen, als wäre er selbst brennend mit ausgestreckten Händen auf der Straße aufgetaucht.

Die Nacht schlingerte. Als Nails ihn zum Haupttor hinausließ, taumelte er und konnte sich an nichts mehr erinnern, konnte sich nicht mehr erinnern, was drinnen passiert war. Es nieselte. Die Autobahnen waren leer. Er kam sich großartig vor. Gespenster waren der Wappenvogel von New Jersey. Er ging an dem Biergroßhandel vorbei, den Gütergeleisen, dem Decoplex-Filmpalast, und als er zu der Stelle kam, wo er seinen Motorroller angeschlossen hatte, war nichts mehr davon übrig als zerbrochene Federn und Kettenglieder, die wie Innereien auf dem Gehsteig verstreut lagen, auf einem Gehsteig mit Buckeln. Dort in den Spannungsrissen, in den Ritzen wuchs in kleinen, wilden Klumpen vergilbtes Gras.

Okay, es war Frühling, und Alice saß auf der Vordertreppe und dachte über Fortpflanzung nach oder über die Anzeichen der Fortpflanzung. Sie dachte über die Kinder nach, die in Haledon spontan nachwuchsen, und wie sie ihr eine gewisse Angst vor dem Veralten einflößten. In der Schule nebenan hatten die Lehrer an diesem Nachmittag bei einem weiteren überflüssigen Versuch, die Kinder unter Kontrolle zu halten, ein Geländespiel veranstaltet, und jetzt waren alle Kinder über den Anhöhen verstreut auf ihren eigenen Erkundungszügen. Sie sah ihnen zu, wie sie Sachen herumschoben, ihre Schlagkraft ausprobierten.

Sie gaben einander Namen wie Flash, Stretcho, Jewel oder Namen, die einfach ein Durcheinander aus Zahlen und Buchstaben waren wie bei Seriennummern oder Nummernschildern. Sobald man glaubte, ein Paar oder eine Vierergruppe wiederzuerkennen, verschwanden sie wieder. Ihre Erkennungszeichen änderten sich dauernd, der Aluminiumbaseballschläger, die Fängermaske, das Walkie-Talkie oder die Schrotflinte.

Zehn, elf, zwölf Jahre alt. Sie kamen von nirgendwoher. Sie schrieben bei *Schule* ein W dazu. Sie vertraten diese ganzen unbegründeten Meinungen, setzten Freundschaften auf wacklige Tatsachen, weigerten sich an einem Tag, miteinander zu reden, und steckten am nächsten die Köpfe zusammen. Sie klingelten an Haustüren und rannten davon, stellten den Behinderten ein Bein, kicherten bei dem Wort *Liebe*. In gewisser Weise ganz ähnlich wie die Leute zwischen zwanzig und dreißig.

Alices Haus lag mitten auf dem Terrain des Geländespiels, und als sie sich auf die Vordertreppe setzte, die Wolken über sich beobachtete, die Colt-Pistolenfabrik roch, die an diesem Nachmittag im Wind lag, waren überall hinter Büschen oder auf den unteren Stufen von Kellereingängen Kinder versteckt. Welche Seite gewann, war längst unwichtig geworden. Es war nur noch ein Gefangennahmeritual übrig.

Alices Mutter schlief oben in ihrem Schlafzimmer, wo sie seit ihrer Rückkehr aus dem Krankenhaus den ganzen Tag lag. Die Rückfahrt war so still wie ein Leichenzug gewesen. Mrs. Smail, die unter starken Beruhigungsmitteln stand, reagierte auf Alices Dienste nicht. Sie war aber wach. Es ging ihr gut. Ihr Körper war unversehrt. Während Alice auf der Treppe saß, dachte sie über Prothesen nach. Sie dachte über Frauen in Rollstühlen nach, Frauen mit künstlichen Beinen, Frauen mit Elfenbeinstöcken, künstlichen Ausgängen, Frauen mit Schaumgummibrüsten. Etwas daran gefiel ihr. Prothesen waren unumgänglich.

Der Junge, der über den Rasen kam, trug einen Indianerkopfschmuck aus aquamarinblauem karierten Papier. Unter beiden Augen hatte er mehrere orangefarbene Leuchtstiftstriche. Er hämmerte sich mit der offenen Handfläche gegen den Mund. Beinahe unparteiisch fragte er sie, auf welcher Seite sie stehe.

Alice wußte es nicht. Sie sagte nichts.

»Ich muß dich markieren, nur für den Fall«, sagte der Junge, »hat nichts mit dir zu tun, weißt du.«

»Schon in Ordnung«, erwiderte sie.

Er trug einen viel zu weiten Fußballpullover über einer zerrissenen blauen Jeans. Überall Grasflecken. In dem Loch über seinem linken Knie war eine verkrustete Wunde zu sehen, voll Dreck und Kies. Als er sich neben Alice auf die Treppe gesetzt hatte, zog er einen Stapel Baseballsammelbilder aus seiner Tasche und blätterte sie geistesabwesend durch.

Die gepflanzte Natur im Hof fiel der Unordnung anheim, und es würde noch schlimmer kommen. Löwenzahn würde hervorschießen. Große Schwammspinner würden sich einnisten. Hecken, die ordentlich gestutzt worden waren, würden die Form verlieren und seltsame Sprößlinge treiben. Alice ging durch den Kopf, daß die Kinder, die Generation, die man im Auge behalten mußte, hier nicht ungelegen kamen. Sie fragte den Jungen, ob er schon einmal einen Rasen gemäht hatte. Sie fragte ihn, ob sie ihm vielleicht etwas dafür zahlen könnte, daß er sich ein paar Wochen lang um den Rasen kümmerte.

Bald tauchte aus dem Nichts ein zweiter auf – vielleicht hatte er genau vor ihnen in einem Busch gehockt. Er heiße Z., sagte er, obwohl er mit ziemlicher Sicherheit Cleos kleiner Bruder Teddy Diserio war. Alice hatte Cleo früher gekannt, ehe Cleo fortgegangen war, um in der Stadt als Model zu arbeiten.

Der erste Junge sprang auf, um sich mit seinem Freimaurergenossen hinter den Forsythien zu beraten. Alice schaute zu den Jalousien hinauf, die die Schlafzimmerfenster ihrer Mutter abschirmten. Schlief sie? Sie dachte an Lane. Wie sie ein Gespräch mit ihm anfangen könnte.

»Du mußt mit uns kommen«, sagte der erste Junge, als sie

zurückkamen. Z. stand mit verschränkten Armen hinter ihm.

»Ja«, meinte Z.

»Ach ja?« erwiderte Alice.

»Ja.« Der erste Junge vergrub die Hände in den Taschen seiner Jeans.

Alice überlegte es sich. Sie schob die Gedanken an ihre Mutter beiseite.

»Laßt mich einen Kaffee holen, dann komm ich mit. Wollt ihr zwei einen Saft oder so?

»Bier?« sagte Z. Der erste Junge nickte. »Hast du Bier?«

Dennis hatte das Malen aufgegeben. Er stand vor den Bahnschienen und gab es ein für allemal auf. Den ganzen Vormittag hatte er darüber nachgedacht: Er hatte versucht, eine Leinwand aufzuziehen, eine Staffelei aufzustellen, die Fotos seines Modells Alice durchzusehen, hatte es aber nicht fertiggebracht. Statt dessen hatte er sich darangemacht, den Brausekopf im Badezimmer seiner Eltern zu reparieren. Und als er damit fertig gewesen war, hatte er sich zu einem Spaziergang die Geleise entlang aufgemacht und Steine gegen ein Schild geworfen, das an einen toten Ahorn genagelt war und auf dem »Durchgang verboten« stand. Er befürchtete, Alice sei in seinen Stiefbruder verliebt. Er dachte es nicht genau so, aber es war nicht weit davon entfernt.

In der Ferne, wo die Geleise sich von der Stadt entfernten, entlang ihrer Aurikel und Ventrikel, in der Ferne neben der Propellerfabrik konnte Dennis drei kleine Gestalten erkennen, die sich unbeholfen die Schienen entlang bewegten. Sie blieben stehen und gingen wieder weiter. Sie kamen in winzigen Schüben voran. Eine Zeitlang versuchten sie auf den Stahlrändern zu balancieren und fielen dann herunter. Dennis blieb bei dem Dorngestrüpp stehen, das an der Zementmauer der Dykes-Metallwerke wuchs, und wartete.

In der Ferne bog ein Zug um die Kurve und jaulte jammervoll. Schlichte Melodie. Als er vorbeifuhr, zielte Dennis aus seinem Versteck heraus auf Güterwaggons. Die Steine verschwanden im Radau des Zuges. Die Jungen – denn das waren die Gestalten – erreichten ihn mitten in seiner einsamen Wut. Der Zug fuhr noch immer vorbei, Spitze und Schwanz waren in beiden Richtungen meilenweit weg. Es war die Art Jungen, die ihre Baseballmützen verkehrt herum trugen, die Safarishorts und Röhrensocken trugen. Dennis tauchte aus dem Gebüsch auf, als wäre nichts dabei.

»Du«, sagte einer von ihnen.

»Selber du«, sagte Dennis.

Der erste Junge fummelte am Rand seiner Baseballkappe herum, als würde er dort Kiefernharz abwischen. Er brummelte eine Frage.

Dennis griff nach einer neuen Handvoll Steine. Die Sache mit den Gestalten am Horizont war die, daß Dennis sich immer einbildete, sie wären entweder sehr hilfreich oder sehr schädlich. Solche mythischen Gestalten durften nicht mittelmäßig sein. Er dachte daran, auf einen Güterwaggon aufzuspringen.

»Versuch keine Tricks, Bursche«, sagte der Junge mit der Baseballmütze, »wir haben Handschellen dabei und alles.«

Und wirklich hatte er ein Paar Plastikhandschellen in der Gesäßtasche seiner Shorts. Eine Handschelle war hinten an seiner Gürtelschlaufe befestigt, und er hatte Schwierigkeiten, sie loszubekommen.

»Geht mir nicht auf den Keks, ja?« sagte Dennis. Er sagte ihnen, sie sollten sich einen von ihresgleichen aussuchen. Dann fing er an, über die Kinder nachzudenken. Man konnte sie mit einem Haken gegen den Kopf umhauen. Aber die Kinder sahen alles. Sie waren Zeugen von allem, was im Viertel passierte. Und er dachte an Lane, der zu Hause war. Er begann, Informationen aus den Kindern herauszuquetschen.

Lane stand in der Küche und versuchte, einzeln abgepackte Käsestückchen auszuwickeln. Er wühlte in einer Schublade, auf der Suche nach einem Messer. Seine Mutter war auf Besuch bei Mrs. Smail und dann im Supermarkt und dann im Tagesheim und dann bei ihrem Ligatreffen. Er erschöpfte seine Mutter und seinen Stiefvater, das wußte er. Sie versuchten häufiger, mal aus dem Haus zu kommen. Das war in Ordnung. Er wollte den Käse nicht. Er wollte das Messer.

Es klingelte an der Tür.

Lane blieb still stehen. Er hörte Kinderstimmen. Den unkomplizierten Optimismus ihrer Stimmen. Er dachte an die Namen von Kinderspielen, Fangen, Blindekuh, Dosenfußball, Besenstielbaseball, Der Hecht im Karpfenteich. Spiele, die älter waren als das Steinschloßgewehr und die Entdeckung des Gartenstaats und noch lange danach da sein würden, lange nachdem Lane wo auch immer hingekommen sein würde.

Er hatte Angst, die Tür aufzumachen. Aus Nervosität ging er aber doch hin, legte die Hände auf das Schloß.

»Wer ist da?«

»Ich«, sagte eine Stimme, »das Zeitungsmädchen. Zum Kassieren.«

Lane sagte nichts. Das Haus war still. Die Jalousien waren heruntergelassen. Die Standuhr auf dem Treppenabsatz war stehengeblieben.

»Zum Kassieren«, sagte das Mädchen fest. Noch einmal.

Und Lane gab nach. Er legte die Riegel um. Nicht aus Höflichkeit oder Neugier, sondern aus Abgeschlafftheit. Lane hatte das Geld nicht, hatte keine Ahnung, wo seine Mutter, wenn überhaupt, Geld aufbewahrte, und er fühlte sich gedrängt, es dem Mädchen einzugestehen.

Furchtbarer Sonnenschein. Das Mädchen war hübsch, und Lane nahm dies auf abstrakte Weise wahr. Ihr hellblondes Haar, der Archipel aus Sommersprossen über ihrem

Nasenbein. Er lehnte sich an den Türrahmen. Um das ganze Haus herum waren Kinder, den ganzen Block hinauf und hinunter. Frühlingsknospen.

»Was ist?« sagte sie. »Hast du das Geld?«

Lane schüttelte den Kopf.

»Jemand hat mir Bescheid gesagt«, sagte sie. »Diese Woche, hieß es. Dein Papa.«

»Nicht mein Vater«, sagte Lane.

»Tja –«, sagte das Zeitungsmädchen.

Lane schüttelte fest den Kopf. Er ging auf die Vordertreppe hinaus. Die Vögel und Blumen hatten die Banalität von Grußpostkarten.

»Ich mache einen kleinen Spaziergang«, sagte er.

»Was?« sagte sie. Sie streckte die Hüfte vor und stemmte eine Hand darauf.

»Will's mal versuchen«, sagte er.

Sie sagte: »Wir könnten zusammen auf meinem Fahrrad fahren.«

»Es ist so hell«, sagte er.

Das verrostete Dreigangrad stand draußen auf dem Gehsteig an einen Felsen gelehnt. Kinder wußten, wie man auf der Lenkstange fuhr. Lane erinnerte sich: Es war die Zugangsberechtigung. Auf der Lenkstange fahren, Fummeln, Klauen, Alkohol trinken und bei Freunden übernachten. Er erreichte das Fahrrad, setzte entschlossen wie ein alter Mann einen Fuß vor den anderen. Er hatte sich noch nicht entschieden. Hinter der blühenden Forsythie tauchten noch drei Mädchen auf. Dick übers Gesicht geschmiertes Make-up.

»Haut ab«, sagte das Zeitungsmädchen.

Die drei drängten sich dort zusammen, wo Lane sich auf dem Fahrrad zurechtsetzte. Er setzte sich auf den Sattel. Sie war dabei, sich aufzuschwingen.

»Hast du ihn markiert?« sagte eines der Mädchen.

Das Zeitungsmädchen nickte. Eines der anderen, eine kleine Asiatin, stampfte mit dem Fuß auf.

Und dann stieg Lane wieder von dem Fahrrad ab und ließ es auf die Seite scheppern. Er wischte sich die Hände ab. Er schlüpfte aus dem Kreis der Mädchen, und er sah nicht zurück. Er ging zur Einfahrt hinüber. Von Westen her zogen Wolken auf. Die Mädchen hörten zu streiten auf. Sie glotzten. Auf der Straße fuhr gemächlich ein Polizeistraßenkreuzer vorbei. Der Klang eines Zuges.

Lane schüttelte den Kopf. Dann fing er zu rennen an. Mitten auf der Straße fing er zu rennen an, mit schmerzenden Lungen, sein ungeübter Körper holte aus und streckte sich.

Der Bahnhof war eine Ruine. Nirgendwo in Haledon hielten die Züge heute noch an. Mit ihrer großen Fracht beladen fuhren sie anderswohin. Es blieb kein Gebäude übrig, das den Passagieren anderer Zeiten ein Denkmal setzte. Die Industrie im Gartenstaat war auf dem absteigenden Ast. Was vom Bahnhof noch übrig war, war eine dachlose, bodenlose Ansammlung von drei Mauern, in deren Innerem Betonklötze herumlagen. Keine Fenster, keine Bänke, keine Installationen, keine Drähte, kein Telegraf, kein unüberwindlicher Sicherheitszaun.

Es war später Nachmittag, als Alice und ihre Häscher bei den Dykes-Metallwerken aus dem Bus stiegen und sich über die leeren Grundstücke auf den Weg machten. Ein Junge trug noch immer die Eistüte, die Alice ihm gekauft hatte. Über ihren Rand lief fluoreszierende Creme. Die Sonne verschwand hinter einer massigen Wolkenbank. Oberhalb der Geleise mühten sich Autos den Hügel hinauf. In der Tasche ihres zerknitterten weißen Hemdkleids hatte Alice eine Zigarette.

»Wollt ihr rauchen?« sagte sie.

Die Augen der Jungen wurden größer.

»Ihr Burschen seit doch noch nicht so weit, wenn ihr wißt, was ich meine. Ihr Burschen seit noch Jahre davon entfernt.«

Sie schienen in sich zusammenzusinken. So war es eben mit den Kindern, dachte Alice. An ihnen war die Jugend verschwendet.

»Weiß nicht«, sagte der mit der Eistüte.

»Du Häschen«, sagte Alice. Sie zerzauste das Haar auf seinem Kopf. Er nahm es einfach hin. Er sagte nichts.

Als sie um die Mauer bogen, tauchte Dennis aus den Überresten des Bahnhofs auf. Er rauchte ebenfalls und trank aus einer großen Dose.

»Hey«, sagte er.

Alice sank das Herz. Sie wollte flüchten. Sie hatte ihn nämlich seit neulich, als er sie mit in Lanes Zimmer hinaufgenommen hatte, sozusagen vergessen. Sie hatte sich eingebildet, das Problem würde sich von selber lösen. Sie lief aber nicht weg. Statt dessen umarmte sie ihn. Sie gingen um das Bahnhofsgebäude herum, bahnten sich einen Weg durch zertrümmerte Flaschen und verbogene Aluminiumfetzen. Die Kinder schlurften hinterher. Der mit der Eistüte wagte sich allein los. Im Bahnhof gab es ein Feuer aus Stöcken, Schlauchstücken und Kleiderbügeln.

»Ich dachte, ich mache mal einen Spaziergang –«, sagte Alice.

»Ich war den ganzen Nachmittag hier draußen«, sagte Dennis. »Hey, äh, wie geht's deiner –«

Sie waren beide nervös. Alice sagte nichts.

»Ich hab's von meinem Stiefbruder«, sagte Dennis. »So hab ich's erfahren.«

Und dann stritten sie. Der Ausdruck *Stiefbruder* brachte das Faß zum Überlaufen. Es kam nicht überraschend. Alice redete sich die Last vom Herzen. Ihre Wut wirkte wie ein

Aphrodisiakum. Sie hatte das gern. Sie beschimpfte ihn gern, nannte ihn gern einen Klempner, verwirrte ihn gern mit Argumenten, die er übersehen hatte, Feinheiten, die er nicht begriffen hatte. Doch damit nicht genug. Sie wurde rot. Sie fing wieder von vorn an. Die ganzen kleinen Sachen, die immer schiefgelaufen waren. Alle kamen sie zum Vorschein.

Daher bekam es Dennis mit der Angst zu tun. Er wollte alles zurücknehmen.

»Du willst doch nicht etwa Schluß machen oder so?« sagte er. »Das willst du doch nicht einfach –«

Am meisten haßte sie ihn, weil er nicht selbst auf die Antwort kam. »Na ja, ich weiß nicht«, sagte sie. »Wie könnte ich? Vielleicht tu ich's, vielleicht auch nicht. Woher soll ich das wissen, Scheiße noch mal?«

In seinen Zügen lag eine Mischung aus wildem Blutdurst und jenseitiger Freude. Irgendwie erfreute sie ihn. Sie wußte, daß das, was sie zu sagen hatte, in dieser Richtung lag. Dennis hatte noch nicht erkannt, daß er im Grunde *ein netter Junge* war. Man konnte ihn nur mit Ungerechtigkeit aufwecken.

Die Kinder beschäftigten sich. Sie rösteten Stücke leblosen Materials über dem Abfallfeuer. So ein Streit war für sie wie eine geringe Strahlendosis. Wo es Streit gab, fühlten sich die Kinder vollkommen zu Hause. Aber bald wurden sie es müde. Ihre Familienpflichten fielen ihnen wieder ein. Der Abend rückte näher, und sie strebten davon.

Alice und Dennis lagen auf einem langen, flachen Stück Zement. Dennis spielte mit einem gezackten Stück Glas. Über ihnen Wolken.

»Und was jetzt?« sagte Dennis.

Alice nickte.

Ein Junge mit einer Tolle und einem Fußballpullover trug feierlich einen brennenden Ast im Raum herum.

»Ihr Burschen könnt einem echt auf'n Arsch gehen«, sagte Dennis.

»Sie haben es uns aufgetragen«, sagte der Junge, »die Lehrer –«

Lane erinnerte sich an die Tage, die erfüllt waren von Zukunft und Talent. Oder er glaubte, sich zu erinnern. Beim Gehen. Das Talent war nicht voll entwickelt – es war ein faules und ungeschliffenes Talent –, und Lane nutzte es nicht bei seiner Arbeit in der Patentanwaltskanzlei. Er hatte den Geruchssinn eingebüßt, die Muskeln in seinem Nacken hatten sich verspannt, verkrampft. Aber er erinnerte sich an die Aussichten, die er gehabt hatte. Sie waren der Grund für seine Erinnerung, die eingebüßten Aussichten. Es hatte Mittagessen gegeben, Mittagessen, bei denen sie Pläne geschmiedet hatten. Wie sie mehr bekommen, Hindernisse aus dem Weg räumen konnten. Wer hatte Einfluß? Was sollte man anziehen? Damals, als er über Erfindungen nachgedacht, die Bibliotheken durchforstet hatte. Okay, er war nicht besonders gut darin gewesen, aber er war dort gewesen. Einmal war er das klügste Kind im Umkreis von Meilen gewesen, aber als Erwachsener hatte er einfach die Farbe verloren. Innen tot. So tot, wie man nur sein kann.

Er war oben am Hügelkamm, ging weiter. Unten lag Paterson wie ein schwelender Krater. Auf einer der großen Zufahrtsschleifen war der Verkehr zum Stillstand gekommen. Polizeihubschrauber kreisten wie Raubvögel am Himmel. Sie schienen jeden Augenblick bereit, Infanteriesoldaten auszuspucken.

Die Straße nach Haledon hinunter war mit Trümmern und Müll übersät. Ausgebrannte Autos, Grabhügel aus zersplittertem Glas, plattgedrückte, unkenntliche, biologische Fetzen, zerschlissener Straßenbelag, Schlaglöcher voll mit einer unheimlichen schwarzen Brühe.

Sein Herz raste ein wenig, wie in den alten Zeiten. Er mochte die Zerstörung gern. Der Güterzug, der um die Kurve bog, war sein Fahrschein in die Welt der teuflischen Industrie. Er konnte aufspringen. Er konnte aufspringen, oder er konnte eine Stunde lang warten, bis er vorbeigefahren war. Der Zug heulte und toste vorbei, wie ein Kinozug, eine massige Ikone des letzten Jahrhunderts.

»Irgendwas mache ich falsch«, sagte Dennis.

»Was du falsch machst«, sagte Alice, »ist, daß du darüber nachdenkst, darüber, daß du was falsch machst. Vergrab dich nicht, das ist mein Rat. Keiner kann dich aushalten, wenn du dich vergräbst.«

Die Ruine war jetzt leer. Alice und Dennis waren ohne Aufpasser. Das Geländespiel war ein Traumbild, eine Täuschung. Womöglich nie wieder würden die Kinder gemeinsam etwas zustande bekommen. Sie würden ihre Laufbahn planen, auf der High-School und danach. Mit dem präzisen Denken von Massenmördern würden sie Trunkenheit und Geschlechtsverkehr planen, aber sie würden nie wieder gemeinsam handeln. Bald würden sie selber auf die nachkommenden Generationen zurückschauen.

Alice und Dennis teilten sich einen Joint. Dennis trank aus der letzten großen Dose. Die Kinder hatten ein paar getrunken. Alice und Dennis je eine.

»Außerdem bin ich es, die beschissen dasteht«, sagte Alice.

Dennis lächelte müde.

»Ich muß es wissen. Es ist jetzt alles den Bach runter. Wir haben den einen Sommer mit der Band gehabt, und seitdem ist alles im Arsch.«

Dennis blies den Rauch aus und zog dann wieder an dem Joint.

»Willst du denn nicht –«

»Scheiß drauf. Die Stadt ist eh tot.«

Das Licht wurde immer weniger. Das Feuer ging aus. Sie setzten sich auf und sahen zu.

»Ich will alles in Ordnung bringen«, meinte Dennis, »sag mir nur, was ich tun soll.«

Er wurde wieder lebhafter. Die Falten und Runzeln in seinem roten Gesicht schoben sich vor und zurück, während er seine mageren Argumente vorbrachte. Er wirkte hausbacken, wenn es ihm schlecht ging.

»Wir sitzen hier«, sagte er, »und es sieht okay aus.«

»Mensch«, sagte sie, »du hörst ja nicht zu. Es läßt sich nicht in Ordnung bringen. Okay?«

Dennis schleuderte den Rest des Joints weg, weil er sich schon fast die Finger verbrannte, und er fiel zwischen die Betonblöcke.

»Na komm«, sagte er. »Wir haben doch auch Spaß gehabt. Willst du nicht –«

»Nee«, sagte Alice.

Er ging in den Trümmern auf und ab, suchte sich zwischen Schutt und leeren Verpackungen einen Weg. Er erzählte ihr, daß sein Bus kaputt war. Er wollte nicht mehr starten. Sie produzierten sie nicht mehr wie früher. Es war eine halbherzige Bitte.

»Moment«, sagte Alice.

Sie hielt ihre Hand ausgestreckt. Sie wartete darauf, daß er ihr aufhalf. Nichts Hintergründiges daran. Wie kam es, daß sie es sich anders überlegte? Eigentlich war es egal, was sie dachte. Sie konnte ihn bearbeiten, ihn in trüber Stimmung zurücklassen; sie konnte abhauen. Es wäre ganz einfach. Es war eine moderne, zivilisierte Vorstellung von dem, was primitiv ist. Sie warfen sich auf einen Zementblock, küßten sich, fummelten. Etwas fiel vom Himmel, Regen, Hagel, Asche oder ein Stück Mauer. Um sie sammelte sich der Abend. Alice stöhnte: Sie stellte ein Stöhnen her. Sie entwirrte ihren Slip, der total verdreht war. Sie hielt Dennis' Kopf zwischen ihren Beinen. Er war wie eine Wespe, die da unten herumschoß. Sie sorgte sich, daß jemand sie sehen könnte, doch dann wieder nicht. Bald darauf hoffte sie, jemand würde sie sehen.

Es galoppierte ein Zug vorbei.

»Vielleicht mehr Gras«, sagte sie. »Mehr irgendwas.«

Dennis murmelte in sich hinein. Warum? Und eine Gestalt spazierte die Geleise entlang. Dennis hatte drei Finger in ihr und leckte die Innenseite ihres Oberschenkels, und sie winkte dem Typen, machte sich bereit, etwas zu rufen, wirklich aus dem Grunde ihres Herzens zu fluchen. Dann merkte sie, daß es Lane war. Lane ging vorbei. Alice griff nach unten und versuchte, Dennis wegzuschieben und sich zuzudecken. Sie waren im Freien. Alles war im Eimer. Dann blieb sie einfach liegen. Sie fühlte sich im Innern tot. Die Welt kannte alle ihre Verbrechen.

Lane rannte. Alice täuschte einen Orgasmus vor. Dennis zerrte mit einer Art regelmäßigem Vierviertel-Rock-and-Roll-Rhythmus an ihr. Er wichste sich einen ab. Er wollte mehr. Sah er ihn und beachtete ihn einfach nicht? Später kam sie darauf. Er versuchte zu vergessen.

Auf den Straßen krochen wie auf gefährlichen Wasserwegen Autos in Spezialanfertigung, von deren Armaturenbrettern Musik dröhnte. Die in Notfällen nutzlosen Hupen spielten »West of Network« oder »Running Scared«, »Lost Your Lover« oder »Shot Her Down«. Es waren Autos mit eigensinnigem Appetit, Autos, die Arbeit erforderten. Gewienerte Autos. Max Crick, zu Fuß im Zentrum von Haledon unterwegs, hörte die Hupen, hörte ihre technische Virtuosität, während sein Puls von dem ganzen Speed raste. Es regnete.

Er dachte an seine eigenen Autos zurück. Er erinnerte sich an den Sound eines seiner Autos, als es bei der Einfahrt

in den Tunnel auf den Mittelstreifen preschte. Ein gräß-
licher Sound. Es war eine von diesen Nächten, in denen er
versucht hatte, außer Rand und Band zu geraten. Die
Demütigung, diesmal zu Fuß unterwegs zu sein. Zu Fuß mit
einer Beifahrerin, die ebenfalls zu Fuß war. Es war das Mädchen aus dieser Band. Das vordere Ende war zerquetscht.
Überall kam Öl heraus. Sie gingen einfach weg. Sie brauchten lang.

Und jetzt war er wieder hier. Die hinteren Enden dieser
Luxuskarossen waren nur wenige Zentimeter vom Boden
entfernt. Sie lagen tief. Sie fuhren die Straße entlang mit der
Majestät von Kreuzfahrtschiffen im Zeitalter des Luftver-
kehrs.

Keine Sterne, wie es sich für einen Abend im Gartenstaat
gehörte. Die Nachtlichter der Wohnhäuser, die Lichter der
Fernseher mit Breitwandbildschirmen waren in einen mil-
den Nebel gehüllt. Max ließ sich an einer Bushaltestelle auf
einer Bank nieder, als würde er die nächsten Jahrzehnte hier
verbringen. Seine Kleider waren durchgeweicht.

Er hatte nicht auf die Passanten geachtet, bis ihm der
Gang des Typen auffiel, der an dem Laden mit der Auf-
schrift SCHECKANNAHME ZIGARETTEN um die Ecke bog. Ein
nervöser Gang, ein Gang wie bei so einem Hund, einem Re-
triever, die diagonal zu laufen scheinen. Alle von Max'
Freunden, zumindest alle seine Freunde aus der Vergangenheit, zogen die Füße nach – vielleicht taten das sogar alle
Leute in Haledon –, aber dieses Schlurfen war unverkenn-
bar.

Da kam der Bus. Mit einem Seufzer der Enttäuschung
klappten die Türen auf. Der Busfahrer starrte zu Max hinaus. Aber Max sah Lane an.

»Was ist denn los –«, sagte Lane.

»Mensch«, sagte Max, »Kumpel.«

Lane starrte. Der Busfahrer machte eine Handbewegung.

Rein oder raus. Die Türen schepperten wieder zu. »Komm, stell dich unter die Straßenlampe, Mann. Laß mich dein Gesicht sehen. Ich will dich sehen können.«

Max führte Lane, und Lane sagte nichts. Wo Max die Schultern berührte, gaben sie nach, waren sie schwammig. Lanes Kragen saß nicht gerade. Er war unrasiert. Max blickte in seine Züge. Das Gesicht war blaß, beunruhigt, von Anspannungen und Angstwallungen verstört.

»Was machst du?« sagte Lane.

»Ich schaue.«

»Ach, Max. Du wirst es nicht glauben. Ich bin –«

»Ich hab gehört, daß du hier bist. Dein Bruder –«

Max meinte, Lane stehe kurz vor dem Weinen, Lane sei zu alt zum Weinen, Lane würde vor einem alten Freund nicht weinen wollen. Er reagierte ehrenhaft. Er ging weg. Zehn Schritte weiter weg sah er Lane erschaudern, als wäre gar nichts los.

»Es gibt Mittel für das, was du hast, Mann«, rief er. Er konnte sich nicht beherrschen. »Ich sag's dir.«

Lanes Stimme war belegt. »Kann sein – ach, Scheiße. Mein Gehirn ist total im Arsch. Ich kann nicht mehr denken –«

»Na, und was soll ich dagegen tun?« Max ging planvoll auf Lane zu. Er bot ihm seine durchnäßte Jeansjacke an. »Ich hab Speed –«

»Nach Hause«, sagte Lane. »Kannst du mich irgendwie nach Hause bringen –«

Es begann heftiger zu regnen. Sintflutartig. Regen, der in die Pflanzen Löcher brannte. Lane war hoffnungslos. Max wollte, daß er abhaute. Max wollte, daß er sich für rein oder raus entschied.

»Scheckannahme«, murmelte Lane. Sie flüchteten.

»Was machst du denn überhaupt wieder hier?« sagte Max.

Lane schüttelte den Kopf. Er schlotterte.

Max machte die Tür zu dem SCHECKANNAHME ZIGARETTEN auf. Von der Tür aus rief er dem Typen am Schalter zu: »Wann kommt der nächste Bus, Freund?«

»Is' grade weg«, sagte der Mann.

»Der Typ hier ist krank«, sagte Max. »Mein Freund hier ist krank, und wir müssen ihn wieder den Berg raufschaffen. Haben Sie ein Auto, das wir benützen können oder so?«

»Kein Auto.«

»Max«, sagte Lane.

Max wehrte ihn ab. »Halt einfach die Klappe. Hier arbeite ich, kapiert?«

Und dann hatte Max den Einfall mit den Typen in den Luxusautos. Auf der Straße. Max ließ Lane da. Er ging hinaus und wartete auf den Sound. Er versuchte, sie durch Winken anzuhalten. Die ersten paar fuhren vorbei, aber schließlich hielt einer an und hielt damit auch den ganzen Verkehr hinter sich auf. Max lächelte, als der Typ das Beifahrerfenster herunterkurbelte. Max zeigte auf die zusammengekauerte Gestalt im SCHECKANNAHME ZIGARETTEN.

»Es dauert höchstens 'ne Viertelstunde«, sagte Max. »Und vielleicht lohnt sich die Mühe für Sie.«

»Vergessen Sie's«, sagte der Typ. Er stellte die Schaltung auf Parken – die Autos standen ganze Blöcke weit nach Clinton hinein und ließen voll Unrast ihre Orchester ertönen – und stieg aus. Er ging über die Straße, als ob er gerade ein phänomenales Gewicht gestemmt hätte.

Max folgte ihm zur Tür. Der Typ fragte Lane, wo er hinwollte, und Lane sagte es ihm, und dann brachten ihn die beiden wieder auf die Beine. Sie beruhigten ihn. Es sei ganz in Ordnung, wenn er jetzt in das Auto einstieg. Es werde ihm nichts passieren.

»Ach, nein, nein.« Lane wimmerte in sich hinein.

Der Gewichtheber und Max dachten sich, es würde zu einem Willenskampf werden, einer Situation, in der man Gewalt anwenden mußte. Lane war so weiß wie ein Leichentuch. Tat nichts. Die Autos stauten sich auf der Straße, die durch Clinton führte. Meile um Meile nach hinten. Aber Lane wollte sich nicht rühren.

Also packten sie ihn, hoben ihn einfach auf. Der Typ mit dem Auto war hart.

Max kam sich wie ein Arschloch vor, als er die Autotür zuknallte, aber das dauerte nicht lang. Mit den Gedanken war er bereits bei anderen Dingen. Zum Beispiel bei einer Stelle in der Newark Bay, wo nachts das Wasser so niedrig war, daß die Ratten von überallher, wo sie versteckt waren, herauskamen. In Wellen kletterten sie auf die Böschungen der Bucht hinauf. Max winkte dem Wagen nach, als er mit Lane davonfuhr, aber er dachte bereits an die anderen Dinge. Winkte und dachte nach.

4

Wieder Samstagabend. Louis Giolas – der einstige Gitarrist von Critical Ma$$ aus Haledon – wartete mit der nervösen Aufgeregtheit, die die Stunden vor einer Party immer beherrschte, auf die Fässer.

Scheißdachparty, Scheißrocknrolldachparty, malt die Stadt rot an, April, April, der ganze Mist. Und L. G. dachte wieder an Sex. Dachte hoffnungsvoll. Unbekleidete Körper, weibliche Körper, in bedauernswerten Stellungen; isolierte Teile weiblicher Körper, ein Zentimeter Oberschenkel, ein Stück Hintern; Frauenlippen, die Vokale aussprachen, Frauen, die ihr Haar zurückkämmten, ihr Schamhaar, Frauen in engen Schlüpfern, Frauen, Frauen.

L. G. hatte heftige Empfindungen seinen eigenen Erektionen gegenüber. Und er hatte keine Kontrolle über seine Lust, behauptete er wenigstens. Etwas an Partys brachte ihn dazu oder etwas am Warten auf Partys. Sich irgendeine nehmen, die es wollte. Ein Faß aufmachen. So einfach.

In ihm blühten Ideen auf wie giftige Blumen. Bands aus der Gegend – D'Onofrio, The Null Set, The Corinthians, Pontius Pilate. Sie würden spielen, als wären sie nackt. Der Laden hatte Blick auf den Fluß, nur die Nachtschicht der Shampoofabrik war da. Keine Nachbarn, um die man sich womöglich zu sorgen hatte. Keine Bullen. Er hatte die Einladung fotokopiert, sie im Ben Dover, im Bottled Blondes, in Diskotheken der Nachbarstädte ausgeteilt. Die Critical Ma$$ würde gewissermaßen auch da sein. In neuer Formation. Das heißt, falls Alice kommen würde.

Er lieh sich den Lieferwagen vom Einkaufszentrum, wo er als Teppichverkäufer arbeitete. Er schaffte den Verstärker von dem Musikalienvermieter zum obersten Stockwerk der alten Fabrik hinauf. Er tat es langsam, genau, allein. Das Nieseln hatte aufgehört. Jetzt war es bloß neblig. Das Wetter würde vielleicht halten. Das Radio sagte, dichter Nebel am Abend. Kein Problem – so sparte man an der Nebelmaschine, am Trockeneis.

Von wo er stand, oben auf dem Dach, konnte er die Autos plattdrücken und wie riesige Umschläge stapeln sehen. Ein rotes Kompaktauto. Einen alten Cadillac.

Einmal war er in Haledon auf einer Party gewesen, wo einem Typen beim Anzapfen der Kopf weggefetzt worden war. Das Faß war wie eine Interkontinentalrakete. Es mußte über zehn Meter hochgeschossen sein. Danach kam die Party zum Erliegen, nachdem Bobby umgekommen war. Es war viel Blut geflossen. Es war für Haledon eine große Sache gewesen. Das und Mike Maas.

Eigentlich war L. G. nicht draußen bei dem Faß gewesen. Er war drinnen gewesen. Er hatte das Blut nicht gesehen. Er hatte Bobby nicht gesehen; er hatte bloß gesehen, was von ihm auf der Straße noch übrig war. Aber Mike Maas war dabei gewesen, als Bobby der Kopf weggefetzt worden war. Richtig. Mike war unten bei dem Faß gewesen.

Jedenfalls wartete L. G. auf den Lieferwagen mit dem Bier, mit der alten Zapfvorrichtung, die für ihn seit der Nacht, als das Faß explodiert war, nie wieder dieselbe war.

Scheißrocknrollparty.

Zu anderen Dingen, die er auf Partys gemacht hatte und bedauerte, gehörte, daß er Annie Sprain ins Bad gefolgt war, um sich ein paar Linien reinzuziehen. Setzte sich einfach auf ihren Schoß, während sie aufs Klo zu gehen versuchte. Küßte sie auf die Lippen. Er versuchte, ihr den Rock hochzuziehen, ja, das hatte er gemacht. Sie versuchte, ihn abzuwerfen. Er regte sich auf, und sie regte sich auch auf. Annie knallte ihm eine. Sie zog einen ihrer Schuhe mit Bajonettabsatz aus und ging auf ihn los. Sie versuchte, ihn mit dem Schuh zu schlagen, und gleichzeitig versuchte sie, etwas klarzustellen. Das konnte nicht gut gehen – wie hätte es gut gehen können? –, und sie, na ja, es war ziemlich beschissen, wie sie versuchte, da wieder rauszukommen. Sie fielen in die Diele hinaus, und sie weinte. Das war die Sache, mit der er nie gerechnet hätte, daß sie ins Bad ging, um zu pinkeln. Er dachte an Kokain. Partys sollten doch lustig sein, aber oft waren sie es nicht. Die Leute kamen immer durcheinander.

Und dann gab es die Nacht, als eine Tanzband aus der Stadt das Ben Dover gemietet hatte und der Laden mit Typen voll war, die Smokings und Dinnerjackets und so weiter anhatten. Weil er Stammkunde war, ließ man ihn rein, auch wenn seine Kleidung nicht dem Stil entsprach. Eine Zeitlang lief alles okay, obwohl er Bands mit zu vielen Tasteninstrumenten haßte, aber er kam an den Punkt, wo er mit einemmal zuviel getrunken hatte. Außerdem kannte er eigentlich keinen dort. Er jonglierte mit den Silben, versuchte sie so langsam wie möglich auszusprechen.

Und dann machte ein Typ an der Theke eine Bemerkung über seine Lederhose. Der Typ sagte, ihm würde die Hose gefallen. Er sagte es immer wieder, das mit der Hose, und wie gut L. G. aussehen würde, wirklich gut. Und darum zertrümmerte L. G. eine Bierflasche auf der Hand des Typen. Die schlitzte ihn ziemlich schlimm auf. Es kam viel Blut. Alle regten sich furchtbar auf. Sie warfen ihn aus der Kneipe, und das letzte, was er auf dem Weg nach draußen sah, war der Typ, der seine Hand umklammerte.

Natürlich würde er das jetzt nicht mehr machen. Er würde auf der Hand eines Typen keine Flasche mehr zertrümmern. Das war gewesen, bevor er den Job als Teppichverkäufer bekam. Schon traurig, was einen so abkühlt, dachte L. G., oder vielleicht kühlt man sowieso ab.

Und eines Nachts nach einer Party hatte er ein Mädchen gefesselt. Er hatte eine halbe Stunde damit zugebracht, etwas zu suchen, womit er sie fesseln konnte; danach hatte sie die ganze Sache ziemlich satt und war sauer. Er fesselte sie und ging dann hinaus, um fernzusehen – vielleicht sah er sich einen Pornofilm im Kabelsender an, er wußte es nicht mehr –, aber jedesmal, wenn er ins Schlafzimmer zurückging, um sie zu betrachten, wie sie gefesselt dalag – sie verfolgte die Zahlen auf der Digitaluhr, hörte sich eine Kassette an –, verlor er jegliches Interesse. Die Sache mit dem Pornokabelsender war die, daß die ganzen Werbespots, wo es hieß, die Sendung würde gleich weitergehen, eigentlich das Beste daran waren. Wie das Beste an einer Party ist, daß man sich zurechtmacht, bevor man hingeht.

Eines Nachts überredete er Scarlett, mit ihm zu schlafen. Scarlett von der Band. Sie waren noch spät irgendwo hingegangen, nachdem sie in einer Kneipe gespielt hatten. Ein gutes Beispiel für schlechten Gelegenheitssex. Das Beispiel bestand in der Überredung. Was brachte Leute dazu, auf das Zeug reinzufallen, wenn sie es nicht gleich von Anfang an wollten? Oder vielleicht standen eines Tages, wie bei Scarlett, die Sterne gerade richtig oder so, und es passierte einfach. Scarlett war in jener Nacht einfach mitgekommen. Sie war nicht ganz sie selbst, wollte mal was Neues probieren. L. G. wußte, daß die Leute nicht ganz sie selbst waren, wenn sie zu ihm mitkamen, er hatte sich einfach daran gewöhnt. Tatsache war, daß eine Menge Leute das eine oder andere Mal mitkamen.

Es war noch ein Mädchen mitgekommen. Ein junges Mädchen. Scarlett redete es ihm nicht aus, und dem Mädchen gefiel die Idee. Es war das Beste, was sie alle in dem Moment gerade tun konnten.

Auf dem Dach, beim Warten auf die Fässer, beim Warten auf die Party, erinnerte L. G. sich daran, wie er sich nicht hatte konzentrieren können. Völlig falsch verbunden. Beide Frauen küßten ihn, jede auf eine Wange, oder er küßte eine von ihnen, und die andere küßte sie ebenfalls. Er wußte nie, wo er sich hindrehen sollte. Oder er hatte seine Arme um Scarlett geschlungen und die Beine um das andere Mädchen, oder eine von den beiden war in derselben Stellung. Typen im Finanzgeschäft konnten sich vielleicht an diese Art von Nummern gewöhnen, aber L. G. nicht.

Es hatte nichts damit zu tun, daß eine Frau mit einer Frau schlief, so wie L. G. es sah; es hatte damit zu tun, daß ein Mann etwas ausprobierte, wovon er immer geträumt hatte, und dann merkte, daß er nicht mehr davon träumte. Phantasien sind wie Ideale: Sie sind einfach da, um die simpelsten Irrtümer zu verhindern. Näherte man sich ihnen, setzten sie sich in Bewegung. Weiter weg meistens.

Wie Scarlett und das Mädchen hatte er das Gefühl, daß es unhöflich wäre, draufloszugeigen, zum Ende zu kommen. Normalerweise schaffte er das leicht und glitt sofort in die Bewußtlosigkeit. Das schlimmstmögliche Szenario wäre gewesen, Stunden später aufzuwachen und sie noch bei der Sache zu sehen. Tatsächlich täuschte L. G. Schlaf vor, um nicht weiter mitmachen zu müssen. Wie bei einer Schlummerparty in alten Zeiten, wenn die Kinder die Eltern aufweckten und dann ihre Zudecken über sich zogen. Er heuchelte Schlaf, bis das Mädchen ins Bad verschwand. Dann konnte er einfach nicht widerstehen, es mit Scarlett zu treiben. Was er eigentlich machte, war nur, sich irgendwie an ihr zu reiben, weil ihm da unten von dem Ganzen alles weh tat. Er kam sich vor wie ein Fisch am Haken. Und Scarlett sah weg. Scarlett war irgendwo anders. Sie sah einsam aus. Und als er auf ihrer Hüfte kam – es passierte einfach so, eigentlich war nichts dran –, fing sie zu weinen an.

L. G. bettelte sie an, nicht zu weinen, weil das Mädchen gerade zurückkam und es vielleicht erst sechzehn war. Er bettelte sie an, nicht vor dem Mädchen zu weinen. Das mindeste, was sie tun könnten, flüsterte er, sei doch, das Mädchen anständig zu behandeln. Sie sei doch bloß ein Kind. Scarlett schluckte nichts davon. Scarlett brüllte herum. Es sei von Anfang an eine Drecksidee gewesen. Es sei eine besoffene Idee gewesen. Einfach Leute, die andere Leute ausnutzen. Entmenschlichung hoch drei. Drei Menschen, die kriegten, was sie wollten, und es dann nicht wollten. Immer die gleiche alte Scheißgeschichte.

L. G. war bereits aus dem Bett, als Scarlett ihm diese Rede hielt. Er wischte sich mit einer Socke ab und ging ins Bad, wo das Mädchen saß und eine Zigarette rauchte und, na ja, auch weinte. Was hätte er sagen können? Er konnte nichts sagen.

Und in Wahrheit passierte das alles wegen Alice. Eigentlich wollte er Alice, nicht Scarlett, nicht irgendein Diskogirl. In der Nacht mit Scarlett ging es eigentlich um Alice. Alices Grausamkeit, ihre Gemeinheit, das war es, was L. G. bewegte. Er träumte sogar manchmal von ihr. Träume, in denen sie seine Mißerfolge aufzählte, ihn Scheißkerl nannte, Scheißtexter, Ausschuß. Diese Träume gaben seinem neuen Leben Strom.

Die beiden Mütter hatten es sich in dem Krankenzimmer gemütlich gemacht. Ruthie saß in einem Sessel und spielte mit einer dunklen Brille herum. Sie klappte sie zusammen, steckte sie weg, zog sie wieder heraus. Das Licht, das durch die Jalousien einfiel, war grau und trüb. Evelyn Smail lag im Bett, sie war ein Haufen Kissen und Knie. Ab und zu stand Ruthie auf, um sich zu strecken, Instinkten gemäß, die sie nicht mehr trösteten. Sie hob dünne Nylonstrümpfe unter dem Bett auf und legte sie auf Evelyns Frisierkommode. Sie schüttelte eines von Evelyns Kissen auf.

»Von dieser Woche an geht er viermal pro Woche zum Psychiater.« Ruthie stand in der Mitte des Zimmers. »Darauf haben sie sich bei der ersten Sitzung geeinigt. Viermal pro Woche. Ich werde ihm einiges sagen über die Medikamente. Ich habe im Ärztehandbuch nachgesehen. Ich weiß einiges.«

Mrs. Smail nickte ernst.

»Und das ist am Montag. Also werden wir so gerade übers Wochenende kommen.«

Ruthie verschwand ins Bad. Ihre Stimme wurde von den gekachelten Wänden vielfach zurückgeworfen. »Wissen Sie noch, der Mann, der im nächsten Block wohnte, dessen Tochter so... Wissen Sie noch, wie schrecklich der aussah –«

»Was sagt Ihr Mann dazu?« sagte Evelyn.

»Er läßt sich allmählich drauf ein. Er glaubt mehr an Zwangsjacken und so was, und er würde Lane den Rat geben, wieder zu arbeiten. Aber selbst er sieht ein, daß das jetzt keinen Zweck hätte.«

Ruthie setzte sich auf die Bettkante.

»Ich habe mir noch nie solche Sorgen gemacht«, sagte sie. »Aber ich bin rübergekommen, um zu sehen, wie es Ihnen geht.«

»Ach, über mich will ich nicht reden«, sagte Evelyn.

Und Evelyn regte sich. Sie streckte die Beine unter der leichten Sommerdecke hervor, strich das hellblaue Nachthemd nach unten, das sich um ihre Oberschenkel bauschte – deren Anblick machte sie verlegen –, und schob sich an die Bettkante.

»Wollen Sie aufstehen? Sind Sie sicher? Sind Sie schon so weit?«

»Ich brauche eine Tasse Kaffee«, erwiderte Mrs. Smail. »Ich muß ja mal aufstehen. Das ganze Haus läuft per Fernbedienung. Ich könnte mich daran gewöhnen.«

Obwohl sie im Stehen schwankte, empfand Evelyn eine Art Stolz: den Stolz, den Behinderte verspüren müssen, die zum ersten Mal in ihren Rollstühlen ein Wettrennen veranstalten. Eine Tasse Kaffee war heute geradezu preisverdächtig. Sie war dankbar für ihre Schnürsenkel, die Jalousien, all die kleinen Annehmlichkeiten.

»Wo ist Alice?« sagte Ruthie Francis.

»Die drückt sich irgendwo rum. Vermutlich noch im Bett.«

»Hmmm...«

»Sie ist nicht mehr lange hier«, sagte Evelyn.

Sie waren im Flur. Auf den Dielenbrettern torkelten Staubflocken. Die hellgelben Wände waren schmucklos. Im ganzen Haus spürte man etwas von lautloser Vernachlässigung. Oben an der Treppe konzentrierte sich Evelyn auf das Geländer und darauf, sich gut festzuhalten.

»Ich bleibe auch nicht hier. Es ist zu –«

Die Tür am Treppenabsatz, die Tür zu Alices Zimmer stand einen Spalt offen, weit genug, daß Ruthie und Evelyn es bemerkten. Gleich hinter der Tür lag ein Haufen schwarze Unterwäsche.

»Drei Uhr nachmittags.«

»Sie kommen drüber weg«, sagte Ruthie. »Jeder sagt, daß sie drüber wegkommen.«

Lane ließ sich in die Badewanne sinken. Bei dieser Temperatur – am oberen Rand des Erträglichen – würden die Schwermetalle aus seinem Körper gelaugt. In den nördlichen Ländern, wo die Melancholie herrscht, dachte Lane, haben sie die Sauna erfunden. Das Licht war schlecht, und das Volk verharrte in trotzigem Schweigen – bis zur Stunde der Sauna.

Er füllte seine Zeit mit einer Liste verzweifelter Behandlungsmethoden aus. Heliotherapie, Hydrotherapie, Vitamintherapie, Abstinenz. Lane würde alle ausprobieren. Er fürchtete sich vor dem Augenblick, wenn er auf die Badematte hinaussteigen mußte. Er fürchtete sich vor dem Ende jeder Gnadenfrist.

Lane hatte das Plastikdöschen mit den Tranquilizern zusammen mit einem Glas Tomatensaft auf den Rand der Badewanne gestellt, und nach wie vor war die Frage nicht die Machbarkeit oder die Logik des Selbstmords, sondern der rechte Zeitpunkt dafür. Jetzt oder später?

Er mußte an Dinge denken, an die er nicht denken wollte. Zum Beispiel an das, was er am Bahnhof gesehen hatte. Wie Dennis Alices Oberschenkel abgeschleckt hatte. Den lächerlichen Fleck Schamhaar. Den Glanz von Schweiß auf ihnen beiden. Das falsche Lächeln sexueller Verzückung. Danach bildete er sich ein, den Geruch von Vagina an seinen eigenen Fingern wahrzunehmen, konnte ihn nicht abschütteln, stellte sich vor, wie er davon eingehüllt wurde, während er sich auszog, um ins Wasser zu steigen. Und dann fragte er sich, warum der Geruch ihn nicht mehr erregte.

Und er wurde von der Erinnerung an eine Frau in der Stadt gequält. Bei der fünften, sechsten Verabredung hatten sie sich gestritten. Heute fühlte er sich schrecklich bei dem Gedanken daran. Das Gespräch kam ihm immer wieder in den Sinn. Seine Reaktion, die überhaupt keine Reaktion war, die Schweigen war, weil ihm nicht das Richtige zu sagen einfiel, weil ihm nichts einfiel, was er hätte anbieten können, seine Reaktion war es, die die ganze Sache für ihn verändert hatte.

Und jetzt trieb er in trübem Wasser. Sein Körper wirkte zerbrechlich, winzig, brüchig. Treibholz. Säuglingsatem. Alles war still. Er öffnete das Döschen mit den Tranquilizern, schüttete ein halbes Dutzend Pillen heraus. Spülte sie mit dem Badewasser hinunter.

Und er erinnerte sich daran, wie er im College seine Unschuld verloren hatte. Es war mit einer Frau aus seinem Philosophiekurs im ersten Jahr. Sie war mürrisch, hausbacken, hatte im Unterricht eine entschiedene Meinung. Er hatte sie gesehen, er hatte sich ihretwegen zum Unterricht herausgeputzt, ohne überhaupt einmal mit ihr gesprochen zu haben. Sie war einfach noch jemand, der sich mit Philosophie beschäftigte, der überzeugend gegen einige Dinge argumentierte, gegen Moralisten zum Beispiel. Lane fragte sich, ob sie das Ganze inzwischen vergessen hatte oder ob sie sich mit allen Einzelheiten daran erinnerte wie er. Jedenfalls hatte Lane, seitdem sie ein Referat über das Nichtvorhandensein der Seele gehalten hatte, sich gedacht, daß sie alles tun würde. Er hatte sich gedacht, daß sie sich wegen nichts schämen würde.

Es war leicht, sich mit ihr zu unterhalten, wie sich herausstellte, oder sich auf eine bestimmte Art mit ihr zu unterhalten. Sie waren in einer Kneipe, stritten über die Möglichkeit alternativer Welten. Wirkliche, wirklich ehrliche, mögliche Welten. Und irgendwann sagte er ihr dann, daß er mit in ihre Wohnung wollte. Er platzte einfach damit heraus. Sie willigte ein. Daß sie einwilligte, hieß nicht, daß sie davon begeistert gewesen wäre, aber sie willigte ein. Kein Geheimnis dabei. Und weil er – was selten vorkam – ein bißchen spielen wollte, klaute er ihr die Handtasche, als sie aus der Kneipe gingen. Die Philosophin jagte ihm nicht nach, um sie wiederzubekommen. Sie nahm keine Notiz davon, als er die Handtasche ein Stück weiter aufmachte, um zu sehen, was drin war. Sie war bis auf Brieftasche und Schlüssel leer.

Lane war betrunken. Als sie ankamen, verlor er keine Zeit. Er drückte sie an sich, nahm ihr die Brille ab. Sie fielen auf den Teppich, halb in einen offenen Schrank hinein. Herumliegende Kleidungsstücke dienten ihnen als Zudecken. Es war ganz weich. Sie küßten sich nicht. Er kam sofort. Auf ihrem Bein. Es dauerte anderthalb Minuten, und dann lag er einfach mit dieser Frau da, für die Liebe ein neurologischer Vorgang war.

»Ich muß gehen«, sagte Lane. »Ich muß was tun. Na ja, du weißt schon. Ich muß –«

Sie rollte sich einfach von ihm weg. Rührte sich nicht oder sonstwas. Blieb einfach liegen, mit weggedrehtem Gesicht, ließ ihn auf eine lavendelfarbene Strickjacke und einen alten karierten Rock tropfen.

»Gib mir deine Nummer«, sagte er. »Ich ruf dich an. Wir sehen uns bald. Im Kurs.«

Was für eine Erleichterung, als ihm klar wurde, daß sie seiner Bitte nicht entsprechen würde. Was für eine Erleichterung, wieder draußen zu sein, obwohl er dann am Ende der Woche anfing, die Zugabe einzufädeln.

Ruthie stieg die Hintertreppe hinauf, um nach ihm zu sehen. Es war das erste, was sie tat, wenn sie nach Hause kam. Sie stieg die Hintertreppe hinauf, fand die Badezimmertür verschlossen. Das Geräusch von Wasser. Sie ging vorbei, durch die Diele in sein Zimmer und direkt zum Nachttisch, wo er die Tabletten aufbewahrte. Das Döschen war weg.

An der Badezimmertür sagte sie: »Ich bin wieder da. Was, äh, was machst du?«

»Was glaubst du denn?« Seine Stimme hallte von den gekachelten Flächen wider.

»Wie lange bist du schon da drin?«

Er sagte nichts.

»Was hast du da mit drin?«

Ihre Hand schloß sich um den Knauf.

»Was meinst du?« sagte er. »Den Tomatensaft?«

Dann verging einige Zeit, während sich die beiden auf den beiden Seiten der Tür nicht regten. Lane rührte sich nicht im Wasser.

»Also, kann ich reinkommen?« fragte Ruthie.

»Nein, komm bitte nicht rein, okay? Ich hab nichts an und so.«

Das Handtuch hing über dem Wäschekorb, wo er es immer hinlegte. Sie hörte, wie er sich bewegte, die Hand nach dem Korb ausstreckte, dem alten weißen Korb, der seit über zehn Jahren da stand, und sie stellte sich vor, wie er aussah, tropfend.

»Ich will wissen, wie wichtig es ist, daß ich nicht reinkomme«, sagte sie.

Und weil sowieso nicht abgeschlossen war, stieß sie dann einfach die Tür auf.

Lane war gerade dabei, das Plastikdöschen verschwinden zu lassen. Mitten im Badezimmer, nur ein, zwei Meter hinter dem Wäschekorb, hatte er den Abfalleimer ausgeleert; er versuchte, das Döschen unter die Klopapierrollen, die Plastikhüllen, die weggeworfenen Rasierklingen zu mischen, es im Abfall zu vergraben. Und Ruthie ging direkt darauf zu, merkte erst später, daß er das Handtuch um sich drückte, daß er sogar jetzt wegen seines Körpers – mit all den Höhlungen und Ecken – befangen war.

»Was machst du damit?«

»Ich hab eine genommen. Was sonst?« Er sah zu Boden.

»Eine?«

»Klar«, sagte Lane.

»Eine?«

»Du wirst doch nicht –«, sagte er.

»Sag's mir.«

»Ach, Mom.« Er wollte etwas anderes sagen, es fiel ihm aber nichts ein. Ruthie wartete. Es kam nichts.

In ihren Armen, seine Feuchtigkeit, sein feuchtes Haar, sein klammer, blasser Körper. Es war nicht mehr viel von ihm übrig. Vor aller Augen war er dahingeschwunden.

Seine hastige Erklärung ergab, als sie kam, nicht viel Sinn. Er wußte es nicht, er wußte es nicht. Stoßweises

Gemurmel. Es würde etwas Schreckliches passieren, etwas wirklich Schreckliches.

Da fielen Ruthie Trostworte ein. Sie nannte ihn Schatz, Liebling, sagte ihm, daß alles wieder gut werden würde, während sie sich die ganze Zeit fragte, wie sie Rat und Hilfe bekommen könnte. Begriffe aus Psychiatriebüchern, Wörter und Rezepte, Telefonnummern, Wege durch den verknoteten Verkehr, über Brücken, durch Tunnel, zum nahegelegenen Krankenhaus, all das, während sie vorgab, Trost zu spenden.

Lane schlotterte.

»Ich werde den Arzt anrufen müssen. Ich werde es ihm sagen müssen. Sonst hat es ja keinen Sinn, stimmt's?«

Lane nickte.

»Wie viele hast du genommen?« sagte Ruthie.

»Nur sechs«, flüsterte er.

»Ich brauche dich doch nicht aufzumuntern, dich auf den Beinen zu halten oder so?«

Lane schüttelte den Kopf. »Ich will bloß einmal eine Nacht durchschlafen.«

»Du bist nicht –«, sagte sie.

»Nicht genug«, sagte Lane.

Alices Augen waren Nadelkissen. Ihre Augen waren Flüssigkristallbildschirme. Ihr Fleisch glänzte wie Synthetikstoff. Sie war teils aus Kunstseide, teils aus Lycra, teils aus Orlon. Sie spürte, wie jede Zelle im überwältigten Teil ihres Kopfes verloren war.

Nach der Dusche wickelte sie sich in ein fadenscheiniges Handtuch – es lag noch vom vorigen Nachmittag am Boden –, und nachdem sie in der Diele stehengeblieben war, um sich eine Zigarette anzuzünden, ging sie in ihr Zimmer zurück. Obwohl ihr unbehaglich zumute war – auf gewisse Weise hegte Alice ihren Brummschädel –, fühlte sie sich für den Tag bereit. Samstag war der beste Tag der Woche. Es war nach drei Uhr. Sie war in der Nacht zuvor allein aufgeblieben, hatte getrunken und lange und angestrengt darüber nachgedacht, und, ja, eigentlich hatte sie sich in diesem Augenblick entschieden. Ihr wurde klar, daß sie zu L. G.s Party gehen wollte. Vielleicht würde Scarlett mit ihr zusammen einen Song spielen. Vielleicht würde es ein bißchen wie in alten Zeiten werden. Warum nicht? Sie sah sich schon wieder im Dover.

In ihrem Zimmer blieb sie stehen, um den Kleiderhaufen auf dem Boden zu durchforsten. Sie suchte nach den schwarzen Leggings, die irgendwo dazwischen lagen. Dann sah sie es. Dann kapierte sie es. Ihre Mutter und der riesige Müllsack. Ein Müllsack, so groß wie ein Auto.

»Was gibt's?« sagte sie.

»Ein bißchen Saubermachen«, sagte Evelyn.

»Ja, aber du solltest doch nicht auf sein –«

»Ich habe mir das Recht genommen«, sagte Evelyn.

Sie nahm den Birkenast, der in der Mitte von Alices Skulptur steckte, und tat ihn in den Sack. Alice war verblüfft. Ihre essigsauren Sinne kamen wieder zu sich.

»Hey, laß verdammt noch mal die Finger davon.«

Hastig zog sich Alice unter dem Handtuch die Leggings an. Sie ließ das Handtuch zu Boden fallen.

»Du wirst nur umkippen«, sagte sie, die Zigarette im Mundwinkel, »und ich darf dann nach Riechsalz rumsuchen, und du liegst mitten in diesem ganzen Schotter drin.«

Mrs. Smail nahm mit spitzen Fingern die Skulptur auseinander – das Besteck, die Kondome, die Kleiderbügel. Es wurde ein kahler Baum daraus, ein Fossil. Ein umgedrehter Stuhl in der Mitte des Teppichs, sonst nichts.

»Ich glaube, ich verkaufe das Haus«, sagte Alices Mutter. »Darum solltest du vielleicht mal daran denken, dir eine Bleibe zu suchen.«

Für Alice wirkte diese Frau ruhig, keineswegs verstört, ganz anders als der hingestreckte Körper im Krankenhaus.

»Ich hoffe, daß du verdammt noch mal umkippst. Ich hoffe, du fällst dabei die verdammte Treppe runter.«

Und sie rannte hinunter und hatte nur eins im Kopf: Heimservice.

Scarlett war vor Partys immer zu früh fertig, kam zu früh an und saß dann allein herum und überlegte sich, wie sie wieder verschwinden konnte. Um sich für die Party zum ersten April anzuziehen, hatte sie eine Weile gebraucht: schwarze Jeans, weißes T-Shirt und den schwarzen Schleier, den sie zur Feier des Tages trug. Doch sobald sie ihr Outfit festgelegt hatte, hielt sie es in der Wohnung nicht mehr aus. Auf der Laderampe vor dem Gebäude versuchte sie sich zu entscheiden, ob sie hineingehen sollte oder nicht. Als Aprilscherz hatte sie sich an ihre Jacke ein Gänseblümchen gesteckt – es verspritzte Grapefruitsaft –, und auf der Laderampe probierte sie es aus. Es schoß einen zwei Meter weiten Bogen, einen schlaffen Strahl. Ideal. Sie hoffte, daß Alice spielen wollte, falls sie eine Gelegenheit dazu bekämen. Bloß ein paar alte Songs.

Die Tür zur Laderampe stand offen, und mit schwarzem Isolierband war ein Stück gelbes Papier darauf geklebt. PARTY HIER. Scarlett ging durch die leeren Korridore, die Treppen hinauf, freute sich über die Echos. Es war ein altes Lagerhaus, still wie ein Tempel. In einem Lagerhaus laut zu spielen war das Beste. Es machte deutlich, daß Rock and Roll eine Art religiöser Musik war.

Sie stieß gegen die Dachtür, und die Tür schwang zurück. L. G. saß am Rand, an der Feuerleiter, und starrte hinaus in die Weite von New Jersey. Auf der einen Seite Paterson, dann Nutley, Dint und Malagree. Es war wie eine niederländische Landschaft, ganz Licht und Luft.

Sie lächelten und umarmten sich. Na also, es war in Ordnung. Nun entstand eine lange Verlegenheit. L. G. hatte die rosa Lederhose an, ein schwarzes Satinhemd und Cowboystiefel mit Stahlspitzen. Er hatte sich die Haare abgeschnitten, und das paßte überhaupt nicht zu den Kleidern. Die Kleider waren ein Überbleibsel aus einer anderen Zeit. Außerdem hatte er sich beim Rasieren geschnitten. An seinem Kinn haftete noch ein Fetzen Klopapier. Er fragte sie, ob sie den Schleier später tragen würde.

»Wo ist die Meute?« sagte Scarlett.

»Kommt noch, kommt noch«, sagte er, »spielt ihr zwei denn nun, oder was?«

Drüben neben der winzigen Bühne lag ein Stapel Gitarrenkästen. Fünf oder sechs Gitarren, akustische und elektrische. In einem Halbkreis waren Monitore und Mikrofone arrangiert. Auf der gegenüberliegenden Seite des Dachs war ein kleines Soundboard aufgestellt.

»Jeder in der Stadt, Mensch, jeder. Wir haben Leute von D'Onofrio, von Little Fishes, von Martial Appetite. Die größte Ansammlung von Talenten seit 'ner ganzen Weile. Seit langem.«

Sie standen bei den Gitarren, die wie Klafterholz gestapelt waren, und dann gingen sie wieder an den Rand des Dachs. Nichts zu sagen. Unten lag die Schale eines abgebrannten Gebäudes. Dahinter schwappte der Dern River dahin.

»Wir könnten mit den Gitarren von den anderen spielen, ja?« sagte Scarlett. »Na ja, ich weiß nicht, ob sie –«

L. G. knurrte.

»Paß auf«, fuhr Scarlett fort, »ich geh noch ein bißchen spazieren.«

Er sagte nichts.

Sie stellte sich an die Tür.

Vielleicht war die ganze Party ein Aprilscherz, eine Art

Aprilscherznötigung von L. G. Oder Aprilscherzrückerstattung.

Dennis und Max fuhren auf dem Pulaski Skyway. Sie rasten und lauschten einem Haufen Kassetten von Bands, die sich längst aufgelöst hatten. Dennis hatte den Zündschlüssel für den Bus verloren, darum hatte Max den Anlasser herausgerissen, und jetzt hingen lose Drähte aus dem Armaturenbrett. Max war zu solchen Sachen fähig, heißen Sachen.

Wolken schwärzten den Himmel, aber es waren ganz hohe Wolken, und das Wetter hielt vorläufig. Die Newark Bay glitzerte gespenstisch. Max schwatzte über diesen Stoff, es sei der beste Stoff ringsum. Es sei beinahe patriotisch, ihn zu rauchen. Es würde bei der Schuldengeschichte helfen, der südamerikanischen Schuldengeschichte. Es würde ihnen helfen, ihre Kredite zurückzuzahlen.

»Das befreit«, sagte Max. Er zündete die Pfeife an. »Fahr schneller.«

Sie fuhren noch einmal über das Verkehrskreuz, wo dieses Auto auf dem Kopf lag. Der Verkehr verlangsamte sich; Max und Dennis beobachteten das Rettungspersonal, wie andere die Leistung von Sportlern begutachten. Dann nahmen sie die Abfahrt nach den Raffinerien, durch den dichten Verkehr, und dann noch einmal zurück an dem überschlagenen Auto vorbei. Der Krankenwagen war schon fort. Der Tragödie fehlte jegliches menschliche Element. Für Max war es nur ein Pasticcio, ein Gemälde, eine Landschaft, ein Farbfeld.

Er ließ sich weitschweifig über die Musikszene aus. Er höre nichts Neues mehr; er lebe jetzt ganz in der Vergangenheit; die großen Bands würden sich auf ein paar gute Platten beschränken; die großen Platten verkauften sich am besten mit einem Thema, und dieses Thema sei Sex.

Aber er sei der Typ, fuhr Max fort, der zu Partys zu früh

komme. Er komme selbst dann zu früh, wenn er sich vornehme, zu spät zu kommen. Er nehme sich vor, eine halbe oder dreiviertel Stunde zu spät zu kommen, aber alle anderen nähmen sich vor, noch später zu kommen.

»Was macht dein Bruder? Kommt er zu der Party oder was?«

Dennis wechselte die Spur, nahm die Ausfahrt. Er fuhr so schnell, daß der Bus hinten schepperte und Max zentrifugal auf Dennis zu rutschte. »Scheiße, woher soll ich das wissen.«

»Hier, probier das, okay?«

Es war schwer zu sagen, was der dahinrasende klappernde Bus war und was das voll aufgedrehte Kassettendeck. Ein Metal-Brei. Der Pulaski Skyway ragte jetzt wie ein geschlitzter Bogen an einer Seite hoch, und sie fuhren in das Schwerindustriegebiet hinunter. Die Atomreaktoren überragten die Autobahn wie große öffentliche Denkmäler, öffentliche Heiligtümer. Max zündete den Äther an, um das Rauschgift zu oxydieren. Der Verkehr staute sich wieder, doch diesmal gab es keinen Unfall, sondern nur die ernüchternde Schönheit des Gartenstaats selbst – das Abendlicht, die Suchscheinwerfer, die über den Himmel wischten, die Zeppeline mit ihren Reklamebotschaften, den Dampf, der aus den Reaktoren quoll.

Das Schlagzeug war alles, was an dem Song dran war. Max war jetzt bei Laserstrahlen, wie er eines Tages im Winter am Spätnachmittag draußen gewesen sei, um diese Kabelschaltung zu reparieren, wie der Fernseher dieser Frau immer wieder den Polizeifunk aufgefangen habe, wie er die Teile auf die Teppiche am Boden gelegt habe, wie er, als er zu seinem Lieferwagen hinaus sei, um einen Moment zu entspannen, einen Joint zu rauchen, aufgesehen habe und diese vier Laserstrahlen dagewesen seien, vier, die sich in acht teilten, die acht in sechzehn, die über den Himmel zuckten. Sie wackelten und zitterten. Ruckelten und flatterten.

Erst habe er gedacht, er würde sich das alles einbilden. Eine Art Entziehungserscheinung vielleicht, die darauf zurückzuführen war, daß es nicht ratsam war, Stunden ohne richtigen Stoff zu verbringen. Er habe den Joint angezündet, und es sei trotzdem nicht weggegangen. Also habe er bei der Frau geklopft und ihr gesagt, sie solle rauskommen. Eine Atomexplosion, habe er ihr gesagt, nur noch ein paar Sekunden übrig für den letzten Augenblick zwischenmenschlichen Kontakts. Sie habe gelacht. Sie setzten sich auf die Veranda, sie bot ihm einen Drink an.

Sie stießen miteinander an. Es war die Zeit des Berufsverkehrs. Mitten im Winter. Ruhe. Die Laserstrahlen zuckten. Ungefähr so, wie er sich das Polarlicht vorstellte, bloß besser, zuverlässiger, weil man die Intensität kontrollieren konnte. Die Frau trug jetzt einen Bademantel, der hochrutschte. Sie lagen auf einem Indianerteppich. Er sah ihre Unterwäsche. Sie starrte zu den Laserstrahlen hinauf, und sie lächelte auch, wegen der Unterwäsche.

Die erste Umarmung war so stark wie eine Lötlampe im Winter – das sagte Max –, aber die zweite war anders, es fehlte, na ja, was auch immer. Die zweite Umarmung war irgendwie tot. Es dauerte alles in allem eine Viertelstunde, und irgendwann mittendrin hörten die Laserstrahlen auf. Da verlor die Frau das Interesse. Sie bewegte sich einfach nicht mehr. Er hätte es genausogut mit einer Petrischale zu tun haben können. Sie seufzte und zog sich wieder an.

»Und dann hab ich später rausbekommen, daß es sowas wie der Soundcheck für die Show auf der Rennbahn war. Die Rock-and-Roll-Show. Sie haben vor der Show die Laser getestet, um sicherzugehen, daß sie alle funktionierten.«

»Mensch«, sagte Dennis, »den ganzen Mist denkst du dir doch aus.«

»Leergebrannt, Mann«, sagte Max, »total leergebrannt.«
Und Dennis erzählte Max, daß er einmal zwei Leute
draußen neben den Bahngeleisen habe bumsen sehen, sie
hätten einfach da im Schutt gebumst. Unglaublich.
Max stellte die Pfeife auf den Boden des Transporters.
Sie schlossen zur Stoßstange vor ihnen auf, und das Auto
hinter ihnen schloß zu ihnen auf. Überall verlangsamte sich
alles.

Es war wirklich laut, aber L. G. brüllte – als sie schließlich
angekommen waren –, Dennis etwas ins Ohr über eine
Band, die so ähnlich hieß wie The World and Its Mistress,
obwohl der Name ja nicht besonders sei. Dennis und Max
stiegen die Treppe hinauf – L. G. ging unmittelbar vor ihnen
und überwachte den Transport eines Fasses –, und Dennis
fiel wieder der Typ ein, der das ganze Zeug gegen den Kopf
kriegte, als er einmal ein Faß angezapft hatte. Die Musik
war laut, vor allem durch die Akustikmaschinen. Sie war
noch einen Block weiter zu hören. Der einzige Lärm, die
einzigen Lichter auf dieser Seite der Stadt waren Lichter und
Lärm, die L. G. geliefert hatte. L. G. war ganz oben.
Und er roch nach Bier, als er Dennis ins Ohr schrie, und er
hatte diesen glasigen Blick, diesen angestrengten Blick, den
die Leute bekommen, wenn sie Alkohol trinken und gleichzeitig Kokain nehmen. Dennis hatte vermutlich denselben
Blick.
L. G. schüttelte immer wieder den Kopf. Und dann kapierte Dennis – es war etwas mit Alice. The World and Its
Mistress waren Scarlett und Alice. Sie würden spielen.
Die Typen mit dem Faß hingen fest, als sie versuchten, es
über ein Geländer zu bekommen.
»Gott verdammt noch mal«, schrie L. G., »so geht das
noch den ganzen Abend. Vor und zurück. Schickt das nächste Mal jemand anders.«

Hinter ihm schrie Max. Super, echt super. Echt super Abend, echt super erster April. Echt super.

Die Poles aus Bayonne waren da und außerdem die Eleven Jewish Korean War Veterans, Films Par Excellence und die Catlips aus Ridgewood und Those Guys Who Strangled Their Wives und Associated Traction und Chrome, The Smirkes, Consuela, Gloria, Judy oder June (aus dem weit entfernten Sparta) und noch eine Band namens The Baedeker Girls und die Hammerheads, die Leeches, die Fishguards, die eigentlich eine Absplitterung von den Voltaires waren und an diesem Abend an der Harmonika den Keyboarder von Three Days in the Penitentiary dabei hatten – Max brüllte Dennis dauernd etwas zu, als sie ihre erste Runde um das Dach machten –, und dann war ein Mädchen da, das Folksongs spielen wollte und das früher die Managerin von Soldier of Fortune gewesen war, und dann war ein echter Verlierertyp da, der eine Art Roady bei Gulping First Drinks gewesen war, und ein paar Speed-Metal-Bands, Terminello and the Valkyrie. Die Leute von D'Onofrio waren da. Die Mädchen von Critical Ma$$. Bloß Nick, der Schlagzeuger, fehlte.

Was Max sagte, war, daß jede einzelne Rock-and-Roll-Band in dieser Hälfte des Gartenstaats hier auf L. G.s Party war. Oder vielleicht nicht jede, aber die meisten waren da. Max fuchtelte herum. Es waren mehr Rock-and-Roll-Leute da als Zivilisten. Aber keiner hörte auf die Musik.

An einem Ende des Dachs saß ein Typ in Lederhose und ärmellosem Hemd auf einem Hocker – es waren ein paar Scheinwerfer auf ihn gerichtet –, und es hatte den Anschein, als würde er eine Viertelstunde lang seine Akustikgitarre stimmen. Dennis hatte einen Becher Bier mit zehn Zentimetern Schaum obendrauf leergetrunken, und er und Max stellten sich wieder in die Schlange. Da trafen sie Scarlett. Alle standen Schlange. Alle tranken.

»Wir sind im Verkehr steckengeblieben«, sagte Max. »Wir waren draußen an der Rennbahn. Scheißverkehr den ganzen Weg bis zum Anfang aller Zeiten.«

Scarlett und Max zogen über die schwachen Akustikversionen von »West of Network« her. Alle spielten sie. Ein paar Typen in der Bierschlange sahen so aus, als wären sie gerade von der Straße gekommen, der eine Typ trug ein Hemd mit geknöpftem Kragen und eine Baseballkappe. Er war sauber rasiert, frisiert und gekämmt. Die ganze Sache hatte was, die ganze Party. Und Dennis wollte sowieso nicht mit Scarlett reden. Er mochte sie und alles, aber er wollte eben nicht reden.

»Trinkt Alice was?« sagte er trotzdem, und Scarlett hielt mitten im Satz inne. »Ich meine nur, nur so.«

»Es ist nichts weiter«, sagte Scarlett. »Wir bringen bloß zwei Songs. Akustisch —«

»Enttäuschend, Mann«, sagte Max, »enttäuschend. Wir machen einen Spaziergang um den Block oder was, verdammt.«

»Keiner von euch wird was spielen können«, sagte Dennis. »Das ist der einzige Grund, warum ich davon rede. Sie wird so fertig sein.«

Scarlett runzelte die Stirn.

Die Leute vor ihnen hatten sich vier oder fünf Becher Bier abgefüllt, und jetzt wand sich eine lange Schlange bis zur Bühne zurück. Immer die gleichen drei Akkorde von »West of Network« spielten sie, und keiner hörte zu.

Bei der ganzen Party war nicht ein Aprilscherz dabei, soweit L. G. sehen konnte, kein einziger müder April-April-Kalauer. Scarlett hatte vorhin eine Plastikspritzblume zum Anstecken gehabt und einen Schleier, aber jetzt war beides nicht mehr da. Bis jetzt hatte noch keiner die Bullen geholt. Es war ein großer Erfolg. Vielleicht hätten ein paar als Bul-

len verkleidet auftauchen können. Jemand hätte sagen können, die Bullen kommen, und dann April April. Oder es
würden echte Bullen kommen.

Partys haben einen Mittelteil zwischen dem Stadium,
wenn am Anfang alle nervös sind, und dem, wenn am Ende
alle besinnungslos sind. Mittendrin in dieser Party bewegten
sich alle nach unten und verschwanden in Ecken, in Korridoren. Die Musik dröhnte aus der Ferne. Als eines der
Mikrofone umfiel, ließ L. G. es eine Zeitlang liegen. Es be-
freite die Zuhörer von einer Last. Es war sowieso bloß
Country und Western. Alle hatten sie einen C & W-Song,
den sie heute abend spielten. Alle hatten sie etwas, an dem
ihnen nicht so viel lag.

L. G. selber hatte andere Dinge im Kopf. Er hatte eine
echte Ballade im Kopf. Eine Schnulze. Etwas, woran er
gerade saß. Etwas, das, wenn er es aufnahm, Gitarrenbe-
gleitung brauchen würde. Es war eine Art Hymne über
Treuebruch. Die Critical Ma$$ gehörte zu der Zeit, in der es
entstanden war. Endlich kam wieder Bewegung in L. G.s
Songs. Er war im Fluß. Die alten würden nie mehr genauso
klingen. Heutzutage mußte man lernen, wie man auf dem
Griffbrett hämmerte, wie man auf Teufel komm raus die
Pedale trat. Aber der Witz war, daß er heute abend sowieso
nicht spielen würde. Er hob es sich auf, bis genau der rich-
tige Moment dafür da war.

Also sah er gerade nach ein paar Packungen mit Plastik-
bechern, die er im dritten Stock im Hausmeisterschrank ge-
lassen hatte, als er Alice im Treppenhaus sitzen fand, allein.
So sah sie großartig aus.

»Hey, ich hab gar nicht gewußt, daß du kommen woll-
test.« Seine Stimme kam ihm zu laut vor, aber er schwafelte
einfach weiter. Er setzte sich neben sie. »Ich meine nur, es
ist toll, daß ihr zwei da seid, du und Scarlett, und daß ihr
spielen wollt und so weiter, oder?«

Aber Alice hielt das Gesicht in den Händen. Das ließ sich nicht übersehen. Sie hatte schwarzen Nagellack. Er wußte nicht, was er tun sollte, ob er sie trösten sollte oder was.

»Ist mir doch scheißegal«, erwiderte sie. Sie zeigte ihr Gesicht nicht. L. G. bemerkte, daß ihr die Haarwurzeln herauswuchsen. L. G. murmelte, falls er etwas tun könne –

Alice fragte, ob er Drogen habe.

L. G. schüttelte den Kopf.

»Du könntest mir ein Bier holen.«

»Ich hol dir ein Bier, wenn du mir sagst, was mit dir nicht stimmt.«

Alice knurrte. »Für was hältst du mich, verdammt noch mal? Woher soll ich das wissen? Das Leben stimmt nicht. Männer und Arbeit und Gesundheit und Immobilien, die ganze Scheiße stimmt nicht.«

L. G. sagte nichts.

»Verpiß dich, wenn du das für 'n Witz hältst.«

»Schau mal, nimm's nicht so schwer«, sagte L. G. »Es sieht bald wieder rosiger aus. Das schwöre ich dir.« Er stand auf und hob die Stapel mit Pappbechern über den Kopf, als wären sie Gottesdienstkelche. »Hey, weißt du schon, daß das Bottled Blondes dichtmacht? Oder den Besitzer wechselt oder so. Keine Live-Musik mehr. Es wird zu 'nem Oldies-Laden oder so. Mit Ausziehshows und so was.«

Er stapfte wieder die Treppe hinauf.

»Nicht daß ich was dagegen hätte, du verstehst schon«, sagte er. »Ich mag's nur nicht, wenn die Läden dichtmachen. Und Leute wegziehen.«

Oben geriet er in die Menge. Er geriet an die ganze alte Haledon-Bande. Es waren Arschlöcher da, die an Tankstellen arbeiteten oder zum Beispiel bei der Feuerwehr. Arschlöcher. Typen, die in nebligen Nächten mit hoher Geschwindigkeit im Rückwärtsgang die Hauptstraße entlangfuhren. Alle waren sie da.

Keiner von den Typen auf der Bühne, die, die immer noch versuchten, ohne Verstärker und Mikrofone zu spielen, keiner von ihnen brachte irgendeinen April-April-Witz. Während er das dachte, ging er zu den Monitoren hinüber; es spielte gerade diese Band namens Wandering Rock, die im Grunde aus den ehemaligen Fishguards bestand (jeder stammte im Grunde von den ein, zwei Bands von ganz früher ab – diese Bands waren die indoeuropäische Ursprache des Rock and Roll von Haledon), und als sie etwas Bluesiges mit einem bluesigen Sextakkord abschlossen, schnappte er sich eine Gitarre von dem Haufen neben dem Verstärker.

»Hey, spielen wir ›West of Network‹, wißt ihr noch, wie früher, Scheiße.«

»Spar's dir, Mann«, sagte Henry von den Fishguards, »heb's dir für später auf. Wir können was anderes spielen. Ein Cover oder so was.«

Dann löste sich der Himmel auf. In Regengüsse.

Max und Dennis stöberten im dritten Stock herum. Die Türen zu den Büros, die alle verlassen waren, flogen weit auf, und in jedem Raum gingen sie geistesabwesend spazieren. Sie drangen ein und nahmen in Besitz. Es war ein gutes Gefühl. Max hatte zwei Bier dabei. Dennis hatte zwei Bier dabei. Sie redeten darüber, daß nichts los war.

»Es war vielversprechend«, sagte Max. »Ich hab mich darauf gefreut. Es war vielversprechend, und jetzt ist nichts los. Mann. Ich sehe doch, daß es Scheiße ist. Bei dem Regen. Man kann doch bei Regen keine Live-Musik spielen. Dicke Scheiße.«

»Es ist erst halb zwölf, Max.«

»Aber man kann's schon sehen. Man sieht es.«

Sie gingen in das Büro, an dem *Mooney Versandhandel* stand, und fläzten sich auf dem Boden, an die nackten Backsteinwände gelehnt.

Dennis fragte Max, ob er noch was habe.

»Ich hab noch ungefähr einen Joint, aber ich weiß, wo wir mehr kriegen.«

»Wie weit?«

»Bis Paterson.«

»Wo?«

»Wir könnten zum DD«, sagte Max. »Dort könnten wir was erwischen.«

Sie verfielen in Schweigen.

Die Korridore waren holzkohleschwarz, fast ohne Licht, düster wie Mausoleen. Scarlett und Alice gingen im zweiten Stock von Tür zu Tür; in jedem Raum trafen sie auf eine kleine Splitterparty. Der Sturm hatte die Zuhörerschaft über das ganze Gelände verweht. In Räumen ohne Möbel, wo die Dienstleistungswirtschaft ihre rückständigen, kleinen, unaufdringlichen Geschäfte eingerichtet hatte, wiederholten heute Leute zwischen zwanzig und dreißig, die nicht einmal in Zeiten des Wachstums eine Stelle fanden, immer wieder und immer betrunkener abgerissene Strophen der immer gleichen alten Songs.

Nichts ist so schüchtern wie eine Akustikgitarre, wenn man eine Zeitlang eine elektrische gespielt hat. Als würde man gegen eine Armee mit Maschinenpistolen ein Bajonett einsetzen, dachte Alice. Der Klang dieses einsamen Zupfens offener Akkorde – der Klang, der sofort an Lagerfeuer denken läßt –, der ist so jämmerlich, weil er so nah an der Stille ist. Während Alice und Scarlett von Zimmer zu Zimmer gingen, schwor sich jede von ihnen etwas hinsichtlich ihrer Zukunft als Musikerin. Sie schworen sich, nie Akustikgitarren zu spielen. Sie schworen sich, nie solo zu spielen. Sie schworen sich, nie wieder zu spielen.

Scarlett hatte einen Joint, und sie suchten ein leeres Zimmer, wo sie ihn hätten rauchen können, ein Zimmer ohne ein Mädchen, das gerade jemandem einen blies. Diese Sachen gingen Alice im Kopf herum. Mit dem Bumsen war was. Bumsen war außer Mode. Heute war Feilschen dran oder Blasen oder Wichsen und so was. Die Typen versuchten alles, um das Bumsen zu umgehen. Sie überredeten einen, sich auf Stricke oder Handschellen einzulassen, um dann ins andere Zimmer zu gehen und sich einen runterzuholen, oder sie wollten, daß man vor ihnen masturbierte, oder sie wollten, daß man für Fotos posierte, oder sie wollten ein bißchen sadistisch sein oder daß man sich vor ihnen rasierte oder Sachen in sich reinsteckte. Und das alles, weil sie Angst hatten, einem in die Augen zu schauen und zu sagen, du bist echt gut.

»Setzen wir uns einfach ins Treppenhaus«, sagte Scarlett.

»Da war ich schon«, sagte Alice. Sie setzten sich trotzdem ins Treppenhaus. »Willst du hier nicht raus. Es ist echt zum Heulen. Wie spät ist es?«

»So gegen Mitternacht ungefähr«, sagte Scarlett.

»Haben sie die Gitarren aus dem Regen geholt?«

Schritte patschten die Treppe herauf. Es waren L.G., Max und Dennis. Sie waren naß. Alle drei völlig durchgeweicht. Max war wieder wie aufgezogen. Er faselte etwas von Regen und um den Block gehen –

»Genau«, sagte Scarlett.

»Wir haben's kapiert«, sagte Dennis.

»Genau, genau«, sagte Max.

Scarlett lächelte. L.G. lächelte. Alle lächelten, obwohl es nicht viel zu lächeln gab.

»Machen wir 'ne Spritztour«, sagte Max. »Dennis hat den Bus unten stehen. Fahren wir durch die Stadt. Ist echt lange her, daß wir so was gemacht haben. Daß wir alle zusammen irgendwohin sind.«

»Drei Wochen?« sagte Alice. Sie beugte sich über das Geländer und sah die endlosen Treppen hinauf.

Scarlett erkundigte sich nach der Party. Was würde mit der Party passieren? L. G. lachte bloß. »Die Party paßt schon selber auf sich auf. Wird bis Tagesanbruch sowieso 'ne Scheißsauerei geben. Einmal um den Block rum.«

Leichthändig stellte er seinen leeren Pappbecher umgedreht auf die Treppe. Er zerdrückte ihn mit dem Stiefel.

»Ja, fahren wir durch die Stadt, langsam, mit den Türen hinten offen, und die Anlage voll aufgedreht«, sagte Max.

Alice fiel auf, daß Dennis bei dem Ganzen keinen Ton von sich gab. Sie sah, daß es ihm nicht paßte. In dem Schweigen, das dann entstand, während die fünf so dastanden, während L. G. und Max ihren Joint rauchten und irgendwo der Klang einer Akustikgitarre ertönte – sie mußte dringend gestimmt werden –, in dieser Zeitspanne, in der das Gefühl herrschte, als wäre nichts passiert, in der alles ganz genauso war, wie es zehn Jahre lang gewesen war, schlitterte Alice die Treppe hinunter bis dahin, wo Dennis stand. Es schien das zu sein, was richtig war. Er wirkte okay. Sie wollte ihn nicht austricksen, aber sie wollte ihn auch nicht einfach übergehen. Es war einer der Augenblicke, in denen eine banale Frage ein Riesengewicht hat.

»Was denkst du?«

Es war auch eine Art Rätsel: Wenn er antwortete, daß er nicht gehen wollte, dann hieß das, daß er sie nie wiedersehen wollte, und wenn er antwortete, daß er gehen wollte, dann zeigte das nur seine Feigheit, denn es war nicht gut, daß sie sich mit der alten Clique gemein machten. Sie hätten allein sein sollen. Und scheiß auf alles andere, diese Pläne, aus denen nie etwas werden würde.

»Was du willst«, sagte Dennis. »Mir ist es eigentlich scheißegal.«

Sie war überrascht. Und dann hatte sie die Schnauze voll. Sie packte mit der Hand seine Backe – ihre Nägel waren schwarz lackiert – und zwickte sie leicht.

»Wie süß«, sagte sie. Und meinte damit, daß er sie nie wiedersehen würde. Stellte damit klar, daß er von jetzt an so gut wie tot war.

Als L. G. später herunterkam und sie alle neben dem Bus auf ihn warteten, war es, als würden sie ein Gebäude verlassen, das in Flammen stand. Überall würden Leute herumliegen, sagte er, auf dem Boden, im Staub, in jedem Raum des Gebäudes. Endlich sei er darauf gekommen, April April, sagte er, es war ja bloß eine Party, kein großartiges Festritual für kopulierende Paare. L. G. wieherte. Er warf den Kopf zurück und grölte. Der Ostersonntag war da. Es war ein Uhr morgens. Christus schob den Felsen vor seinem Grab weg.

Der Regen kam jetzt heftig herunter, mit düsterer Kraft. Die Straßen waren leer, mit Glassplittern übersät, von kahlen Bäumen gesäumt. Dennis schloß den Bus hinten auf, und Scarlett – die zeitweilig völlig verstummt war – stieg zusammen mit Max hinten ein. Er ließ L. G. durch die Seitentür einsteigen. Alice setzte sich auf den Beifahrersitz.

Bevor der Motor angesprungen war, bat Max ihn, die Anlage aufzudrehen. Alle wußten, daß ihr Ausflug ihren Erwartungen nicht gerecht werden würde. Für Speed Metal war es zu spät, aber Max ließ trotzdem Speed Metal laufen.

Sie kreuzten mit zwölf Stundenkilometern durch die Straßen von Haledon. Der Bus stand hinten offen, und ein feuchter Aprilwind drang fächelnd herein. Dennis fuhr in Richtung Paterson. Sie kamen an Striplokalen vorbei, Fast-Food-Läden, der Colt-Fabrik, der monumentalen Krakatoa-Fabrik. Aus dem Kassettenrekorder donnerte Musik. Sie fuhren am Fluß entlang, und dann wieder bergauf. Niemand redete. Im Schneckentempo glitt Dennis am Haus der Smails vorbei.

»Fahr ran«, sagte Max von hinten, »fahr ran und schieß.«

»Sie wirft mich raus«, sagte Alice. »Hab ich dir das gesagt? Sie hat mir gesagt, ich muß ausziehen.«

Dennis bremste. Der Motor lief im Leerlauf.

»Nicht, daß mir diese letzte Neuigkeit das Herz gebrochen hätte«, meinte sie. Und dann: »Wir sollten sie heimfahren. Sie schlafen, also laß sie uns einfach heimfahren.«

»Wo wohnt L. G. zur Zeit?«

»In einem Apartment am Bahnhof«, sagte Alice.

»Wir bringen ihn und dann sie und dann Max in die Berge rauf«, sagte Dennis.

»Wie du willst«, sagte sie. »Mir ist es eigentlich scheißegal. Nein, halt, wir bringen zuerst Scarlett heim.«

»Warum?«

»Es ist näher. Es ist gleich hier runter.«

Dann fuhren sie am Laden des Kammerjägers vor, an der Bushaltestelle. Im Bus hatte sich eine feindselige Stimmung breitgemacht. Keiner sagte etwas. Alice war wach wie schon die ganze Zeit über, jetzt aber störrisch und enttäuscht. Als Dennis L. G. weckte, weil sie Scarlett die Treppe hinauftragen mußten, bot Alice ihre Hilfe nicht an. Es fragte sie sowieso keiner. Auch Max schenkte der ganzen Angelegenheit keine Beachtung. Sie starrte aus dem Beifahrerfenster.

»Eine Frau am Geldautomaten, Max«, sagte sie, »am Geldautomaten, zu Fuß, Samstagnacht um zwei Uhr morgens. Was soll der Scheiß? Wozu das Ganze?«

Max kletterte über die Werkzeugkisten und die Sauerstoffflasche und kam auf den Vordersitz.

»Das ist eine Verabredung«, sagte Max, »was sonst? Es ist Samstag nacht. Oder vielleicht kommt sie grade von einer Verabredung wieder, die der totale Alptraum war.«

Und daraufhin hatte sie einen Einfall. Sie überlegte, und dann kam es ihr.

»Hey, du kannst doch einen Bus fahren, stimmt's?«

Tja, Max konnte natürlich alles fahren. Deshalb machte Alice den Vorschlag.

»Also, dann laß uns Lane holen.«

Max überlegte.

Alice sah zu Scarletts Fenster hinauf, wo das Licht angegangen war.

»Es ist kein so weiter Weg –«

Max sagte: »Du bist ja krank.«

Max fragte, ob noch Bier da sei. Sie gab ihm ihren Becher mit schaumigem Satz. Max lächelte, und Alice fiel auf, daß alle seine Zähne abgestorben waren, alle einzementiert. Von damals, als er sich den Unterkiefer gebrochen hatte. In seinem Lächeln lag eine besonders niedrige Form von Bankrott. Er sog Bier in sich hinein. Er griff nach dem Zündschloß. Kein Schlüssel.

Sie stieg aus, knallte die Tür zu, ging mit dem absichtsvollen Gang des Gewohnheitsverbrechers zur Gegensprechanlage von Scarletts Apartment und läutete. L. G.s verzerrte Stimme antwortete. Sie sagte ihm, er solle Dennis dranholen.

»Wir wollen uns einen Kaffee holen. Schmeiß den Schlüssel runter«, sagte sie.

»Wir sind fast fertig.«

»Wir holen Kaffee und bringen ihn her.«

Er antwortete nicht, und sie wartete, starrte das blöde Plastikteil an der Wand neben dem blöden Kammerjägerladen an und dachte die ganze Zeit, daß er es ebenfalls wußte, daß er wissen mußte, was sie vorhatte, und daß es ganz okay war, echt in Ordnung. Als die Schlüssel herunterkamen, einmal leblos aufschlugen, noch einmal aufschlugen, sah sie nicht hinauf. Sie schnappte sie sich und rannte los.

Lane ging auf und ab.

Die Nacht war nicht ruhig. Die Tabletten hatten nichts bewirkt. Daß er jetzt immer frühmorgens auf war, gehörte zu seiner ausgedörrten Einsamkeit. Die Tranquilizer bewirkten, daß er gegen neun Uhr abends einschlief und um halb drei wieder aufwachte, und dann verfiel er in ein hysterisches Brüten. Schlaflosigkeit, die wie ein Wachtraum war. Er dachte über Demütigungen nach. Er erinnerte sich an Dinge. Er erfand Dinge.

Diesmal ging es darum, daß nichts Männliches an ihm war. Er erinnerte sich an eine Zeit, als er einige Sachen, die als männlich galten, ganz gut konnte: Er konnte draufgängerisch sein, er hatte keine Schwierigkeiten mit Sport und Elektrogeräten, er zeigte nicht, wie ihm zumute war. Jetzt, da er aus reiner Abneigung gegen alles im Bett lag, erkannte er, daß es nichts Männliches mehr an ihm gab.

Tatsächlich entschied Lane um Punkt zwei Uhr morgens, daß er eigentlich eine Frau sei.

Es war noch schlimmer. Um Punkt zwei Uhr hatte er sein Hemd ausgezogen, um im Spiegel seinen Oberkörper zu betrachten. Er gewann die Überzeugung, daß seine Brustwarzen die Brustwarzen einer Frau seien. Ja, wie die Brustwarzen, von denen er einmal als Kind einen Blick erhascht hatte, als er eines Nachts aufgewacht war und seine Mutter unbekleidet durch den Flur hatte spazieren sehen. Seine Brust wies keinerlei Behaarung auf, und seine Brustmuskeln hingen leicht herunter wie der Busen einer Frau. Seine Brustwarzen waren genauso wie die seiner Mutter.

Er ließ seine Boxershorts fallen, um sich zu untersuchen. Sein Penis war der gleiche kleine leblose Knopf wie seit Wochen. Doch der Bereich gleich daneben interessierte ihn jetzt, dort, wo er vor Jahren häufig einen Ausschlag bekommen hatte. Dort war die Haut schlecht, es war ein rauher, roter Strich aus Schweiß und Flecken. Das war sie, erkannte er, allein in dieser Stunde der Not, das war seine Vagina, seine unvollständige Weiblichkeit.

Lane brach auf dem Teppich zusammen, er konnte noch

nicht ganz daran glauben, aber er war außerstande, mit dem Denken aufzuhören.

Er stand auf, ging wieder zum Spiegel hinüber. Er wollte nicht hinsehen, tat es aber doch. Er drehte sich so, daß er mit dem Gesicht in die andere Richtung stand, und reckte seinen Hals, um seinen Hintern zu untersuchen. Sein Hintern war birnenförmig. Nicht der quadratische Hintern, den er sich bei einem männlichen Jugendlichen vorstellte, sondern ein runder, lüsterner Mädchenhintern.

Er zog die Shorts hoch und humpelte schlotternd durch das Zimmer auf sein Bett. Am Ende der Diele ein Geräusch am Fenster über der Treppe – das Scharren von Holz an Holz. Lane weinte.

Trübes Licht in seinem Zimmer – sie konnten es sehen, als sie geräuschlos durch das offene Fenster glitten, den Korridor entlang. Als sie zur Tür kamen, zögerte Alice plötzlich, der Mut verließ sie. Wo war seine Familie? Warum konnten sie einfach so hereinspazieren?

Sie flüsterte Max zu: »Du übernimmst das Reden, ja?«

»Nur die Ruhe –«

Und die Tür ging auf, und das Zimmer verströmte sein halbherziges Licht in den Korridor, und sie konnte seinen Körper ausgestreckt daliegen sehen, halb auf dem Bett, halb daneben, während sein Kopf in einem Haufen aus Bettlaken steckte. Es sah nicht gut aus.

Alice sagte hallo.

Ohne sein Gesicht zu zeigen, fragte Lane, was sie wollten.

»Dich sehen, Mann«, platzte Max heraus, als würden ihm die Zähne klappern, als würde es ihn frösteln, weil er in seiner Nähe war. »Einfach bei dir rumhängen, Kumpel.«

»Ich war gerade –«

»Komm da raus«, sagte Alice. »Ich kann doch nicht mit dir reden, wenn du –«

Seine Augen waren verschwollen, als er sich das Laken vom Kopf wickelte; die dunklen Haare klebten ihm an der Stirn.

Alice fand ihn ganz süß.

»Was machst du, warum bist du noch wach?« sagte sie.

Lane zuckte die Achseln.

In der Tür leckte Max an einem Joint. Alice setzte sich auf einen Hocker neben dem Bücherregal.

»Ist es okay, wenn ich mir das Ding hier anzünde?«

»Ach, komm«, sagte Lane, »du weißt doch, daß mich das fertigmacht. Mir geht's nicht besonders toll, und dieses Zeug – du hast es doch erlebt, oder? Du hast mich doch mit dem Zeug erlebt.«

»Vergiß es, Mann, du bist zu 'ner echten Trantüte geworden, weißt du. War sowieso ein beschissener Tag. Wenn dein Kopf nicht so voller Scheiße wär, würd's dir damit ganz gut gehen.«

Max steckte den Joint wieder in die Brusttasche seiner Jeansjacke.

»Weißt du, was du brauchst«, sagte Alice und lächelte dieses wohlwollend-besorgte Lächeln. »Du brauchst was zu trinken, Lane. Du mußt einfach mal was trinken gehen, spüren, wie der Wind auf dem Weg zur Kneipe durchs Autofenster reinweht, ein paar Bier kippen, ein bißchen Blödsinn daherquatschen und noch ein paar Bier kippen. Du brauchst Entspannung, stürz dich rein.«

»Stimmt genau, Mann«, sagte Max. »Das ist die Wahrheit.«

Er lag da, ohne etwas zu sagen. Es war, als ob sie gar nicht da wären. Alice bereute die ganze Geschichte.

»Hast du ein paar richtige Klamotten, Lane?« sagte sie. »Hast du hier in dem Schrank ein paar Klamotten drin?«

Max machte sich nützlich. Er ging zum Schrank und fing an, darin herumzustöbern – »Gott, dieser Mist muß ja zehn

Jahre alt sein« –, riß Bügel heraus und stapelte die Sachen auf dem Schrankboden. Schließlich tauchte er mit einer khakifarbenen Hose und einem alten schwarzen Rollkragenpullover auf. »Hier bitte, Kumpel. Zieh das an.«

Die Hose landete auf ihm, und er rührte sich nicht, noch drehte er sein Gesicht weg oder schob sie beiseite.

»Was wollt ihr zwei?« sagte er. »Ich will nirgendwohin. Bitte.«

»Sei nicht so verkrampft«, sagte Alice, »und die Energie kommt sofort zu dir zurück. Ganz echt.«

Alice lächelte bittend. Sie sah, daß er keine Ahnung hatte, was er tun sollte, daß er zu erraten versuchte, was er tun sollte, und daher wußte sie, daß er mitkommen würde.

»Also, was habt ihr vor?« sagte er. »Gewalt? Ich kann einfach nicht –«

»Ich sag dir, womit du dich wieder besser fühlst, Lane, und du glaubst, es steckt was Gemeines dahinter«, sagte Alice.

»Genau«, sagte Max, »die Sache ist, du hast vergessen, wie es früher war. Zum Beispiel, als wir einfach ein bißchen rumgefahren sind.«

Womöglich war es das mit dem Fahren, was den Ausschlag gab. Manchmal sind die Leute wie Dominosteine, sie warten nur auf die richtige Bemerkung, um sich anzuschließen. So oder so, Lane fing an, die Hose hochzuziehen, er schämte sich ein bißchen vor ihnen, aber er zog sich an. Die Aufregung, die Alice vor einer Stunde verspürt hatte, war verpufft. Sie fühlte sich einsam. Die ganze Idee war blöd.

»Gehen wir durch die Küche«, sagte Alice. »Ich hab keine Lust mehr auf Klettern.«

Sie und Max nahmen ihn an den Armen, sanft. Auf Zehenspitzen schlichen sie in die Diele, als wären sie wieder Teenager. Auf der Treppe quietschten und knarrten die Stufen. Sie hangelten sich durch die Küche, an Geräten vorbei, die geheimnisvoll und still waren. Und dann drehte Lane Millimeter um Millimeter selbst den Knauf herum, der zur Garage führte, und sie schlüpften hinaus, zwischen dem Auto seiner Mutter, dem seines Stiefvaters und unter dem Garagentor durch: Max schob es einen halben Meter auf. Sie waren draußen in der Einfahrt.

Lane fragte, wie sie an den Bus gekommen seien.

»Nur die Ruhe«, sagte Alice. »Er ist auf der Party. Wir fahren zu L. G.s Party zurück.«

Das Bier wirkte auf Lanes Zunge, wie er sich vorstellte, daß eine Säure wirken würde oder ein lebendiger radioaktiver Stoff. Dann war es irgendwie süß, und er spürte es durch seinen Körper laufen, jeden Zentimeter.

Dieses erste Bier schmeckte besser als alles, was er seit Wochen probiert hatte. In ein paar Minuten war es weg, und er fing gleich mit dem zweiten an, oben auf dem Dach, im sanften Regen. Ein Dutzend junger Betrunkener saß um ihn herum, völlig durchnäßt, und alle halfen mit, dieses letzte Faß zu vertilgen. Jemand redete von einem Typen in Haledon, der beim Anzapfen ums Leben gekommen war, einem Typen, dem glatt der Kopf weggefetzt worden war, aber Lane hörte nicht hin. Während er darauf wartete, daß sich sein Becher mit dem dicken Schaum füllte, zitterten ihm die Hände. Als er darauf wartete, daß sich der Schaum setzte, zitterten ihm die Hände. Dann gab er das Warten auf.

Was er auf der Fahrt hierher, auf dem Weg die Treppen herauf fühlte, was er fühlte, als er die Gesichter aus der Vergangenheit wiedersah – er fühlte nichts. Alices Motive kümmerten ihn nicht, ob L. G. sie für eine blöde Kuh hielt, weil sie sie zurückgelassen hatte oder was sonst – er achtete nicht auf das, was geredet wurde. Noch machte er sich um die Gründe für die Party Gedanken. Was ihn jetzt kümmerte, war das Trinken. Er wollte noch mehr trinken. Eine Weile fühlte er sich wieder wie er selbst. Und dann fielen ihm die Tranquilizer ein.

Die Wirkung der Mischung zeigte sich schon bald. Es war, als würde er auf den Kopf geschlagen. Er geriet aus dem Gleichgewicht. Alice kam von einem Streit mit Dennis zurück – es waren jetzt alle da –, und sie redete mit ihm, aber er konzentrierte sich fest darauf, nicht betrunken auszusehen. Er hatte sich an eine Wand am oberen Ende des Treppenhauses gelehnt.

Als sie ihn fragte, wie es ihm gehe, wie er zurechtkomme, hallten die Wörter leicht wider, sie hatten ein Echo. Wie ging es ihm wirklich? Wie war es in der Stadt? Und was hatte ihn hierher zurückgeführt?

»Mir geht's beschissen«, sagte Lane. Die Worte kamen von selbst heraus. Einfach die Wahrheit. Nicht viel dabei. Die Körper auf dem Dach wirbelten wie Teilchen im Raum herum. »Ich kann von Glück reden, wenn ich nächstes Jahr um diese Zeit noch lebe.«

Dann stand ein Typ neben ihr. Es war vielleicht der Typ von Critical Ma$$. Aus dem Nichts. »Das ist chemisch«, sagte der Typ, »was du hast, dagegen gibt's Medikamente –«

Keiner brach das Schweigen, das folgte, und die drei standen einfach da. Lanes zweites Bier war leer. Alice gab ihm ein drittes.

Sie schlenderten an den Rand des Daches hinüber. Der Nebel wurde immer dichter. Man konnte den Fluß nicht erkennen. Der Autofriedhof war vollkommen verschwunden.

»Du bist mir aus dem Weg gegangen.«

»Drogen –«, sagte Lane.

»Ich erinnere mich, daß du einmal gekommen bist, als wir gespielt haben.«

»Ich weiß nicht, wovon du redest«, sagte er. Er fühlte sich taub. Er haßte seine eigene Pose, haßte den Lippenstift auf

Alices Lippen, wenn sie lächelte. Er mochte die Form ihrer Hüften nicht und auch nicht die ausgebeulte lavendelfarbene Hose, die eine Frau ein paar Meter weiter anhatte. Das Dach wurde von Bogenlampen erhellt.

Er sagte: »Ich will nicht mal drüber reden –«

»Komm mir nicht mit der Scheiße, Lane«, sagte sie.

Er wußte nicht mehr, was ein Witz war.

»Unten geht's ziemlich ab«, sagte Alice. »Wir könnten uns ein Zimmer suchen –«

»Ich kann nicht«, sagte Lane.

Sie zündete sich eine Zigarette an. Sie steckte sie zwischen ihre roten Lippen. Schwarze Nägel, rote Lippen. Keine Spur von dem, was sie getrunken hatte, nicht einmal in ihren Augen. Ihre Augen waren atavistisch. Kein Weiß, nur diese Spiegelung in ihnen, wie die reglose Oberfläche einer alten Pfütze.

»Ich bin besser als jede, die du kriegst«, sagte sie.

Er konnte ganz und gar nicht. Es regnete. Ein Zug fuhr vorbei, heulte, während er über einen Fußgängerüberweg raste.

»Wo ist Dennis?« sagte Lane. Und dann sagte er: »Ich brauch noch was zu trinken.«

»Ich hol dir was.«

Lane nickte.

Sie schlängelte sich durch die übriggebliebenen Haufen.

Es waren bloß ein paar Minuten, vielleicht nicht einmal das, vielleicht waren es fünfundvierzig Sekunden. Er schwankte und dachte über das Ende von Idealen nach oder versuchte es, und dann fragte er sich, ob fünf Stockwerke hoch genug seien. Er grübelte, so gut er konnte, über fallende Körper nach, und daß er gehört hatte, man sollte es mit dem Kopf voraus machen. Er dachte nicht klar, aber er dachte. Er entschuldigte sich ganz schnell bei seiner Familie, erklärte, flüsterte tatsächlich vor sich hin, daß sie nichts dafür könnten, und dankte vor allem seinem Vater. Dann packte er den Sims, stellte sich darauf, ihm wurde schwarz vor Augen.

Er hatte Angst vor Schmerzen, aber nur kurz. Er war betrunken. Es würde nicht weh tun. Er dachte über das Problem und seine Lösung nach, als Alice ihn rief. Das letzte Faß war endlich leer. Er drehte sich um. Das Dach war glitschig. Er rutschte.

Mai

5

Als Lane am Monatsersten wiederkam, führten ihn die Pfleger in das Untersuchungszimmer zurück und unterzogen ihn einer Leibesvisitation. Außerdem mußte er unter Aufsicht einen Urintest machen. Es war sein erster Ausflug außerhalb des Klinikgeländes gewesen, und bei der Gelegenheit erinnerte er sich an den Tag, an dem er eingewiesen worden war. Sie hatten ihn damals auf Narben abgesucht. Und während des Aufnahmegesprächs hatte es einen Frage-und-Antwort-Test gegeben. Lane hatte zutreffend die Namen aller Präsidenten bis zurück zum New Deal genannt. Er hatte die Neunertafel fehlerlos absolviert. Der New Deal, die Great Society, der Teapot-Dome-Skandal, Garfield und McKinley – Lane nannte viele Dinge. Es war eine verzweifelte Vorstellung. Als der Aufnahmearzt, ein junger Typ in Jeans und Pullover, Lane gefragt hatte, was ihn ins Motel führe, hatte er geantwortet, er habe Short Hills schon immer einmal sehen wollen. Das war das erste, was er im Motel hinbekam: Galgenhumor.

Am Monatsersten bekam der Pfleger Earl seinen Becher Urin – als wäre er ein Fundstück aus der Urzeit – und stellte ihn beiseite. Er bat Lane, einen Augenblick zu warten, die Nachtschwester wolle mit ihm reden.

Man war so selten allein. Er hätte seinen Urin ausschütten können, aber nach drei Wochen vertrauten sie ihm. Also beschäftigte er sich selbst. Er spielte mit den herumliegenden Instrumenten. Im Motel hatte er gelernt, seinen Blutdruck zu messen, weil sie einem hier dauernd den Blutdruck und andere Sachen maßen, und heute Abend beschäftigte sich Lane wieder damit, ehe die Nachtschwester Linda hereinkam. Er stellte fest, daß er jung und gesund war.

Das Mittagessen mit seiner Mutter – ja, was war damit? Sie durften ins Steakhaus in Short Hills zum Essen gehen, ganz in der Nähe. Sie hatte das Auto direkt davor geparkt, damit er nicht zuviel von draußen zu sehen bekam. Und die Unterhaltung mit Ruthie war nicht so recht in Gang gekommen. Daß er liebevoll von Typen wie Eddie sprach, der eingeliefert worden war, nachdem er siebzig Acidhits an einem Tag genommen hatte, der in Alliterationen redete – so was schien hart für sie zu sein. Sie hätte erkennen müssen, daß es neu für ihn war, überhaupt von irgend etwas liebevoll zu sprechen. Lane hatte Angst vor dem kommenden Montag, an dem sie beide die Familientherapeutin würden treffen müssen.

Linda bewegte sich schwerfällig, weil sie sich der Aufgaben bewußt war, die sie im Motel zu erfüllen hatte – zum Beispiel, den Jungen ruhigzustellen, der am Tag zuvor in einer Zwangsjacke eingeliefert worden war. Sie war fett. Ihre Augen waren schieferfarben. Lane hatte die Erfahrung gemacht, ihr vertrauen zu können, oder vielleicht hatte er ihr erst vertraut und dann die Erfahrung gemacht. Doch als sie zum Untersuchungstisch kam, an dem er saß, fühlte er sich in Ordnung.

»Es sind ein paar Sachen vorgefallen, während Sie heute draußen waren«, sagte Linda. »Ich dachte, ich kläre Sie auf, damit Sie's nicht in einer verwässerten Version mitkriegen.«

Lane nickte.

Und dann berichtete sie ihm von J. D., einer jungen Frau auf der Station, die er mochte. Eine Freundin. Zu sterben war hier normal, und alle überspielten es durch praktische Sorgen, aber das Personal versuchte auch, einen mit ein paar Dingen zu konfrontieren.

»Nähte an beiden Handgelenken, das ist alles«, fügte Linda hinzu, »und heute nacht wird sie unter Medikamenten stehen. Letzte Woche haben wir ihren Mann gebeten, den Aschenbecher aus dem Zimmer zu nehmen, aber er hat's vergessen. Sie hat den Aschenbecher zertrümmert und ein Stück davon benützt.«

Er hatte ein deutliches Gespür dafür – die Handgelenke waren nichts anderes als die schmalsten Zweige an einem jungen Baum. Es war so einfach, als würde man einen Zweig abschälen.

»Sie könnten mit ihr zu reden versuchen, wenn sie später aufwacht und Lust dazu hat. Am besten, man spricht es offen aus.«

Lane nickte wieder.

Linda fragte ihn, ob er eine Ahnung habe, warum sie es getan hatte. Lane fiel wieder ein, wie er sie am Anfang der Woche aus ihrem Zimmer hatte kommen sehen, sie war aus ihrem Zimmer gerast, als würde es in Flammen stehen, und hatte sich in die Arme eines Pflegers geworfen. Schluchzend.

Er schüttelte den Kopf.

Linda erhob sich behäbig von dem Hocker neben dem Untersuchungstisch. Sie legte ihre riesigen Hände auf ihn, auf seinen Oberschenkel. »Sie haben wohl nicht erwartet, wieder hier zu landen.« Und an der Tür sagte sie: »Wir haben die Zimmer nach scharfen Gegenständen durchsucht. Nur um aufzuräumen. Ihr Zimmer war in Ordnung.«

Lane nickte.

Dann sagte sie: »Sind Sie okay? Wie war das Mittagessen?«

Am dritten Tag hatte er geweint und Linda umarmt wie ein kleines Kind, weil er sich so schwach fühlte, hier im Motel, wo er in der Turnhalle Volleyball spielte, mit einem gebrochenen Handgelenk, zusammen mit diesen Ausgeflippten. Im Motel gab es kein Radio, außer in der Turnhalle, und an dem Nachmittag war im Radio »Devil on the Devil Train« gelaufen. Er war in sein Zimmer zurückgestürzt. Linda kam ihm nach und redete mit ihm. Er weinte. Er umarmte sie.

Er hatte ein paar Leitlinien aufgestellt, die für das Leben im Motel galten. Seit dem dritten Tag hatte er sich darüber Gedanken gemacht. Erstens: Jeder kam in dem Glauben hierher, nicht hierher zu gehören. Am vierten Tag, nachdem man ein paar Nächte lang von den Pflegern überwacht worden war, bekam man eine Ahnung davon, in welcher Verfassung man war. Am fünften Tag machte man sich daran, seine Diagnose Lügen zu strafen.

Zweitens: Der Hauptunterschied zwischen dem Motel und allen anderen Arten von Heimunterbringung lag in den berühmten Fenstern und Türen. Alle Türen waren zugesperrt (außer denen zu den Schlafzimmern); alle Fenster ließen sich bloß acht Zentimeter weit öffnen. Strenge Regeln zum Hinein- und Hinauskommen.

Drittens: Keine scharfen Kanten. Es hatte nichts damit zu tun, daß man sich etwas hätte antun können (wie J. D. bewies, ließ sich immer eine Möglichkeit finden). Es hatte mit Scharfem im allgemeinen zu tun. Im Motel nichts Scharfes. Alles war frei von dieser Art Schärfe. Alles war beiläufig und ruhig, total geregelt.

Zurück zu J. D. Sie war wegen ihrer Arbeit zusammengeklappt, an ihrem ersten Tag als Lehrerin. Das war die Geschichte über sie, in ihr. Sie war lang, jahrelang Bankangestellte gewesen, und dann hatte sie es riskiert, alles ein bißchen aufzurühren, und war zu dem Schluß gekommen, daß sie schon immer Lehrerin hatte werden wollen. Sie ertrug die Jahre am Lehrerkolleg, absolvierte ihre Zeit als Praktikantin und bereitete sich auf den ersten Tag vor, den Tag, an dem sie hysterische Aphasie bekam. Als sie vor ihren Schülern stand, erstarrte ihr Mund in einer Grimasse des Entsetzens. Sie wußte, was passierte: Es war so vorhersehbar wie ein Stottern. Tränen liefen ihr aus den Augen. Sie führten sie aus dem Klassenzimmer. Andere Lehrer mußten ihr helfen, und als sie hinausging, war es das letzte Mal.

Jeder im Motel hatte eine ähnliche Geschichte. Lane hörte diese Geschichten. Die von Elena, die ihr Erwachsenenleben damit verbracht hatte, sich um ihre alleinstehende Mutter zu kümmern, bis zu deren Tod. Danach hatte Elena ein halbes Jahr lang im Schlafzimmer ihrer Mutter zugebracht, ohne ein einziges Mal auszugehen. Sie war verwahrlost. Oder die von einem Mann namens Anton, Gewichtheber und zwanghafter Onanist, der sich vor zwanzig Jahren, als er betrunken war, einmal entblößt hatte und von dem Schuldgefühl nicht mehr losgekommen war. Das war in Newark geschehen. Oder die von Eddie und seinen siebzig Acidhits.

Und noch mehr, noch mehr.

Doch J. D. war genau Lanes Jahrzehnt. Sie kannte »West of Network« von vorn bis hinten. Sie hatten es eines Abends beim Kartenspielen gesungen – und das war der vierte Leitsatz im Motel: Überall gab es Glücksspiele. Sie war blond und hatte auf der Schule und anschließend zuviel getrunken, und sie bekam ihren Spitznamen – in Wirklichkeit hieß sie Jeannie Dolance –, weil sie soviel Ärger gemacht hatte, als sie noch jünger war. Nach der Aphasie war es jedoch mit dem Ärgermachen vorbei. Sie ließ ihren Mann daheim sitzen und zog zu ihren Eltern.

J. D. stand wegen ihrer Handgelenke unter Augenarrest. Augenarrest hieß, daß man nirgendwohin konnte, außer zum Drei-Nord-Aufenthaltsraum, und selbst dorthin mußte man sich von einem Pfleger begleiten lassen. Den ganzen Tag. J. D. ging sowieso nirgends hin. Der Pfleger saß einfach an der Tür und schrieb sich alle fünf Minuten Beobachtungen auf. Einmal hatte Lane einen Blick auf einen der Blöcke geworfen, auf die sie ihre Beobachtungen kritzelten – auf einer ganzen Seite nur immer wieder die Worte »schläft und atmet«.

Fünftens: Es gab Sachen wie Status Drei, was die offizielle Anerkenntnis dessen war, daß man das Stockwerk verlassen durfte (das dritte Stockwerk im Norden, wo Lane und J. D. wohnten), um an den Limoautomaten zu gehen oder in der Eingangshalle aus den Fenstern zu starren. Aufgrund von Status Drei durfte Lane im Steakhaus essen.

Sechstens: Das Fernsehen hatte auch therapeutischen Wert, weil es außer während der morgendlichen Stunde Gruppentherapie nie ausgeschaltet war. Elena liebte Gameshows. Gameshows und Baseballspiele der Bezirksklasse.

Heute nacht beobachtete Valdez, die Pflegerin mit dem goldenen Vorderzahn, J. D., und zwischen dem Notizenmachen blätterte sie in einem Automagazin. Von draußen im Korridor konnte Lane J. D.s Gestalt sehen. Sie hatte das Gesicht abgewandt, schnaubte vor Kummer. Sie atmete – und wie.

Er nahm das Flugzeugessen des Motels zu sich und ging zum Treffen mit den Junkies auf Drei-Süd, dann kam er zurück und ging im Korridor auf und ab und fühlte sich außerstande, hineinzugehen. Warum? Warum hat man Angst, zu seinen Freunden zu gehen, wenn sie verletzt sind? Später jedoch, mitten in der üblichen Streiterei um die Abendmedikamente, als er anstand, um seine Tabletten in Empfang zu nehmen, entschloß er sich. Nachdem er die Tabletten geschluckt hatte, klopfte er an ihre offene Tür.

Eine einzelne Hand mit einem Armband aus weißer Gaze winkte ihn herein. Er setzte sich auf die Bettkante und kuschelte sich über sie. Es war ein Augenblick, in dem die Motelbestimmungen sich lockerten (die siebte Leitlinie richtete sich gegen Körperkontakt). Valdez sagte nichts. J. D.s Augen waren winzige rote Schlitze.

Lane sagte ihr, sie sehe großartig aus, und sie versuchte zu lachen. Es sah aus, als würde es weh tun.

Lange schwiegen sie. Fünf oder zehn Minuten lang. Lane dachte über seine eigene Vergangenheit nach, die ihn in diesen Wochen wieder quälte. Während er nachdachte, spielten Schatten an der Wand von J. D.s Zimmer, weil draußen im Korridor irgendwas los war. Die Patienten liefen hin und her, vom Aufenthaltsraum zum Speisesaal und wieder zurück.

»Nicht, daß ich von dem Gebiet was verstehen würde oder so«, sagte Lane, »aber wenn du reden willst, dann rede. Das tut dir vielleicht gut.«

J. D. schüttelte den Kopf.

»Ich könnte dir was erzählen«, sagte er. »Ich könnte dir was vom Wetter draußen erzählen und vom Geschäftszentrum von Short Hills.«

Er stand am Fenster. Vor J. D.s Zimmer ging gerade die Sonne unter, und ihre Farben waren wie Brandstiftung. Alle hier im Motel hatten dieses Jahr eigentlich den Frühling verpaßt, und es würde ein ganzes Jahr dauern, bis man ihn wiederbekam. Drinnen hatte es das ganze Jahr über zwanzig Grad. Im Motel gab es keine Jahreszeiten.

»Hast du noch Schlafstörungen?« sagte er.

J. D. rollte sich langsam von ihm weg. Die Laken klebten an ihr.

Es entstand wieder ein langes Schweigen, doch dann fing J. D. zu reden an, und Lane hatte es gewußt. Am Ende machten die Leute im Motel doch noch einen Versuch. Weil es das Ende war. Jeder nahm den Laden auf seine Weise, selbst wenn man es eine Weile hinauszögerte. Also fing sie schließlich zu reden an, beichtete alles mögliche. Sie bezichtigte sich Verbrechen an Orten, wo sie nie gewesen war.

Das erste wichtige Faktum sei, daß sie immer lüge. Sie

langte weit in ihre Tiefen, um zu beichten, um Lane die Wahrheit zu erzählen – daß man ihr nicht trauen könne: »Ich lüge mich aus jeder Lage raus. Ich hab über meine Entziehung gelogen, damit ich jedem leid tue. Ich hab gelogen, um während der Entziehung Beruhigungsmittel zu kriegen. Ich hab meinen Eltern nicht gesagt, wo ich hinging. Ich hab den Aufnahmearzt angelogen.«

Lane bat sie, weiterzureden. Er hatte den Aufnahmearzt auch angelogen.

»Ich hab mit der Fortbildung gelogen, ich sagte, ich hätte sie vier Jahre lang gemacht. Ich hab mit meinem Alkoholkonsum gelogen. Ich hab ihn übertrieben. Ich hab mit dem Schwimmenlernen gelogen, und daß ich noch Jungfrau bin und so weiter.«

Der neunte Leitsatz im Motel war, daß alle rauchten, sogar die Nichtraucher. Die Drogen waren weg, und der Kaffee war als chemischer Ersatz nicht stark genug, also war man auf Zigaretten angewiesen, um sich fertigzumachen. Also hatte Lane zu rauchen angefangen, und er steckte sich jetzt in J. D.s Zimmer eine an, weil es ein Notfall war und Valdez, die in das Automagazin vertieft war, nicht darauf achten würde. Am Fenster sah er zu, wie die Bäume sich wiegten. Der Mond stieg auf, er war fast voll.

»Das sind keine großen Sachen«, sagte Lane. »Klingt so, als wär jeder dazu fähig.«

Er wußte, daß sie einfach reden mußte, bis sie sich ausgeleert hatte, also ließ er sie einfach weitermachen. Nach einer Weile fand er J. D.s Leitmotiv heraus. Sie hatte jedes der zehn Gebote verletzt. Das war ihr Leitmotiv. Und sie wollte ihm davon erzählen.

»Vergleichen und gegenüberstellen«, sagte Lane. »Wir finden schon das Passende.«

Er bot ihr einen Zug von der Zigarette an. Setzte sich wieder auf ihre Bettkante. Die Asche bröselte auf den Boden.

»Ich kann mich nicht mehr so gut an sie erinnern«, sagte Lane. »Du sagst sie mir wieder, okay?«

Die Geschichten waren alle großartig, aber sie hingen nicht so recht zusammen. Die Figuren wechselten das Geschlecht. Raum und Zeit wurden mißachtet. Am zweiten Tag, als Lane aufgewacht war, nachdem er sich stundenlang halb bewußtlos in einem Anfall von Schüttelfrost herumgeworfen hatte, nahm er mit den beiden Psychotikern im Krankenzimmer an einem Unterrichtskurs über aktuelle Ereignisse teil. Das war etwas, was man auf Status Eins machen mußte. Von den anderen war eines ein Mädchen, Myra, nicht älter als achtzehn oder neunzehn, das von der Küste stammte, und die Sozialarbeiterin, die den Unterricht durchführte, versuchte Myra dazu zu bringen, eine einzige Zeitungsschlagzeile zu lesen. Eine einzige Schlagzeile. Und das Mädchen brachte es nicht zustande. Es kam bis zur Hälfte – RÄDELSFÜHRER, erinnerte sich Lane –, und das war's. Inzwischen führte er mit der Sozialarbeiterin ein Gespräch über Umweltverschmutzung, über das komische Zeug, das an die Strände gespült wurde. Sogar der ältere Schizophrene tauchte aus einem tiefen antipsychotischen Dämmerzustand auf, um einen Comic zu lesen. Aber das Mädchen brachte es nicht zustande. RÄDELSFÜHRER KOMMT UNGESCHOREN DAVON.

Später redete Lane ein ganzes Mittagessen lang mit Myra über *Positiv handeln*, ein Buch, das sie von ihrer Familie geschenkt bekommen hatte. Auch da brachte sie nicht viel zusammen. Sie war nicht imstande zu sagen, wie traurig es war, daß sie das Buch geschenkt bekommen hatte – diese dürftige Ansammlung von Papier, Leim und Druckfarbe –, daß es ihr geschenkt worden war, weil abgewehrt werden sollte, wogegen sie ankämpfte. Ihre Handgelenke waren in ganzer Länge mit Narben überzogen. Sie brachte keinen zusammenhängenden Satz zustande. Würde *Positiv handeln* etwas nützen? Myra wurde in die staatliche Klinik verlegt, als ihre Versicherung ablief. Und das war das letzte, was er von ihr erfuhr.

Diese Geschichten waren voller Tempowechsel. Daher war es keine Überraschung, daß J. D.s Version des ersten Gebots damit zu tun hatte, daß sie zu diesem Wunderheilerort im Süden des Staates gefahren war – da gab es einen Pfarrer, der die Leute dazu brachte, daß sie ihre Krücken wegwarfen und ihre Augenklappen abnahmen. Es sei schwer zu sagen, ob solche Sachen wirklich passiert seien oder nicht. Alles sei immer schlimmer geworden. Sie habe ganz, ganz lang nicht mit ihrem Mann geschlafen und die Stelle an der Schule aufgegeben und sei bei heruntergezogenen Jalousien herumgelegen. Sie habe sich nach einem Unglück gesehnt. Dann habe ihr eine Freundin von dieser Kirche erzählt. Sie sei ein paarmal hingefahren. Dann habe sie schließlich mit dem Prediger geredet.

Er gab ihr eine Menge Ratschläge. Und als sie das nächstemal hinfuhr, rief er sie nach vorn. Vor aller Augen sollte sie geheilt werden. Er erzählte ihnen allen von ihr. Aber anstatt sich erleichtert zu fühlen, war sie bei der Behandlung einfach in Panik geraten.

Und natürlich funktionierte es nicht. Sie war in ihrer Kirchenbank gestanden, vor den ganzen Leuten. Es herrschte einen Augenblick Stille. Sie wartete. Wenn es nur jetzt passiert wäre, sofort! Das Glück hätte sie durchströmen sollen. Die älteste Sache, das göttliche Eingreifen, und die modernste, Bestrahlung – bei beiden konnte man sich nicht sicher sein. Die Orgel setzte wieder ein, und der Mann rechts neben ihr, mit den beiden Stöcken, warf seine Last ab und ging den Mittelgang nach vorn, um sich segnen zu lassen. Sein Schritt hatte etwas Federndes.

Und J. D. hatte gelächelt. Sie lächelte, wie sie nie zuvor gelächelt hatte. Und sie sagte: Tatsächlich, mir geht's besser. Sie hatte zum erstenmal seit Wochen gelächelt und dem Prediger gesagt, daß sie alles ihm verdanke. Dann machte sie sich aus dem Staub.

»Den Namen des Herrn nicht mißbrauchen«, sagte J. D. zu Lane. »Das ist das erste. Das erste oder zweite jedenfalls.«

Lane nickte.

»Siehst du? Da hänge ich jetzt immer drin. Das geht nicht einfach weg.«

Lane starrte auf den leeren Aschenständer hinunter, der neben ihrem Nachttisch stand. Er ließ die restliche Glut seiner Zigarette hineinfallen. Da drin mußten die Scherben von J. D.s Aschenbecher gewesen sein, doch jetzt war er leer. Bei der Zimmerdurchsuchung hatten sie alles ausgeleert.

»Worin besteht das Vergehen?« sagte er. »Darin, daß du zu diesem Wunderheilertypen gegangen bist? Oder darin, daß du behauptet hast, geheilt zu sein, und mit dem Gefühl heimgefahren bist –«

»Du kapierst es nicht«, sagte J. D. und hatte recht. »Die Sache ist die, daß ich nicht geheilt wurde, weil ich es nicht wert bin.«

Er dachte darüber nach. Er ging ins Bad und wickelte ein Stück Klopapier ab. Er brachte es J. D. Sie nahm das Papier. Sie sah weg.

»Und dann das Licht, das nachts in mein Zimmer kommt, wenn ich zu schlafen versuche. Es ist wie ein Licht an der Decke oder ein Lichtbündel oder eine Sternkarte oder so.«

»Sie lassen das Licht an –«

»Ich lege mir die Hände über die Augen, und das Licht ist immer noch auf meinen Händen zu sehen. Ich schließe meine Augen, auch dann ist das Licht immer noch da. Es ist kein blödes Deckenlicht. Ich habe mich im Schrank versteckt. Aber ich habe nicht schlafen können. Nur tagsüber ist es erträglich. Nie schlafen, das ist das einzige, womit ich es vermeiden kann.«

Lane nickte.

»Den Namen des Herrn nicht mißbrauchen«, sagte sie, »oder sein Bild oder was auch immer.«

»Na, heute nacht wirst du schlafen«, sagte Lane. »Mach dir darüber keine Sorgen.«

Dann setzte er sich auf die Bettkante, und während Valdez hinsah, wischte er ihr die blonden Strähnen aus der Stirn. Und er bedauerte es nicht, daß sie im Motel alle unter Medikamenten standen, daß der Typ, der über Störungen des Telefonverkehrs durch Sowjets laberte, wie ein Schlafwandler herumstolperte, wenn sie ihm sein Haledol gaben. Das war es, was den Leuten entging: Wie human es manchmal sein konnte. J. D. würde tagelang keine Lichter sehen, wenn sie später die Tabletten bekam.

Also hatte das Motel seine eigene Logik, seine Krankheitslogik. Mit Induktion oder Deduktion war sie nicht zu erfassen, aber auf ihre eigene Weise war sie genauso stimmig. Dieser Anton, der dabei festgenommen worden war, als er sich entblößt hatte, war nie darüber hinweggekommen, daß er sich entblößt hatte, obwohl er betrunken gewesen war. Jetzt war er sehr geheimnistuerisch. Sogar beim Sprechen hatte er nun Angst, sich bloßzustellen. Immer wenn er zu spät kam zu einer Therapie, zum Volleyball oder sonst was, war er in seinem Zimmer und holte sich einen runter.

Und bei Lane hatte es viel mit Vätern zu tun. Das war es. Als er wieder zu seiner Mom gezogen war, hatte er, wo er auch immer hinging, Väter gesehen, in den Schlangen im Supermarkt oder wenn er sich irgendwas im Kaufhaus ansah, und jeder dieser Väter hatte einen Ratschlag für ihn gehabt, ein Wort der Ermutigung, der Unterstützung.

Nachdem seine Vergangenheit jetzt hochgekommen war wie ein mit Muscheln überwachsenes U-Boot, verbrachte er

Tage damit, über die leeren Augen seines eigenen Vaters nachzudenken und über die ganzen Geschichten, die im Kopf seines Vaters verlorengegangen waren, Stückchen von Lane, die dort verschwunden waren und sich nicht wieder aufsammeln ließen. Erinnerungen wie Leuchtturmstrahlen, die in einem schweren Sturm aufblitzten. Seitdem wußte er, daß er nur in Teilen da war, unganz, unfertig, unvollständig geboren. Aber so war es im Motel, und die fünfzehn verschiedenen Therapiearten – Medikamente, Verhaltenstherapie, kognitive Psychologie, Gruppentherapie, Psychodrama, Kunsttherapie, individuelle Behandlung – stellten die andere Logik dar, die dazu da war, die Spirale, die einen nach unten zog, durch Bombardierung anzuhalten, damit man sie als das erkennen konnte, was sie war: eine schwache Macht, ein statistischer Irrtum.

»Und, was ist mit den übrigen?« fragte Lane sie.

»Den Geboten?«

Er nickte.

»Es gibt noch das große E.«

Sie zerknüllte das durchnäßte Papier und warf es in den Plastikabfalleimer.

»Dreimal habe ich Ehebruch begangen.«

Lane tat bestürzt.

»Hast du es ihm gesagt?« sagte er. »Weißt du, manchmal –«

»Es war nicht mein Mann. Ihn würde ich nie betrügen. Es war davor. Es war bei dem Freund vor meinem Mann.«

»Moment«, sagte Lane.

»Es geht um den Geist des Gebots«, sagte J. D. Sie zitterte und wickelte die Bettlaken wie einen riesigen Verband um sich. »Und mein Geist ist total tot. Innerlich bin ich tot.«

»Hmm«, sagte Lane. »Also versuchst du dich rauszudenken?«

Die Schranktür stand offen, und Lane stand davor, wartete ein langes Schweigen ab. Ein Haufen Wäsche – triste Unterwäsche und ein halbes Dutzend Variationen des gleichen einfarbigen Sweatshirts – lag zusammengeballt auf dem Schrankboden, wo J. D. die Nacht verbracht haben mußte, als sie sich vor den Phantomlichtern versteckt hatte.

»Und ich habe nicht mit meinen Eltern geredet. Ich habe sie nicht in Ehren gehalten. Einwanderer der zweiten Generation. Aber was soll's? Ich, ich, immer ich.«

»Ach, komm«, sagte Lane. Er machte die Schranktür zu. »Manchmal hält man seine Eltern dadurch in Ehren, daß man sie in Ruhe läßt. Ich weiß nicht recht. Nicht, daß ich –«

»Und ich habe eine Menge geklaut. Jeder, den ich kannte, hat geklaut. Und ich habe Zeug mitgenommen, das zu nichts nütze war. Völlig nutzlos. Es war bloß, um zu klauen. Ich hab ein Bandmaß mitgehen lassen oder eine Spaghettizange oder so.«

»Vergiß es, J. D.« Er ging jetzt auf und ab, und in dem Zimmer hatte sich etwas verändert. Es war spät. Valdez war von ihrem Posten verschwunden. »Mensch, ich hab von diesem Dealertypen in meiner Schule Drogen geklaut. Ich habe geklaut, was sowieso schon illegal war, und dann hab ich's ihm zurückverkauft. Ich hab ihm eingeredet, daß ich's nicht war, und dann hab ich ihn ein bißchen später dazu überredet, sein eigenes Zeug wieder zurückzukaufen. Das war nichts. Keine große Sache. Und was ist mit dir? Was ist denn damit, daß du vielleicht selber völlig fertig bist?«

Er stand am Fußende des Betts. Er zündete sich noch eine Zigarette an.

»Hast den Sonntag nicht heilig gehalten? Große Sünde. Du hast mal einen freien Tag gebraucht, was?«

Lane hatte nicht lauter gesprochen als sonst, doch in ihm bildete sich eine Überzeugung, und eine Überzeugung zu haben war ein neues Gefühl. Es ist gut und richtig, dachte

Lane – und er dachte genau diese Worte: *gut und richtig* –, dieses Du sollst Dich nicht selbst töten. Und er wollte J. D. dahin bringen, daß sie auch daran glaubte, auch wenn er nicht wußte, wo er anfangen sollte.

Um halb elf begaben sich die Patienten des Motels einer nach dem anderen widerwillig in ihre Zimmer. Jeder einzelne von ihnen fürchtete sich vor der Dunkelheit. Lane, der sich selbst nach drei Wochen noch würdevoll zu benehmen versuchte, war normalerweise vor seinem Zimmergenossen da, einem ehemaligen Kokaindealer aus Shipbottom, New Jersey. Lane war darauf bedacht, über einem Buch einzuschlafen, damit es unfreiwillig wirkte, damit der Dealer es nicht merkte. Aber am Monatsersten war er noch in J. D.s Zimmer, als Valdez hereinkam und auf ihre Uhr zeigte. Er saß auf der Bettkante und hielt J. D.s Handgelenk, als wäre die Gaze der edelste Schmuck, hielt ihre bandagierte Hand mit seiner gebrochenen.

»Ich weiß«, sagte er zu der Schwester.

»Also, dann bewegen Sie sich«, sagte Valdez.

Valdez brachte J. D. noch mehr Tabletten. Lane horchte auf die Verlangsamung ihres Atems, als sie sie geschluckt hatte. Er wartete einfach und horchte. Reflex oder nicht Reflex, das Atmen ging den ältesten Schriften voraus. Es war älter als die ältesten Zivilisationen. Es gab Theorien über falsches und richtiges Atmen, aber keine Regeln.

J. D. griff nach der Lampe neben ihrem Bett. Nur das Licht aus dem Korridor fiel schwach über sie beide. »Versprich mir, daß du bis morgen abend am Leben bleibst«, sagte er.

J. D. versprach es nicht.

Valdez kam wieder herein und knipste das Deckenlicht aus. Es war, als würde man beim Schulball auf dem Autorücksitz erwischt. »Raus«, sagte sie.

Lane stand auf.

»Schlaf gut«, sagte Lane.

»Ich versuch's.«

Draußen auf dem Korridor wartete Linda auf ihn. Zusammen gingen sie den Korridor hinunter. Linda lächelte.

»Ihnen ist klar, daß Sie mir erzählen sollten, was Sie beide besprochen haben. Es ist zu Ihrem Besten.«

Sie standen vor seiner Zimmertür. In dem verlegenen Schweigen vergaß Lane, was er im Motel gelernt hatte – wie wichtig es war, Blickkontakt herzustellen; er sah auf seine in Hausschuhen steckenden Füße und horchte auf das metronomische Schnarchen seines Zimmergenossen. Erloschen wie ein Streichholz. Er fragte: »Sagen Sie mir erst was?«

Linda nickte.

»Woher weiß ich es, wenn ich geheilt bin?«

Am ersten Mai zog Alice endlich aus, und das erste, was sie probierte, war, Dennis dazu zu bringen, daß er sie bei sich aufnahm. Sie versuchte, von zu Hause auszuziehen und ein Stück die Straße runter einzuziehen, bei Francis, oder zumindest fragte sie Dennis, der wieder mit ihr redete, wenn auch nicht gerade herzlich. Seine Mom war aber zufällig auch Lanes Mom, und es sollte einfach nicht klappen. Sie hatte nicht viel erwartet. Also zog sie bei Scarlett ein, die sowieso bald zurück nach Ohio ziehen wollte. Alice konnte dann den Mietvertrag für ihr Apartment über dem Kammerjäger übernehmen, und damit war diese Sache erledigt.

Es gab keine große Szene, als sie ihre Klamotten ausräumte – ihre Mutter war nachmittags weggegangen. Alice brauchte nur ein einziges Lasttaxi, mit ihren Gitarren und dem Seesack; später fuhr sie noch einmal zurück, um den Verstärker zu holen. Den Rest der Klamotten warf sie mitten in ihrem Zimmer in eine Kiste, die sie stehenließ. Alice zog allein aus.

Als sie wegging, öffnete sie die Jalousien in ihrem Zimmer. Sie öffnete die Fenster. Es schien Jahre her, daß sie zum letztenmal helles Tageslicht gesehen hatte. An diesem Abend war das Licht klar, und fast unvermeidlich kam Hoffnung auf. Als das Zimmer leer war, nahm sie den Bus. Von der Bushaltestelle in der Stadtmitte aus schob sie den Verstärker auf seinen Rollen bis zum Laden des Kammerjägers.

»Sie spielen doch hoffentlich nicht da oben«, sagte er.

Sie läutete. Es verging eine Minute. Sie beobachtete den Kammerjäger. Er beobachtete den Verkehr. Wenn es warm war, wurde in Haledon alles langsamer. Schließlich fielen Scarletts Schlüssel vom Himmel.

Als sie halb oben war, fluchte sie. Sie brüllte nach Scarlett. Immer war sie diejenige gewesen, die die Ausrüstung herumgeschleppt hatte. Erst vor eineinhalb Monaten hatte sie den Verstärker nach Hause geschafft.

Scarlett packte die Rollen unten am vorderen Ende, und die Rollen fielen ab. Die beiden Mädchen schwankten – und Alice sah schon einen Handgelenksbruch oder dergleichen –, aber dann gewannen sie das Gleichgewicht wieder und schafften es, den Verstärker in Scarletts Apartment zu bringen. Wahrscheinlich würde er es nie mehr erleben, in eine Steckdose an der Wand eingestöpselt zu werden.

Scarlett ging aus dem Weg, als Alice ihre Last hereinzerrte und sie mitten im Zimmer stehenließ. »Ach«, sagte sie, »Dennis hat angerufen.«

Alice fragte, was er gewollt habe. »Hast du was zu trinken? Es ist ätzend heiß.«

Scarlett holte Gläser. Die Getränke waren im Mixer.

»Keine Ahnung.«

Dennis war schlecht auf sie zu sprechen, seitdem Lane verschwunden war. Sie hatte es Scarlett schon einmal erzählt, wollte es ihr aber einfach noch mal erzählen.

»Findest du, ich sollte ihn anrufen?«

»Ich weiß nicht«, sagte Scarlett. Sie schenkte die High-balls ein. Sie stellte sie auf den Couchtisch. Auf Plastik-untersetzer. »Was meinst du?«

»Ich war eigentlich so weit, nie mehr mit ihm zu reden.«

»Ja, aber das hast du doch –« sagte Scarlett.

»Das ist was anderes«, sagte Alice.

»Dann ruf ihn nicht an.«

»Also dann nicht.«

Sie setzten sich vor den Fernseher, tranken und sahen sich die Abendgameshow an. Ab und zu nuschelte Alice eine richtige Antwort (stets darauf bedacht, sie entsprechend den Regeln der Sendung als Frage zu formulieren), ansonsten war es still.

Scarlett arbeitete jetzt tagsüber als Bedienung in einem Café. Das war eine Stufe höher als der vegetarische Laden, aber sie hatte sich noch nicht an die Arbeitszeit gewöhnt. Nach dem Spielfilm hielt sich keine von beiden mehr auf den Beinen. Sie gingen ohne zu essen ins Bett. Alice schlief auf der Couch, Scarlett schlief im Bett.

Als Alice aufwachte, hatte sie die Wohnung für sich. Sie machte sich Kaffee. Der Geruch – Marke Krakatoa – er-füllte das Apartment. Sie sah sich ein paar Metal-Musiker in einer Talkshow an. Metal-Musiker und ihre Eltern.

Nie waren die Tage so provisorisch gewesen.

Dann klingelte das Telefon wieder.

Da der Anrufbeantworter kaputt war – er machte aus den Kassetten ein Knäuel aus Schlingen und Knoten –, beschloß Alice, selbst dranzugehen. Sie rannte sogar. Sie rannte und dachte dabei, daß es doch zu dumm war. Dennis konnte es nicht sein. Er war es.

»Ich mache gerade Kaffee«, sagte Alice. Und sie trug das Telefon – es hatte eine lange Schnur, die auch in verknote-tem Zustand bis zu jeder Ecke des Apartments reichte – zu der alten, versengten Kaffeemaschine.

Er sagte, daß er schon einmal angerufen habe. Sie sagte, daß sie beim Auspacken gewesen sei. Er sagte, er habe zweimal angerufen, und dann sagte er, daß er es kurz machen würde, daß er nicht mehr wollte. Aber gegen Reden hatte er nichts. Überall würden sich die Leute streiten; überall wurde man Leute treffen, die einander nahegestanden hatten und sich jetzt weigerten, miteinander zu reden. Überall Schweigen. Jemand müsse sich einmal dazu aufraffen, den Mund aufzumachen. Dennis wollte sich entschuldigen. Er wünschte, alles wäre anders gelaufen. Und dann sagte ihr Dennis, daß Max anrufen würde. Max habe eine Idee.

»Warum ruft Max nicht selber an?«

»Weiß ich nicht«, sagte Dennis, »du kennst ihn ja. Ich hab mich dazu angeboten.«

»Was habt ihr überhaupt für 'n Scheißproblem?« sagte Alice. »Ich raff's nicht. Was ihr Typen eigentlich –«

Dennis unterbrach sie. Er redete wieder in demselben Tonfall wie auf L. G.s Party – der Tonfall des Krisenmanagers. »Ich versuch dir einen Gefallen zu tun, und du weißt nicht mal, um was es geht. Max will einfach auch die Dinge klarstellen.«

»Vergiß es«, sagte Alice. »Vergiß es. Ich will nichts klarstellen. Die Leute kommen über den uralten Mist nicht hinweg.«

»Zum Beispiel? Du weißt nicht mal –«

»Ja, wenn du dir so scheißviel Sorgen machst, warum hast du mich dann nicht –«

»Ich zieh aus. Ich mach einen Haufen Überstunden«, sagte er. »Ich bleib draußen. Und außerdem will meine Stiefmutter –«

»Also, mir ist es scheißegal«, sagte Alice.

»Ich will dir bloß Bescheid sagen, falls du Wert drauf legen solltest. Mit Max, meine ich.«

»Vergiß es, ja?«

Sie legte den Hörer wieder auf die Gabel und warf sich auf die Couch. Ein paar Minuten starrte sie auf die kahlen Wände, bis ihr Blick auf den gekritzelten Zettel auf dem Couchtisch fiel. Scarletts Schrift hatte etwas Blumiges, Geziertes, aber sie war bei all ihren Schnörkeln und Krakeln gut lesbar. Der Zettel trug die Überschrift: REGELN FÜR MEINE WOHNUNG. Unterüberschrift: EINIGES ZUR BEACHTUNG.

Evelyn Smail und Ruthie Francis saßen steif in Ruthies Wohnzimmer, während Ruthie Evelyn die ganze Geschichte beichtete, die neue Version davon, wie er sich vor ihren Augen aufgelöst habe, wo er doch so vielversprechend gewesen sei, die neue Geschichte darüber, wie sie, ehrlich gesagt, die ganze Zeit über gewußt habe, daß es passieren würde. Als wäre sie eine Spurenleserin gewesen, als hätte sie die Kryptogramme von Anfang an lesen können. Es war ein Fehler, der erst nach einiger Zeit gesühnt sein würde. Sie weinte geräuschlos, geziert, unauffällige, bescheidene Rinnsale tropften aus ihren Augen. Die Schuld schob sie, ohne sich aufzuregen, auf Lanes Vater. Vielleicht sei Lanes innere Leere – denn das sei der richtige Name dafür – eine Hommage an seinen Vater, der durch alle Abstufungen des Selbst geschlüpft sei, um endlich ganz und gar zu verschwinden. Lanes unausweichliche Liebe zu seinem Vater. Man könne den Vater aus der Stadt schaffen, theoretisierte Ruthie, aber nicht den Papa aus dem Sohn.

Während des folgenden Schweigens schlürften sie einen Kräutertee, der wie auf dem Etikett verheißen beruhigte oder zumindest mit der Untätigkeit des Augenblicks in eins fiel und nach extrastarken Reinigungsmitteln oder Terpentin schmeckte. Evelyn hatte Ruthies Mann angerufen und angeboten, ihn vom Bahnhof abzuholen. Sie hatte für Ruthie gekocht, ihre Termine abgesagt.

Evelyn glaubte, kein Talent zum Reden zu haben, nur

Ruthie schien dieses Talent zu besitzen, diese Fähigkeit, sich rastlos durch Menschenmengen zu bewegen und Eintracht zu säen. Aber jetzt sah sie, daß es nicht immer eine besonders angenehme Fertigkeit war. Während des Schweigens im Wohnzimmer verlor sich Evelyn in Gedanken an die Vergangenheit. Wenn es zu Gesprächen kam, hörte sie sich alles an. Das Zuhören fiel ihr leicht. Sie erinnerte sich, wie gut es bei aufgewühlten Teenagern funktioniert hatte, bei Senioren, bei den Kindern im Tagesheim.

»Im Besucherzimmer ist es so streng, und man kriegt die Ausbrüche von den anderen mit«, sagte Ruthie plötzlich. »Es ist genauso, wie man es immer hört, die Einzelheiten sind genauso, wie man es gehört hat, aber die Wirkung ist ganz anders. Schon am Eingang, im Erdgeschoß, ist es so. Am Sonntag fahre ich wieder hin.«

Evelyn fragte, was sie zu essen bekämen.

»Es gibt eine Art Punktesystem für gutes Benehmen – darum ließen sie ihn aus. Die Hitze hat ihn überrascht. Er hat von allem möglichen geredet. Er redete von den paar Mal, als er vor zehn Jahren was gestohlen hat. Auf einem Ausflug zu den Niagarafällen im achten Schuljahr hat er bei der Besichtigung des Wasserkraftwerks ein nachgemachtes Stück Uran oder so gestohlen. Solche Sachen hatte er im Kopf. Meiner Meinung nach sieht er nicht besser aus. Er sieht aus, als hätte er seit Wochen nicht geschlafen. Er ist weiß wie ein Bettuch.«

»Na ja, aber es dauert lang –« sagte Evelyn.

Und so weiter. Sie warteten darauf, daß Foster, Ruthies Ehemann, am Bahnhof von Paterson eintraf.

Ruthie schien Dennis ganz und gar vergessen zu haben. Oder vielleicht hatte Dennis sie vergessen. Womöglich hatte sich in dieser Konjunktion von Sonnenflecken und Planeten für ihn die Gelegenheit ergeben, auszuziehen. Und Evelyn fragte sich, wie es auf Alice wirken würde. Wie hatte sie selbst, Evelyn, das alles einst erlebt? Was war der springende Punkt, wie kam es, daß die Jugend sich endgültig von der Jugend verabschiedete? Diese Generation schien nie von zu Hause auszuziehen. Die Kinder wuchsen heran bis zu einem gewissen Punkt und verbrachten dann die nächsten zehn Jahre bis zum Zusammenbruch damit, das Neuartige des Jungseins wieder einzufangen, den Pulsschlag ihrer Jugend wiederzugewinnen, die, in voller Blüte stehend, ewig anzudauern scheint.

Auf dem Kaminsims über Evelyn lag ein Federwisch, und sie überlegte, ob sie ihn in die Hand nehmen sollte. In Ruthies Haus legte sich über alles Staub.

»Alice zieht auch bald aus«, sagte sie.

Sie nippten an ihrem Tee.

»Was haben Sie für ein Gefühl dabei?« fragte Ruthie.

»Ich muß wohl mitspielen«, sagte sie.

Die Freundlichkeit blieb. Sonnenlicht strömte über die staubigen Flächen. Ein schöner Nachmittag, ein Nachmittag, der auf die Vororte herablächelte. Evelyn stellte das Teeservice zusammen – Porzellan klapperte auf Silber – und ging in die Küche. Die geheimnisvolle Einfachheit des Wasserkochens, die urweltliche Chemie des Teezubereitens. Sie würde noch einen Tee machen.

Freitagnachmittag. Max fuhr und fühlte sich schlecht, schlecht wegen sich selber, wegen anderer Sachen, fuhr Block um Block, alle Blocks gleich hoch in Paterson, alle gleich flach, zugemauerte Fenster, zugenagelte Fenster, Häuser, die kein Zuhause mehr waren, Typen mit versteckten Waffen, die an den Ecken herumhingen, Typen mit offenen Waffen. Mit Drogen im Blut Auto fahren. Max fuhr an der Krakatoa-Kaffeefabrik vorbei, wo Nails nicht mehr beschäftigt war. Die Frühlingstage dehnten sich aus in seinen Gedanken.

Auf dem Weg zum DD, Mittagessen mit Blick über die weißen Wasser des Passaic, die Straßen entlangkurvend, mit heruntergekurbelten Fenstern, laut aufgedrehtem Radio. Was war das? Ein Lampenmast, ein Typ vor einem Lampenmast. Jemand, der mitgenommen werden wollte. Eine Hupe. Der Dopplereffekt. Max fuhlte sich gut. Entweder mit der vielen Maloche aufhören oder sich mit der Erschöpfung abfinden. Mit der Maloche aufhören war wohl das richtige.

Auch Lane steckte in Short Hills, das war das Komischste, in der gleichen Scheißklinik. Sein Bruder war in der gleichen Klinik. Nicht zu fassen, Scheißklinik, Turnhalle und Maleratelier. Das Essen war okay. Gesunder Geist, gesunder Körper. Keine Radios, Radios waren verboten, aber klassische Musik, Scheißgeigenduette an manchen Wochenenden zur Unterhaltung. Nur nicht die gleiche Abteilung, Lane in der für Versoffene und Verzweifelte, doppelte Gefährdung, und sein jüngerer Bruder unten bei den Jugendlichen. Der arme beschissene Tony Crick, achtzehn.

Er fuhr auf den Parkplatz. Überall leer. Der ganze Scheißstaat war leer. Am ersten Maiwochenende fuhren sie alle an die Küste raus, alle wollten sie am Feiertag den anderen zuvorkommen. Er steckte in der Stadt fest, und er benutzte Drogen. Aber er würde sich nicht mehr aufregen. Verminderte Reaktionsfähigkeit zog verminderte Einsicht in Kausalzusammenhänge nach sich: Als er sein geliehenes Auto vor dem Parkplatz neben dem DD abstellte, hatte er sich schon an den Gedanken gewöhnt, daß Lane und sein Bruder in der gleichen Klinik lagen, und es wunderte ihn auch nicht, daß Alice Smail auf ihn wartete.

Sie besprachen sich nicht. Sie gingen einfach hinein. Max ging zuerst. Alles verraucht, hohe Dezibelzahl, die Stammkundschaft. Am Anfang sagte keiner von beiden viel, keiner von beiden war überrascht, den anderen hier zu sehen. Das DD war eine Kneipe. Sie hatten Themen, über die sie nicht reden wollten, also redeten sie eine Weile lang nichts.

Er fragte sie aber, was sie nehmen wollte, und sie nahm Bourbon, also nahmen sie beide Bourbon. Vielleicht war Alice nicht die einzige Frau im DD mit blondgefärbtem Haar und schwarzem Nagellack, aber sie sah toll aus. Sie sah allmählich aus, als würde sie hierher gehören. Sie vernachlässigte ihren Stil, oder ihr Stil wurde populär, eins von beiden. Die anderen Typen dort taxierten sie sogar, dachte Max. Vor ein paar Jahren hätten sie sie vielleicht noch schief angesehen, aber jetzt hielten sie Alice für verdammt hübsch. Max legte sich zurecht, was er sagen wollte – das heißt, er versuchte, es sich zurechtzulegen –, aber dann sagte er es doch nicht. Alice brach das Schweigen. Sie fragte, warum er Dennis gebeten habe, anzurufen. Max sagte, Dennis habe es ihm angeboten.

Dann sagten sie eine Weile nichts.

»Ich weiß nicht«, sagte er schließlich verzweifelt. »Woher soll ich's wissen? Die Sache ist die, daß ich's bei dir wiedergutmachen wollte. Du weißt schon – was da passiert ist. Tja, es war Lane und nicht wir, aber ich wollt's wiedergutmachen bei dir. Weil...«

Alice wartete.

»Und vielleicht wenn, na ja, wenn wir wollten, dann könnten wir uns bei ihm entschuldigen, weil ich glaube, ich weiß, wie man an ihn rankommt, verstehst du. Weil mein Bruder da drin ist. In derselben Klinik. Drum weiß ich, wie man an ihn rankommt, und vielleicht wollt ich dir das bloß sagen, weil, weißt du, ich wollte ihn nicht reinreiten oder so...«

Alice sagte nichts.

Sie tranken.

»Dein Bruder?« sagte sie.

»Genau, er kommt aber bald raus. Es ist nur so als Überbrückung gedacht. Sie verlegen ihn vielleicht in die staatliche nach Trenton. Er kommt vielleicht echt bald raus.«

»Ist er immer noch –«

»Du meinst mit –«

»Er ist –«, sagte Alice.

»Er ist echt fertig«, sagte Max. »Die Sache mit den Kleidern: Das ist bloß die Spitze des Eisbergs.«

»Ja, also, aber worum geht's überhaupt?« sagte Alice.

Max überlegte. Im DD spielte die Jukebox.

»Weil sie deine Post dort behalten und deine Besucher überwachen und deine Anrufe und alles. Sie verbieten die und die Besucher, zum Beispiel, und von denen kriegst du auch die Briefe nicht. Aber die Sache ist die, daß ich eine Nachricht zu ihm reinbringen könnte. Oder zum Beispiel mein Bruder könnte eine Nachricht zu ihm reinbringen, wenn du das willst. Wir könnten ihn dazu kriegen...«

Mike am Tresen füllte ihre Gläser auf. Max versuchte, nicht zu lallen. Er hatte eine Aussprache wie bei der Sprechtherapie.

»Das heißt, wenn du willst.«

»Was springt denn verdammt für dich dabei raus?«

»Ach, echt, ich weiß es nicht«, sagte Max. »Frag mich nicht so'n Zeug.«

»Also, paß auf«, sagte Alice. »Ich hab grade viel um die Ohren, weil ich bei meiner Mutter ausziehe und eine Stelle zu kriegen versuche und mir überlege, ob ich vielleicht wieder auf die Schule soll – ich will ins Plattengeschäft oder vielleicht einen Secondhandshop für Klamotten aufmachen oder so –, und eins tu ich bestimmt nicht: über diesen Scheißdreck nachdenken. Das Ganze ist nämlich sein Problem. Und der Typ hat mir sozusagen gefallen, aber scheiß drauf, wenn ich ihn nie wieder seh oder so. Ich hab was vor. Kapierst du das? Also besten Dank für das Angebot – auch wenn's mir ein bißchen kraß vorkommt –, und ich halt dich für okay, Max, aber es langt so schon, oder?«

Das war's. Sie warteten noch zwei, drei Nummern auf der Jukebox ab, die übliche Auswahl, und tranken noch ein paar Gläser. Es gab Entschädigungen auf dieser Welt: Max würde schnell trinken, schweigend trinken, einsam trinken, trinken, wann er nur konnte.

Die ersten Abendgäste kamen, es war gerammelt voll. Außer der Jukebox machte keiner Lärm. Mike am Tresen führte Selbstgespräche. Die anderen flüsterten alle erbittert vor sich hin.

»Kannst du fahren?« fragte Alice.

»Klar, klar doch«, sagte Max. »Denk bloß nicht –«

»Ich fahr dich«, sagte sie. »Ich fahr mit dir zurück.«

»Schreib einen Brief«, versuchte Max zu sagen, »schreib einen Brief und sag ihm, was du gesagt hast, daß du ihn magst und so, und ich krieg den Kleinen dazu, ihn hinzubringen. So geht's –«

»Ich kann dir ein Taxi rufen oder so. Besser als auf den Bus zu warten.«

»Bus?« sagte Max mit unsicherer Stimme. »Wir sind hier in unserem verdammten New Jersey.«

Die Tür schwang hinter ihnen zu. Wieder Abend. Der erste Moskitoschwarm des Jahres schwirrte dicht um sie herum. Alice benutzte das Wandtelefon neben dem Eisenwarenladen. Als das Taxi kam, plumpste Max auf den Sitz. Alice schob sich nach ihm hinein. Er bat sie, mit zu ihm zu kommen, aber sie konnte seine Worte nicht mehr verstehen. Sie antwortete nicht. Während sie den Hügel hinauf nach Haledon fuhren und dann zwischen den Felsen hinauf in die Berge, zu dem Wohnwagen, in dem Max wohnte, hielt sie seinen schlafenden Kopf auf ihrer Schulter. Es war irgendwie nekrophil, aber es war in Ordnung. Als sie ankamen, schleppte sie Max in den Wohnwagen und legte ihn auf den

Boden. Er nuschelte und protestierte. Doch selbst als er sie an der Strumpfhose packte, achtete sie nicht darauf. Sie ließ das Licht an, das Kassettendeck spielte Swamp Music, und dann zog sie ab. Keiner würde Max Crick hier etwas antun. Keiner konnte ihm mehr antun als er sich selber.

Dennis lief wieder. Drei Wochen lang lief er nun schon, und heute lief er wieder, und er lief nicht sehr athletisch. Beinschützer behinderten ihn. Seine Muskeln verknoteten und verkrampften sich, sein Mund war immer trocken. Sein Körper war zehn Jahre älter als der Rest von ihm. Er hatte sein biologisches Alter nicht mehr. Aber er war draußen, lief die Bahngeleise entlang. Er wußte, daß er völlig falsch lief, wie ein Ding mit Spinnenbeinen, als hätte er Jahre auf einem Pferderücken zugebracht. Aber er lief. Und heute hatte er auf einmal diesen Einfall, auf einen Güterzug zu springen, wenn einer vorbeifuhr. Die Tradition des Laufens, die Tradition des Boten, der zu seiner eigenen Hinrichtung läuft, sie wuchs in ihm. Und was er sich zu tun vorstellte, war einfach, die Güterzüge von Haledon zu nutzen, um eine Nacht aus der Stadt fortzukommen. Nach Paterson oder vielleicht in den Wald. Wo immer der Zug hinfuhr.

Freitagabend. Nichts Besonderes. Die radikale, taktische Schlußfolgerung, zu der Dennis in den letzten Wochen gekommen war, in den Tagen, in denen er einen guten Kilometer Dauerlauf machte, und dann anderthalb, und dann den guten Kilometer zurück, und schließlich bis zu zwei Kilometer, durch Regenschauer, durch launischen Sonnenschein, heftige Böen, durch Momente von Schwere und Leichtigkeit, während seine Gliedmaßen aus unmodischem Sportzeug ragten wie die Gliedmaßen von ungemästetem Geflügel – die Schlußfolgerung war die, daß das, was er jetzt eigentlich tun wollte, was immer für eine Scheiße zu Hause passieren würde oder zum Beispiel mit einer neuen Wohnung oder wertbeständigen Haushaltswaren oder sonstwie passieren würde, was immer passieren würde, was er eigentlich wollte, war, Scarlett zu fragen, ob sie sich mit ihm treffen wollte. Er hatte es seit jener Nacht gewußt, als er sie ins Bett gebracht hatte, jener Nacht von Samstag auf Sonntag. Beim Laufen griff er jetzt nach der Leiter hinten an einem Kühlwaggon, aber er bekam sie nicht zu fassen.

Weil ihre blonden Strähnen das Größte waren und weil sich unter den weiten Kleidern, die sie trug, runde, mütterliche Hüften befanden, und weil sie die Leute ausreden ließ und ihnen nicht das Wort abschnitt oder so. In einer Krise geriet sie nicht in Panik. Völlig Fremde lächelte sie freundlich an. Er und sie waren übrig, und alles paßte einfach.

Dennis sprang nach dem Griff an der Anhängerkupplung eines Chlortankwaggons, er hatte die Form einer Aspirinkapsel oder eines Atom-U-Boots, und diesmal kriegte er ihn zu fassen. Er kletterte hoch. Und da es kein elektrischer Zug war – weil es hier keine Hochspannungsleitungen gab, keine pyrotechnischen Funken –, kletterte er ganz oben hinauf. Er dachte an Autobahnüberführungen. New Jersey war die am längsten laufende Stummfilmkomödie der Welt. Als der Zug jetzt bergab fuhr, stellte Dennis sich aufrecht hin und war der Besitzer von allem, was er sah, und fuhr auf immer im Kreis herum. Es war kein Ausweg; es war nur eine Möglichkeit, die Landschaft zu betrachten.

6

Das Pinnacle, das Café, in dem Alice in ihrer Jugend gearbeitet hatte, als sie noch auf eine elektrische Gitarre sparte, war nicht allzu weit entfernt von Scarletts Wohnung, und freitags spätabends – sie erinnerte sich – leerte es sich, bis auf schlaflose Philosophen, Leute, die Liebeskummer hatten, Jazzliebhaber und dergleichen. Die Köche verbrachten die Freitagabende damit, den Tresen abzuwischen und alte Klingen zu wetzen. Keiner redete, außer um Bemerkungen über Spielhallen und gefährliche Nachtclubs zu machen. Es wurde über ehemalige Schlagzeuger geredet und darüber, welches der traurigste Song sei, der je gesungen worden war. Doch größtenteils war das Pinnacle ein Grab.

Trotzdem nahm Alice gegen Mitternacht den Notizblock mit Scarletts Regeln, knüllte das oberste Blatt zusammen – die schwachen Abdrücke von Scarletts Schönschrift blieben – und ging hin.

Alice war keine Schreibkünstlerin. Sie schrieb keine langen Briefe wie Scarlett – lange, tadellose Beichten in farbigen Umschlägen – oder auch nur platte, geschäftsmäßige Postkarten wie die, die sie manchmal von ihrem Vater bekam. So wie es Alice sah, sprach alles gegen das harte Licht von Briefen. Anrufbeantworter waren eine Gefahr für Briefe. Aber nachdem Alice Max auf dem Boden seiner Behausung zurückgelassen hatte, gab etwas in ihr nach. Was Max gesagt hatte, war wie eine Bitte auf dem Sterbebett. Und was ihr klar wurde, als sie rauchend und trinkend die Haledon Avenue entlangging, war, daß sie, wenn es sich um die letzte Gelegenheit handelte, versuchen würde, die Sache mit Lane in Ordnung zu bringen. Sie hätte zum Beispiel auch die Sache mit Mike Maas in Ordnung gebracht. Sie hätte seiner Freundin Suzy Drummond nicht gesagt, ruhig mit dem anderen Typen zu schlafen, wenn sie gewußt hätte, daß Mike sich abfackeln würde.

Oder vielleicht war es nur, weil sie wußte, daß sie viele Nächte allein verbringen würde, sobald Scarlett wieder in den Westen gezogen wäre, und sie wollte sie nicht im Dover verbringen. Sie wollte nicht mehr irgend jemand dazu bringen, daß er versuchte, ihr die Strumpfhose auszuziehen. Sie wollte einfach alles in Ordnung bringen, ehe sie älter wurde. Es war an der Zeit.

Und darum entschloß sie sich, Lane zu schreiben und vielleicht was zum ersten April zu sagen.

Der Brief spukte ihr im Kopf herum, als sie im Pinnacle war. Aber ein fabelhafter Entschluß führt nicht unbedingt zu einem tollen Brief. Sie setzte sich an die Bar und sah zu, wie der demoralisierte Bartyp den Gang rauf und runter endlose Tassen Kaffee abfüllte. Vor ihr lag das leere Blatt. Sie kritzelte auf die Ränder.

Als er zu ihr zurücktrabte, den vergammelten Lumpen in einer Hand, fragte Alice, ob sie koffeinfreien Kaffee hätten. Er zeigte auf einen riesigen Bottich. Krakatoa.

»Was anderes haben wir nicht.«

»Super«, sagte Alice, »und, hey, ich hab eine Frage. Ich will dich was fragen. Ich will ja nicht indiskret sein, aber hast du was dagegen, wenn ich frage, wie lang du schon hier arbeitest?«

Er hatte ihr den Rücken zugewandt. Er zuckte die Achseln.

Er löffelte das Kaffeepulver in einen fleckigen Becher, langsam und sorgfältig. Da es leer war, zog er jede Tätigkeit in die Länge.

166

Im Pinnacle hatte sich nichts geändert, seitdem sie dort gearbeitet hatte. Die mit rotem Vinyl gepolsterten Hocker waren noch immer mit schwarzem Isolierband ausgebessert. Die mit weißem Plastikanstrich lackierten Marschland- ansichten, die die Wände schmückten, waren von den glei- chen Fett-, Soda- und Senfspritzern entstellt wie früher. Hier und da waren die gebrochen weißen Fliesen an der Decke mit Butter beschmiert.

»Ich bin seit 'nem halben Jahr da.« Er stellte Tasse und Untertasse vor ihr auf die Theke. Ein mediterraner Typ mit dunkler Haut und überzeichneten Gesichtszügen – Brauen, Nase und Ohren –, als hätte er zuviel Steroide, dachte Alice. Er hätte Gewichtheber oder Leichtathlet sein können.

Sie überlegte, ob sie ihm weniger als den Mindestlohn zahlten. Ob er Verbindungen zum organisierten Verbre- chen hatte. Ob er ein Visum oder eine Green Card hatte oder was er sonst an bürokratischem Kram brauchte, um zum Arbeitsmarkt von New Jersey zugelassen zu werden.

»Wo kommst du her?« Sie sagte es recht laut. Sie dachte wie üblich nicht besonders darüber nach, wie es sich anhö- ren würde, und die Typen am Ende der Theke verstummten und sahen zu ihr her. »Ich denke, du kommst aus Italien oder so, stimmt's?«

Er tippte einen Bon ein, spießte ihn mit wahrer Eleganz auf. Leise zählte er das Wechselgeld vor. Gerade noch fünf Nachteulen hielten sich im Pinnacle. Der Laden war be- leuchtet wie ein Weihnachtsbaum.

Womit Alice den Typen hätte in Ruhe lassen können, sich hätte denken können, daß er ihr nicht antworten würde, daß er nicht wollte, daß er nach Mitternacht in Haledon, N. J., nicht mit einer Frau in Fischnetzstrümpfen redete, aber sie wollte nicht. Was bewies, daß man sich trotz einer großen Umkehr bei einer kleinen Sache noch ganz schön schäbig benehmen konnte.

»Weil, was mich interessieren würde«, fuhr sie fort, als er an ihr vorbeiging, um die Vorderseite des Milchautomaten abzuwischen, »ist, wie du nach Hause schreibst. Wie du da rangehst und so. Weil –«

Sie trank den koffeinfreien Kaffeesatz und deutete wieder auf ihre Tasse.

»Weil ich nämlich an jemanden zu schreiben versuche, und ich weiß nicht, wie ich anfangen soll und so. Ich hab ihn lang nicht gesehen und will anfangen, und ich weiß nicht, wie.«

Er nahm ihre Tasse weg, spülte sie schnell aus und ging wieder zu dem Bottich mit dem Pulverkaffee.

Im Hinterzimmer war ein Typ, der jetzt herauskam. Der neue Geschäftsführer vielleicht oder der neue Besitzer. Die beiden führten eine angeregte Unterhaltung in einer Sprache, die nur aus Vokalen zu bestehen schien. Sie sahen zu ihr hin und lachten, nur kurz. Und dann widmeten sie sich wieder dem Saubermachen. Erst diese Maschine und dann jene. Der Geschäftsführertyp fing an, einige von den Stühlen in den Sitznischen hochzustellen, umgekehrt auf die Tische.

Es war bloß ein kurzes Lachen, aber Alice nahm es übel auf. Plötzlich fühlte sie sich wirklich schlecht, wirklich unheilbar schlecht, so schlecht wie seit Wochen nicht mehr. So tief war sie gesunken. Sie gehörte jetzt zu diesen Leuten, die nach Mitternacht bei nicht englischsprachigem Thekenpersonal Trost suchen. Sie war nicht mal imstande, ein bißchen Zerknirschung aufs Papier zu bringen.

Alle menschlichen Bindungen zerrissen, zu Bruch gegangen, zersprungen, *gesprengt*, dachte sie in diesem Moment, Entschluß oder nicht, je nachdem, welcher Sprengstoff gerade zur Hand war, und das war es, was sie Lane eigentlich sagen wollte, aber sie sah keinen großen Zusammenhang mit ihm, vor allem, weil sie es war, sie, Alice, die Bindungen zerriß, Familien kaputtmachte, sie war eine tote Seele auf dem ewigen Gartenstaat-Schnellweg toter Seelen. Allein, daß sie die zwei Italiener, Griechen oder Türken sah, was immer sie waren, zwei Typen mit einem *Heimatland*, wie sie Stühle hochstellten und sich in ihrer Sprache Witze über die *Fotze* oder so erzählten, machte alles noch schlimmer. In Amerika schienen bloß die Einwanderer ein Heimatland zu haben. Nur sie wußten, wie man von der Vergangenheit redete.

»Hey, hört mal«, sagte sie, glitt von ihrem Hocker und ging zu ihnen hinüber. »Ich hab früher hier gearbeitet, ja, und die Sache ist die, daß ich grade bei meiner Mutter ausgezogen bin und im Moment nicht so das große Glück hab oder so, ist ja egal was, und die Sache ist die, daß ich echt 'nen Job brauche. Ich muß 'nen Job finden. Ich muß auch ein bißchen Geld zusammenkriegen. Mit dem Geld, was ich hab, komme ich nur noch so zwei, drei Wochen hin – für die Bleibe, wo ich wohne, kann ich nicht länger Miete zahlen –, und ich überlege grade, ob ihr zwei nicht vielleicht Hilfe braucht, weil ich, wie gesagt, schon mal hier gearbeitet hab, und vielleicht könnt ich 'ne Bewerbung ausfüllen?«

Der Barmann sah den Geschäftsführer oder Besitzer an, lächelte und sagte *Bewerbung*. Und der andere Typ schüttelte den Kopf.

»Sagt, nicht Bewerbung«, sagte der Barmann. »Sagt, nicht Stelle.«

»Aber laßt mich doch einfach –«

»Nicht Stelle«, sagte der Barmann.

»Ich fülle das Formular aus«, sagte Alice.

Beide Männer schüttelten den Kopf.

»Ach, Scheiße«, sagte Alice.

Und sie ging zu ihrem Hocker zurück, zu dem Block, und sie flüsterte vor sich hin – und schrieb es gleich danach auf, mitten in die gekritzelten Kringel, Dreiecke und einsamen geometrischen Bruchstücke hinein: »Also gut, ich hab bei allem Scheiße gebaut, und es tut mir echt leid. Ich hab nie gedacht, daß es vielleicht manchmal am besten ist, die Leute in Ruhe zu lassen. Ich hab nie gedacht, daß ich dir weh tu, weil ich so allein war. Also das war's, und vielleicht sehen wir uns, wenn du rauskommst.«

Der Barmann spießte ihren Bon mit dem Elan auf, den sie schon kannte, und lenkte ihre Aufmerksamkeit, während er an der Kasse kurbelte, auf ein Glas mit zuckrigen Süßigkeiten – kleine, weiße, kissenförmige Dinger, aus denen grell Gelee tropfte, teuflische Arznei und letzte Belohnung. Alice nahm eine Handvoll und ging dann zu dem Münztelefon an der Tür.

Max' Anrufbeantworter quietschte so sehr, daß man die Nachricht nicht mitbekam, aber es war irgendeine Metal-Geschichte mit christlichem Touch – der Herr spricht: Laßt die, die auf mich hören, mir folgen blablabla – und Alice sagte: »Du bist wahrscheinlich noch ohne Besinnung, und ich glaube nicht, daß das Ganze funktioniert, aber wenn ich mir schon die Mühe mache, dann tu ich auch, was sich gehört oder so, ja? Also vielleicht ist es besser zu warten. Vielleicht ist Nichtstun das richtige. Trink viel Obstsaft, wenn du aufwachst.«

Der Gartenstaat hatte mehr Einkaufszentren als jeder andere Staat in diesem Gebiet. Das allererste Einkaufszentrum entstand im Gartenstaat in der Nähe von Paramus, der Grundstein dazu wurde vor fast fünfzig Jahren gelegt, in einem Augenblick großen öffentlichen und politischen Einvernehmens hinsichtlich der Zukunft von Einkaufszentren. Sein riesiger unterirdischer Atomschutzbunker sollte diejenigen schützen, die das Glück hatten, zum Zeitpunkt der atomaren Zerstörung des Bergen County gerade einzukaufen. Für diese glücklichen Käufer würde ein Schatz an Waren und Dienstleistungen übrigbleiben.

Das Innere der Paramus Park Mall war seit damals modernisiert worden, aber das Gebäude selbst blieb ein unscheinbarer öffentlicher Ort. Verglichen mit den Einkaufszentren an der Küste mit ihren schicken Docks und Piers, wirkte es wie ein Erziehungsheim oder eine psychiatrische Klinik.

Das war der Erfindergeist von New Jersey. Es war der Staat, wo zum erstenmal Profibaseball gespielt worden war (in Jersey City), wo die erste Gewerkschaft gegründet worden war (in Haledon, von Arbeitern einer Seidenfabrik in Paterson), wo Aaron Burr sich duelliert hatte (in Weehawken). Es war der Staat mit dem meistbereisten Pflaster in Amerika. Ein historischer Ort. Der Staat, wo zuerst Malzmilch-Shakes und Filterzigaretten verkauft worden waren. Die Revers waren damals schmal. Die Parkplätze waren breiter. Einkaufstüten waren aus Papier. Bergen County hatte schon viele Veränderungen mitgemacht. Als Louis Giolas sein Gespräch mit der Personalleitung der riesigen Teppichfiliale der Paramus Park Mall beendet hatte, wo er sich um den Posten eines Abteilungsleiters bewarb, beschloß er, eine Runde zu drehen, wie er es als Kind immer getan hatte.

L. G. hatte sich richtig herausgeputzt. Er hatte seine Halbschuhe mit den Troddeln gewienert. Er hatte sich von seinem Vater Manschettenknöpfe geborgt. Sein Haar war ordentlich gescheitelt und trockengefönt. Er trug eine Bundfaltenhose, ein gemangeltes Hemd mit geknöpftem Kragen. Eine Krawattennadel. Er hatte einen weiten Weg hinter sich. An manchen Tagen sah es so aus. L. G. war nervös gewesen wegen des Gesprächs mit der Personalleitung. Er war eine halbe Stunde zu früh dagewesen.

Nach der L. T. D. Carpet Company besuchte er das ValueRite, das es in allen Einkaufszentren der Gegend gab. VALUERITE – BERÜHMT IN GANZ AMERIKA. Er wurde von den

Elektrogeräten angezogen, obwohl ValueRite inzwischen besser bekannt war wegen seiner günstigen Verbraucherdarlehen.

Das Gespräch, über das er beim Gehen nachbrütete, während er Pickel und Sicheln, Vorschlaghämmer und Heckenscheren, Sperrklinken und Äxte aufhob, war gut gelaufen. Wie es aussah, hatte er Zukunft –

An der Herrenabteilung vorbei ging er in die breiten Korridore der Paramus Park Mall hinaus. Auf dem Großen Platz waren um die halbherzigen Springbrunnen herum – eigentlich Rasensprenger, dachte L. G. – Stände aufgestellt, an denen das billigste Plastikzeug verkauft wurde: Cartier-Uhren aus Hongkong, Plastikohrringe, Holografien von nackten Schenkeln und Brüsten, Plastikeinhörner, Plastikkinder, die sich an den Händen hielten. Es gab einen Stand, an dem Messer verkauft wurden. Um ein Mädchen mit schwarzen Strümpfen und einem schwarzen Spitzen-BH, das zu Playbackmusik die Lippen bewegte, hatte sich eine Menschentraube angesammelt. Alle Leute trugen schwarze Strümpfe, schwarze Lederjacken, schwarze Gummiarmreifen.

L. G. war jetzt über die Zeit mit dem singenden Mädchen hinaus, oder vielleicht gingen ihm berufliche Dinge durch den Kopf: Das Gespräch war gut gelaufen, und der Typ – mit der beginnenden Glatze, roten Nase, roten Schwellungen unter den Augen – hatte einen festen Händedruck gehabt. Der Typ hatte L. G. die Hand geschüttelt, als würde er Qualität sofort erkennen. Ein Leben, das man mit einem Geschäft verbrachte, auch wenn es vielleicht ein unspektakuläres Geschäft wie Teppiche, Elektrogeräte, Sportkleidung oder Gesundheits- und Schönheitspflege war, konnte eine gewisse Würde haben. Zu welcher Schlußfolgerung sollte er sonst kommen? Was hätte er sonst für eine Wahl gehabt? Das Fundament des Gartenstaats waren Läden wie die L. T. D. Carpet Company. Er erkannte zwar, daß es vielleicht nicht zu dem Vorhaben paßte, eine Rock-and-Roll-Größe zu werden, aber eines Tages verließ man sich einfach auf das, was man zufällig hatte, und machte von da aus weiter.

Einige der anderen Geschäfte in dem Einkaufszentrum, an denen L. G. vorbeikam: Lederwaren, Schuhläden, Discount-Brillen, Grußpostkarten, drei große Kaufhäuser, die Filiale einer nicht ganz billigen Versandkette – stand kurz vor der Geschäftsaufgabe –, mehrere zugenagelte Ladenfassaden, auf denen groß ENTSCHULDIGEN SIE UNSEREN ZUSTAND stand, und das vermutlich schon seit Jahren. Und dann gab es im entlegensten, am wenigsten frequentierten Winkel des Einkaufszentrums einen Laden, der nichts anderes verkaufte als Comics, Drogenzubehör und ultraviolette Poster. Als L. G. lang genug über das Geschäftsleben nachgedacht hatte, ging er dorthin zurück.

Ihm fiel wieder ein, wie er früher die fünfzehn Kilometer von Haledon mit dem Fahrrad gefahren war, nur um diesen Comicladen zu besuchen. Auch die Gangster aus dem Stadtzentrum fuhren so weit, und sie hingen in den leeren Sackgassen des Einkaufszentrums herum, drückten in den Pflanzentrögen Zigaretten aus, atmeten das Helium von Heliumballons ein und redeten miteinander in diesem bestimmten Slang, an dem sie sich erkannten. Ihm fiel ein, wie ein paar ältere dieser Schläger ihn einmal ausgetrickst hatten. (Wer war noch dabeigewesen? Das hatte er total vergessen. Vielleicht war es Mike Maas gewesen, ehe Mike ganz komisch geworden war.) Egal, diese älteren Schläger hatten ihn und Mike angehalten und gefragt, ob sie Zigaretten rauchten. Natürlich taten sie das, aber die Typen sagten: Nein, das tut ihr nicht, ihr Fliegengewichte. Und L. G. sagte, so nicht, er würde es ihnen beweisen. Er konnte inhalieren. Mehr noch, er konnte verdammt noch mal durch die Nase inhalieren. Aus dem Mund und in die Nase, auf die französische Art.

Das taten sie, Mike und er taten es, wie Affen, die den Schlägern eine Vorstellung gaben – diesen Typen mit Akne und schlechten Zähnen, die Väter hatten, von denen sie mit dem Gürtel verprügelt wurden und so weiter –, Mike und L. G. wetteiferten, um auf diese blödsinnige Art zu inhalieren, und es sah so aus, als würden die Typen darauf eingehen, weil sie dann mit ihnen über Comics redeten, und es zeigte sich, daß sie den gleichen Geschmack hatten wie L. G. Sie alberten herum, redeten über Drogen, die sie noch nicht probiert hatten, Frauen, die sie noch nicht gehabt hatten. Und als Mike und L. G. dann wieder zum Eingang gingen, wo sie ihre Fahrräder abgestellt hatten, hatten sie keine Fahrräder mehr. Jemand hatte die Ketten durchgesägt. Die Fahrräder waren weg.

Die Schläger hatten sie reingelegt. Die Schläger hatten bloß die Zeit totgeschlagen, während ein Verbrechen geschah. Die Schläger verschwanden von der Bildfläche.

Das war genau neben dem Comicladen gewesen. Daher erinnerte sich L. G. an die Bank im Atrium, die Topfpalmen, den kleinen Springbrunnen, und eines Samstagmorgens war diese Bank von Max Crick besetzt. Nur daß L. G. erst nicht erkannte, daß er es war. Er dachte, es wäre einer von den Pennern oder so. Max saß ganz verkrümmt da, in einer Pose übertriebener Verzweiflung. Sein Gesicht war verquollen und grau, seine Haare und Kleider waren durcheinander.

Max sah aus, als wüßte er nicht, wo er hinsollte.

»Huuu«, trompetete L. G. Er kam sich in seinen Kleidern blöd vor. In diesen Klamotten.

»Hey.«

Und L. G. setzte sich hin, und dann saßen sie beide da und dachten nach, mit soviel Platz zwischen sich wie nur möglich, so wie Typen das machen, wenn Typen zusammen sind.

L. G. erzählte ihm, er sei wegen eines Gesprächs mit der

Personalleitung da – das war eigentlich das erste, was aus seinem Mund kam –, und darum die Klamotten, und als Max ihn nicht weiter fragte, erzählte er ihm trotzdem, es sei wegen eines Postens in der L. T. D. Carpet Company. Als Max auch darauf nicht so recht einging – L. G. war erleichtert, weil er eigentlich gar nicht darüber reden wollte –, redete er über den alten Comix-Comics-Laden, daß er sich in den letzten zehn Jahren gar nicht verändert habe. Der Typ mit dem Bart und dem Pferdeschwanz führte ihn immer noch. Er rauchte immer noch Pfeife. Und man hörte dort immer noch Metal.

Als nicht mehr darum herumzukommen war, fragte L. G. Max schließlich, was er an einem Samstagmorgen um halb elf im Einkaufszentrum treibe.

»Ist mir grade so eingefallen«, sagte Max, »du weißt schon, ich find's einfach großartig. Ich wollte die Leute sehen und die vielen Sachen, weil sie so großartig sind und das alles.«

L. G. nickte. Er zündete sich eine Zigarette an und bot Max eine an, dann schnipste er das Streichholz in einen Blumentopf. Alte Zeiten.

»Scheiße, ich bin grade wieder mal gefeuert worden. Das ist es«, sagte Max. »Ich hab 'nen ganz schlimmen Kater gehabt und hab's einfach nicht auf die Reihe gekriegt, ich konnte einfach nicht mehr im Wohnwagen sein. Und das war's. Als ich mich gemeldet hab –«

»Mist, Mann«, sagte L. G.

»Weil ich doch den Scheißjob eigentlich gewollt hab«, sagte Max.

»Jobs –«, sagte L. G.

»Also bin ich hier«, sagte Max, »um mich drei Tage im Kino zu verkriechen.«

Die Kinos nahmen den dritten Stock des Einkaufszentrums ein. Der Oktoplex-Kinopalast.

»Es ist schon so ätzend heiß«, sagte Max, »wir haben erst Mai, und es sind schon dreißig Grad, und es ist so feucht.«

»Genau«, sagte L.G. Er wußte nicht, wo er anfangen sollte.

»Los, schauen wir uns die Frau an, die singt, Mann. Die haben so 'ne Frau, die singt mitten im Einkaufszentrum zu Kassetten. Ich hab sie auf dem Weg hier rein gesehen.«

Aus dem Comix-Comics kam jetzt die übliche Schar Ausgeflippter. Die üblichen Exoten.

»Wie willst du denn spielen«, sagte Max, »wenn du Teppiche verkaufen mußt?«

»Ich werd spielen«, sagte L.G., »ich nehme jetzt grade was auf vier Spuren auf. Aber ich will auch die Butter auf meinem Brot, verstehst du? Mensch, ich kann mir nicht mal in dem Scheiß Paterson einen Proberaum leisten, wenn ich nicht –«

Max sagte nichts.

»Gehen wir und hören uns die Frau an –«

Sie standen auf und gingen in den langen, offenen Raum hinein, an Familien vorbei – Streitereien und stumpfe Ansammlungen von Unbehagen –, die ihre Pakete und Taschen trugen, kleinen Kindern, denen etwas das Kinn runterlief, Teenagerpärchen ohne Aufpasser. L.G. war erledigt. Es war noch nicht mal elf. Vor zwei Stunden hatte er beweisen wollen, daß er genau der richtige Mann für diesen Job war, und jetzt bedauerte er, daß er jemals überhaupt einen Job gewollt hatte.

»Hey, Max«, sagte er, »laß uns was trinken gehen. Kriegt man hier was zu trinken?«

»Das ist 'n Einkaufszentrum, 'n Einkaufszentrum. Total trocken. Die haben nichts außer Fast food und Kinos und Kunststoff. Da müssen wir raus nach Paramus. In Paramus gibt's 'ne Menge Kneipen.«

Die Leute standen dicht gedrängt um die singende Frau.

Entweder war es jetzt eine andere, oder sie hatte sich ein hellgelbes Taucherkostüm angezogen. Der Sound war der gleiche. Sie spitzte die Lippen. Der eintönige Rhythmus verfolgte sie bis hinaus zu dem mehrstöckigen Parkhaus, der schattigen Welt aus stummen Radios und ungeduldigem Rangieren.

In der Luxuskarosse von L. G.s Mutter warfen sie den Kassettenrecorder an – ein herausnehmbarer Kassettenrecorder, den L. G. unter dem Vordersitz versteckt hatte – und fuhren auf den Gartenstaat-Schnellweg hinaus. Und wenn schon, daß der Kassettenrecorder die Kassetten fraß. Und wenn schon, daß die Durchschnittsgeschwindigkeit auf dem Schnellweg zwanzig Stundenkilometer betrug. Und wenn schon, daß die Vergangenheit ständig sinkenden Erwartungen wich. Max zeigte L. G. die Stelle, wo das Auto von Alices Mutter von selbst gestartet war und die Mittelleitplanke gerammt hatte. Es war immer noch eine Reifenspur da.

»Paß auf«, sagte Max, »weißt du, was wir machen sollten, wir sollten zu der Autowaschanlage, wo Nails Pennebaker arbeitet. Wir sollten hin und nach ihm sehen. Du bist nicht in Eile oder so?«

Sie versuchten die Patienten sanft zu stimmen. Im Motel hatten sie Farbnummerntafeln, die sie bei der Kunsttherapie einsetzten. Sie liehen Videokassetten mit jugendfreien Komödien aus. Und sie boten musikalische Unterhaltung. Man konnte sich darauf verlassen, daß die Musik, die sie zur Unterhaltung aussuchten, gereicht hätte, jeden zu verstören, der nicht schon unter Medikamenten stand. Irgendwelche tödliche Kindermusik. Seemannslieder oder Fernseherkennungsmelodien. Aber von allen wurde verlangt, hinzugehen, der Leiter der Station legte es einem eindringlich nahe, und die meisten taten, was er wollte. Wenn sich zwei, drei einmal weigerten – Eddie zum Beispiel –, wurde darauf hingewiesen, daß es eigentlich kein Vorschlag sei, sondern ein Gebot. Aber gedacht war, daß man selbst die einzig logische Entscheidung treffen sollte. Lane traf sie.

Also gingen sie am Sonntagnachmittag zum Aufzug, nachdem sie sich den Nachmittagsfilm reingezogen hatten, der sich auch nicht umgehen ließ. Die Sozialarbeiterin, die den Videorecorder bedient hatte, nahm sie mit ins Parterre, wo in dem überdachten Grünbereich das Hauskonzert stattfand. Lane war überrascht, mit wieviel Aufmerksamkeit er die Sozialarbeiterin betrachten konnte. Sie war vielleicht zwölf Jahre älter als er, trug grellen Lippenstift und frisierte ihr rotes Haar auf eine lässige, doch äußerst kunstvolle Weise. Das war das Neueste. Die erste schwache Regung von Lust.

Elena, Eddie, Anton und die übrigen quetschten sich in den Aufzug. Im Aufzug gab es immer ein Drama. Diesmal sahen sie zum Beispiel ein weißes Geheimzeichen, das ihnen mitteilte, daß jemand versucht hatte abzuhauen.

Dauernd versuchte jemand abzuhauen. Man konnte sich einen Tagespaß holen und nicht zurückkommen. Ein Typ auf der Station, José, hatte es so gemacht und war dann vier Tage später wiedergekommen. Nach weiteren drei Wochen gaben sie ihm wieder einen Paß, und er ging raus, kaufte sich einen Hit und kam total zugedröhnt wieder. Dann warfen sie ihn raus. Weil er sich geweigert hatte, den Test zu machen, hatte die Nachtschwester Linda Lane berichtet. Sie hätten ihn bleiben lassen, wenn er die Sache einfach gebeichtet hätte. Im Motel nahmen sie einen immer wieder auf. Das Motel war das Ende des Weges.

Und J. D. hatte zu türmen versucht, auf die Schnelle, und darum kam sie nicht zum Hauskonzert, weil sie noch nicht rausdurfte. Und ein Typ, Lee, der nicht ohne Tranquilizer leben konnte, hatte eine Nachtwache bestochen und behauptet, es gehe ihm besser, bestimmt, es gehe ihm besser, ehrlich, und hatte sich an die Küste abgesetzt.

Und man konnte gegen ärztlichen Rat die Klinik auf Zeit verlassen, da hatte man drei Tage, und man durfte zum Haupteingang raus. Es war die aufrechte Flucht, die ruhige Tour.

Das Beängstigende war, die Zeit abzusitzen, den Mund zu halten und zu tun, was sie einem sagten. Das Beängstigende war, daß es einem besser ging, daß man sich änderte. Denn dann schickten sie einen in die Welt zurück. Damit man es noch mal versuchte.

Um die Tür zum Garten war auf eindrucksvolle Weise die Macht konzentriert, alle vierzehn oder fünfzehn Krankenschwestern und Pfleger standen mit verschränkten Armen da, oder sie führten die verlorenen Schäfchen aus den anderen Flügeln der Klinik herein. Lanes Station sammelte sich hinten.

Der Künstler, ein Typ mit Akkordeon, war so, wie Lane es erwartet hatte. Schnauzer, Kapitänsmütze und Hose mit Schlag. Er legte seine Noten auf einen wackeligen Aluminiumständer. Lane vertrieb sich die Zeit damit, Gesichter zu beobachten, sich Krankheitsgeschichten zu überlegen.

Und dann erkannte er ein Gesicht.

Es war Tony Crick. Tony, der Bruder von Max.

Da passierte mit Lane etwas ganz Sonderbares. Er stand auf. Bloß die Erinnerung an daheim. Er stand auf und lächelte und rief über die Köpfe der Patienten hinweg. Sogar der Akkordeonspieler sah von seinen Noten auf.

Lane rief ihn beim Namen.

Tony Crick überflog die Gesichter, schien aber überhaupt nicht erstaunt, Lane zu sehen. Er war tatsächlich nicht erstaunt. Er sieht asketisch aus, dachte Lane. Er war zurückhaltend. Er trug jetzt einen Bart, eine Art Akademikerbart, und eine Leinenhose, ein kragenloses Hemd. Das war nicht

Tony Crick, der sich verkehrtrum anzog, der Päderast. So sah ein Mann aus, der im Motel erwachsen geworden war, hier in die Jahre gekommen war, abgepackt, aus verschiedenen Quellen zusammengesetzt.

Doch Tony lächelte. Er ging zum Durchgang, kam an Elena vorbei, kam näher. Dann ging er an den beiden anderen vorbei und setzte sich auf den freien Platz neben Lane.

Lane sagte: »Ich hätt es wissen müssen.«

Tony sagte, er habe nicht erwartet, jemals wieder jemand aus der Stadt zu sehen, schon gar nicht hier drin.

»Du bist schon 'ne Weile drin«, sagte Lane.

»Elf Monate«, erwiderte Tony. »Die Zeit ist aber um. Ende nächster Woche muß ich raus.«

»Ich auch«, sagte Lane. »Am Montag.«

Da trat der Direktor des Motels ans Mikro. Er sieht aus wie der Papa von nebenan, dachte Lane, mit seiner Strickweste, seinem Zögern. Jede Nuance – wie er den Mikrofonständer hinrückte, seine Brille zurechtsetzte – war von einstudierter Feierlichkeit. Es sei eine Freude, sie alle hier zu sehen; es sei eine Freude, eine neue Reihe musikalischer Darbietungen zu eröffnen. Musik habe einen wichtigen therapeutischen Wert. Er setzte sich in die vorderste Reihe.

Auf dem Gesicht des Akkordeonspielers breitete sich ein müdes Lächeln aus. Er machte sich bereit. »Ich muß dir was sagen –« Tony beugte sich herüber. »Mein Bruder hat mir gesagt –«

Die fröhlichen Ragtime-Akkorde eines Liebeslieds setzten ein. Der Name Max brachte bei Lane etwas in Gang, Erinnerungen stiegen auf, und er fiel in die alten Gedanken zurück – daß er ein toter Mann sei, daß alles schlecht enden werde. Er hörte nichts.

Ein Großteil des Personals zog sich in die Aufnahme neben dem Aufenthaltsraum zurück. Der Akkordeonspieler spielte Gewerkschaftslieder – die Freuden der Geselligkeit und Brüderlichkeit, Harmonie, Heim und Herd und Arbeit.

Lane überlegte, wie ein Junge wie Tony sich im Motel vorkommen mußte. In der Gruppentherapie erzählte er, daß Mädchen ihn nie gemocht hätten, daß nie einer mit ihm geredet habe, daß sie ihn immer als Mädchen bezeichnet hätten. Eine endlose Liste von Demütigungen. Wie viele Gespräche, wieviel Aufbauarbeit erfordert es, ehe jemand wie Tony das Gefühl hatte, genug bekommen zu haben, und bereit war zum Gehen? Wie lange dauerte es, bis er es geschafft hatte? Und was war, wenn doch alles nichts nützte? Was war, wenn er in früherer Zeit die einzige Chance seines Lebens verpaßt hatte?

»Es ist wegen der Frau«, flüsterte Tony.

Lane schüttelte den Kopf.

»Dieser Frau, Alice«, sagte Tony.

Lane versuchte sich auf den Akkordeonspieler zu konzentrieren.

»Es ist wirklich wunderbar, Sie alle hier zu sehen«, sagte er. »Viele von Ihnen sind vermutlich mit den meisten dieser alten amerikanischen Lieder nicht vertraut, aber lassen Sie sich davon nicht abhalten. Das ist die Musik, mit denen Ihre Eltern und Großeltern aufwuchsen, und sie lernten ihre Einfachheit und Freude zu *lieben*. Also machen Sie mit, wenn die Musik Sie anregt! Klatschen Sie mit, singen Sie mit, wenn Ihnen danach ist!«

Er ratterte ein paar der folgenden Titel herunter – das Lied von jemand, der mit Dinah in der Küche ist, und ein Haufen Lieder über Züge –, und dann ging er zu einem Medley mit Frühlingsmelodien über. »Es ist ja schließlich Frühling, oder?« rief er. Elena tappte die ganze Zeit mit dem Fuß mit.

Tony beugte sich wieder zu Lane rüber, aber Lane winkte ihn weg.

Wie würde es mit J. D. weitergehen? Am Montag würde er sie zurücklassen. Ein Dutzend Hochsicherheitsschlösser würden sie voneinander trennen. Die Leute kamen raus, und sie kamen wieder zurück wie Treibgut mit der Flut. Es gab keinen Grund anzunehmen, daß er sie nie wiedersehen würde.

Der Akkordeonspieler versuchte jetzt, die Patienten zum Mitsingen zu bringen, und Tony und Lane rutschten auf ihren Stühlen tiefer. Der Akkordeonspieler ging den Mittelgang rauf und runter und quetschte ein Karnevalslied aus seinem keuchenden und erschöpften Akkordeon. Aber die Leute, die er so voller Eifer anfeuerte, standen unter Medikamenten, oder sie waren zu sehr mit sich selbst beschäftigt, um zu merken, daß sie sich nicht mehr in ihrem Zimmer befanden. Einige gaben nach. Die Teenager, sogar die Skinheads und Punks schienen ein perverses Interesse an dem Akkordeonspieler gewonnen zu haben. Mit einemmal sang das Motel *con brio*, erhob sein totes Herz, schmetterte es heraus.

»Scheiße«, sagte Lane.

Tony nickte. Elena sang um mehrere Töne zu tief, aber sie war trotzdem glücklich.

Und dann brach Beifall aus. Es waren bloß achtzig von ihnen da – das brachte nicht viel –, aber der Akkordeonspieler nahm den Beifall wie das allerhöchste Lob auf, verneigte sich mehrmals vor allen Sitzreihen, ehe er das Instrument in seinen Kasten zurücklegte.

Der Direktor trat wieder vor das Mikro und bat alle, geordnet auf ihre Stationen zurückzukehren. Das Personal kehrte von der Aufnahme zurück, mit verschränkten Armen.

Tony und Lane blieben sitzen. Patienten gingen vorbei.

»Also Alice –«, sagte Tony.

»Ich weiß nicht, ob ich das verkraften kann«, sagte Lane. »Um ehrlich zu sein.«

Tony berührte ihn leicht an der Schulter.

»Ich weiß. Ich hab's gehört. Darum geht's ja, verstehst du? Sie haben sich entschuldigt. Max ist total von der Rolle. Er ist echt fertig. Er hat seinen Job verloren und so. Er hat mir gesagt, wenn ich dich sehe, soll ich dir sagen, daß sie beide es dir sagen wollen. Daß es ihnen leid tut oder so –«

»Ja, und warum sagt sie's mir nicht, verdammt –«

»Weil sie beschlossen haben, dich in Ruhe zu lassen, kapiert? Sie wollen dich nicht nerven. Sie haben Schiß, und es tut ihnen wahnsinnig leid. Sie haben nicht gewußt, daß es so schlimm ist, verstehst du?«

Die letzten Patienten strömten hinaus, und Shirley, die Oberschwester von Lanes Station, beobachtete sie.

»Ich weiß nicht«, sagte Lane. »Vielleicht solltest du dich da raushalten, Tony. Keiner sagt mehr jemandem was ins Gesicht.«

Sie standen auf.

»Aber so ist es doch nicht«, sagte Tony.

Shirley scheuchte sie jetzt hinaus. Schloß die Tür zum Aufenthaltsraum hinter ihnen. Aber davor, neben dem Aufnahmeschalter, blieben sie stehen.

»Verflucht«, sagte Lane.

Tony schüttelte den Kopf.

»Tja, dann sehe ich dich vielleicht nicht mehr, bis wir rauskommen«, sagte Lane. »Du stehst ja nicht auf Code Weiß oder so –«

Shirley sagte nichts, während sie sich umarmten. Tony ging in die eine Richtung davon und Lane in die andere.

Dennis und Scarlett trafen sich am Samstagabend vor Scarletts Wohnung. Sie hatten vorgehabt, in die Stadt zu fahren, Dennis' Bus zu nehmen, aber der war irgendwie kaputt. Blauer Ölrauch kam aus dem Auspuffrohr. Scarlett wollte in der Stadt ein paar Gemälde anschauen, alte Gemälde, Gemälde von Heiligen und Typen, die sich ihren Heiligenschein gekauft hatten, und von Reichen, die es sich leisten konnten, sich von berühmten Künstlern malen zu lassen, diese Renaissancegemälde, Allegorien der Sieben Todsünden und der Kardinaltugenden. Das Höllentor stand tatsächlich noch im Museum, als hätte noch keiner erkannt, daß die Hölle eigentlich in Teilen von Trenton lag oder von Elizabeth, Chromium, Nungessers, Perth Amboy. Sie wollten um fünf dort sein, eine Stunde, bevor geschlossen wurde, in der Stadt zu Abend essen und nach Einbruch der Nacht über die Brücke zurückfahren, ins westliche Dunkel.

Aber als das Auto wieder kaputtging, entschieden sie sich, nach Montclair ins Kino zu fahren. Sie nahmen den Bus. Es war ein ausländischer Film, ein französischer Film über Inzest, den Scarlett sehen wollte.

Das Zentrum von Montclair sah aus, als ob es gerade sandbestrahlt worden wäre. Es war wie eine Frau mit zuviel Haarspray. An der Hauptstraße lagen Geschäfte mit blumigen Namen. In Montclair verkauften die Autohändler Designerdrogen. Die Stadt gehörte zum Fairfield County.

Dennis mochte es, daß Scarlett hart wirkte. Sie trug ein schwarzes Kleid, eine Art Hippiekleid, das sich im Wind bauschte und flatterte, eine schwarze Strumpfhose und ein schwarzes T-Shirt, und darüber sogar noch ein Hemd, obwohl es heißer als im August war und auf den Straßen Pfützen standen.

Nach dem Kino verlief sich das Publikum. Scarlett ging mit wütender Zielsicherheit. Der Film hatte ihnen nicht gefallen. Sie wußten nicht, wo sie zum Essen hinsollten. Sie gingen die weiß versengten Bürgersteige auf und ab. Etwas an diesem Film. Sie gingen einfach, bis sie in diesen mexikanischen Laden stolperten, einen Laden, wie es sie in den Vororten gibt, wo ein Typ im Smoking rumstreunt und immer wieder die gleichen zwei, drei spanischen Lieder singt.

Scarlett sagte gerade: »Und glaub nicht, daß es mir leicht

fällt, ihr nichts davon zu erzählen. Glaub nicht, daß mir das gefällt. Wenn ich bleiben würde –«

»Ich glaube nicht, daß es leicht ist«, sagte er. »Ganz und gar nicht.«

Und sie bestellten, und er war höflich und ging sanft mit ihr um. Er wollte eine Verabredung ohne Dramatik und Hin und Her. Er hatte sich heute seinen Unterlippenbart abrasiert, und er sah nicht mehr so nach Klempner aus.

Sie redeten wieder darüber, daß sie fortgehen wollte. Er sagte, er sei traurig, daß sie gehe, und er sagte, er wünsche, sie hätten schon früher was zusammen gemacht. Er sagte es, auch wenn er es nicht so meinte, wie es klang – nach Grußpostkarte. Es tat ihm einfach leid. Scarlett sagte ihm, daß sie einfach das Gefühl habe, wieder daheim sein zu wollen. Und Dennis konnte das verstehen, nur daß er schon daheim war und trotzdem nichts klappte.

Das Essen kam, und dann wurde abgeräumt. Der Abend kam, und dann war er vorbei. Es war eine Verabredung wie jede andere. Es war keine große Sache. Dennis zahlte, obwohl er versuchte, Geld zu sparen. Scarlett wehrte sich dagegen und gab dann nach.

Und sie gingen zur Hauptstraße von Montclair zurück, wo keiner zu schnell fuhr, außer den Vorstadttypen vielleicht, die zuviel tranken und ihre teuren europäischen Autos in Telefonmasten und Bäume rammten. Aber diese Typen waren an diesem Samstagabend nicht draußen, und alles war ruhig und ordentlich. Als sie in den Bus stiegen, legte Dennis den Arm um Scarlett, und sie ließ ihn, und das war nett. Ein paar Blocks vor dem Laden des Kammerjägers stiegen sie aus – vor dem Pinnacle. Und dann trennten sie sich. Die größten Siege bei den kleinsten Dingen. Vorläufig keine weiteren Meldungen.

Evelyn Smail saß im Wohnzimmer. Sie hatte den Teppich weggeräumt, der eine Zeitlang auf dem Sofa gelegen hatte, und hatte sich richtig hingesetzt, um die Anrufe zu machen, die sie machen mußte, aber dann hatte sie es wieder hinausgeschoben. Es war zu laut. Die Nachbarschaft war zu laut. Andererseits glich ihr Haus einem Grab. Seit Alice ausgezogen war. Unter dieser Leere lag die Vergangenheit begraben. In ihrem Kopf war Lärm. Die Nachlässigkeiten häuften sich. Evelyn trank.

Sie hatte heute nachmittag mit dem Immobilienmakler gesprochen und hatte die Versicherung erhalten, daß sie, falls es nicht zu unvorhersehbaren Entwicklungen des Marktes oder anderen wirtschaftlichen Katastrophen käme, für das Haus einen guten Preis erzielen würde. Es würde nicht schwer zu verkaufen sein. Und sie konnte zu einem vergleichbaren Preis leicht etwas Kleineres in der Stadt finden, eine Wohnung in einem Apartmenthaus.

Sie mußte ihren Mann davon unterrichten. Und ihm sagen, daß er dadurch mit seiner Tochter allein im Gartenstaat bleiben würde. Es würde hart werden. Das Gespräch und der Abschied.

Sie entschloß sich, erst Ruthie Francis anzurufen.

Das Läuten klang schwach. Ein Grabgeläut. Es läutete eine Zeitlang, bis Ruthies Mann abnahm. Mit seiner strengen, tiefen Stimme erklärte er, seine Frau holen zu wollen. Es gab keinen Hinweis auf die Schwierigkeiten im Haushalt. Seine Stimme drückte vollkommen stoische Entschiedenheit aus.

Und dann war Ruthie dran.

Evelyn legte ihre Füße auf einen Karton mit alten Vorhängen.

»Ich will mich bloß mal melden. Es ist furchtbar still hier.«

Sie erklärte die Sache mit dem Immobilienmakler. Sie ließ sich über seinen Dialekt und seine vulgäre Ausdrucksweise aus. Und dann redete sie von dem Anruf, den sie zu machen hatte.

»Es ist nett von Ihnen, daß Sie anrufen«, sagte Ruthie.

Evelyn redete über den Schnitt verschiedener Wohnungen, über Schlauchwohnungen und Küchen mit Eßecken und Toiletten mit Waschbecken und Dachrechte, über Kurzzeitkredite und Kapitalgewinne. Es kam zu einigen Verkürzungen, Verschiebungen. Aber Evelyn konnte noch nicht loslassen. Sie fragte Ruthie, wann sie ihren Sohn abholen werde, obwohl sie es schon wußte.

»Morgen ist die Familientherapiesitzung«, sagte Ruthie und schien zu zögern. »Und dann am Montag...«

»Brauchen Sie etwas? Kann ich irgendwas tun?«

»Nein. Nein, wir wollten uns gerade zum Essen hinsetzen. Nur wir, Leonard und ich. Und dann werden wir wohl – «

Zögern. Noch ein Seufzer.

»Wenn noch was ist«, sagte Evelyn, »dann nur zu –«

»Ich habe kein Bedürfnis zu reden, Evelyn. Ich habe mich ausgeredet. Ich bin müde. Ich bin erschöpft. Ich brauche einfach eine Weile Ruhe.«

»Oh, ich –«

Evelyn ließ Ruthie in Frieden. Sie legten auf. Und jetzt war sie soweit. Sie wählte die Ziffern. Das wabernde Rauschen in der Leitung hörte auf, als das Klingeln ertönte.

Der Abstand zwischen dem Wählen der Nummer und seinem Hallo – nein, das Reden war es nicht, wovor sie sich fürchtete. Es war nur der Abstand. Daß Evelyn ihn in periodischen Intervallen anrufen mußte, machte es nicht einfacher. Es war erst ein halbes Jahr her. Ein halbes Jahr reichte nicht, um besser damit zurechtzukommen – ein Fünfzigstel von dem, was vorher war. Als Evelyn sich das eingestand, die ganze Langeweile, Lethargie und Wut eingestand – und genau das war es, was sie dazu gebracht hatte, sich vergangenen Monat in den europäischen Wagen zu setzen, um diesen

Ort für immer zu verlassen –, fand sie plötzlich, daß der Wagen auf wunderbar technologische Weise angemessen gehandelt hatte. Es konnten noch fünfundzwanzig Jahre vergehen, ehe ihr Glaube an die Welt wiederhergestellt sein würde. Es wäre es wert gewesen.

All das dachte sie, während das Telefon zum drittenmal klingelte. Jetzt würde sich gleich der Anrufbeantworter einschalten. Sie hatte die Zähne zusammengebissen und umklammerte das Telefon, als würde sie es zu einer echten körperlichen Auseinandersetzung gebrauchen wollen.

Das vierte Klingeln ging vorbei. Keine Stimme. Evelyn wartete begierig auf das achte, nach dem sie sich sicher war, auflegen zu können, aber sie bürdete sich ein neuntes und zehntes auf, ehe sie sich Ruhe gönnte.

Evelyn vermißte ihre Tochter.

Dann klingelte das Telefon.

Sie ließ es eine Weile klingeln.

Sie war sich nicht sicher, wen sie erwartete, aber von denen, die in Frage kamen, war es keiner. Sie hatte Lanes Stimme nicht so näselnd in Erinnerung. Dünn und ohne eine Spur von Gefühl. Die Stimme von jemand, der seine Zeit damit verbringt, Telefonbücher zu lesen oder Wetterstatistiken zu sammeln.

»Erfreut ... wieder einmal von Ihnen zu hören«, sagte sie, »sogar unter diesen ... Umständen.«

»Tja ...«, sagte er. »Ich ... äh ... Ich habe gehofft, vielleicht könnte ich ... äh ... mit Alice sprechen ... äh, ein, zwei Minuten oder so. Nichts – kein Notfall oder ...«

Was? Sie war erschrocken. Sie ging durch das Zimmer, ans Fenster, wo sie auf den Rasen hinausstarrte. Wohin? Aber vielleicht nur, um das Stück von seinem Elternhaus zu sehen. Ein Licht an einer Garage. Wozu kam er zurück ...

»Ich nehme an, äh, Sie wissen, wo ich bin, und ich kann, äh ...«

»Also«, sagte Evelyn, »sie ist ausgezogen. Erst gestern, genaugenommen. Sie hat ihre letzten Sachen abgeholt, und jetzt wohnt sie im Zentrum. Ich kann Ihnen die Nummer geben, wenn Sie möchten.«

»Das wäre toll«, sagte er, »wenn es Ihnen nichts ausmacht.«

»Warum soll es mir was ausmachen«, sagte Mrs. Smail.

Aus dem Haufen Schmierpapier neben dem Telefon suchte sie Scarletts Nummer.

»Sind Sie sicher – «, fing Evelyn an.

Dann sagte keiner von beiden etwas.

»Was?« meldete Lane sich wieder.

»Oh, ich bin, also, ich bin einfach überrascht«, sagte sie.

Und einen Moment lang wieder nichts.

»Na ja, ich werd's wohl mal bei ihr versuchen«, sagte Lane.

»Ich bin sicher, daß sie sich sehr freuen wird«, sagte Mrs. Smail.

Und dann legte er auf. Es ging schnell.

Evelyn legte den Hörer zurück, als ob sie Blasen bekommen würde, wenn sie ihn länger hielte. Vor dem Fenster: die Lichter dieser letzten Vorposten.

Lane ging auf und ab, auf dem langen Korridor im Motel, wo die Schwestern einen den ganzen Weg lang kommen sehen konnten, und wenn einem das Gehen Mühe machte, wenn man den Kopf hängen ließ, wenn einem das Herz schwer war, dann wußten sie es von Anfang an. Sie konnten es einem in die Akte gesetzt haben, diesem blauen Ordner, der sicher hinter dem Krankenschwesterntisch verstaut war, bis man dort angekommen war. Lane ging im Korridor auf und ab. Er sah in J.D.s Zimmer, und sie saß jetzt im Bett und las ein Buch. Er winkte. Er ging an Eddies Zimmer vorbei und am Zimmer des Typen, der vor ein paar Tagen fest verschnürt eingeliefert worden war.

Und dann blieb er am Schwesternzimmer stehen, wo Linda gerade kleine Becher aufreihte und sie mit der spektralen Vielfalt psychotroper Arzneimittel füllte. Flüssigkeiten für Leute wie Lanes Zimmergenossen, dem man beim Tablettenschlucken nicht trauen durfte – man mußte ihn schlucken *sehen*.

Linda blickte auf und kümmerte sich dann wieder um ihre Arbeit.

»Was tun Sie?« sagte sie.

»Telefonate«, sagte er. »Heikel.«

Er hing herum, hoffte auf Ermutigung.

Das Schlangestehen für die Medikamente spielte sich ab wie immer. Die Widerwilligen waren widerwillig. Diejenigen, die von den Drogen wegzukommen versuchten, mochten diese neuen Drogen nicht nehmen. Aber man wußte es nie. Vielleicht mochten sie sie insgeheim. Lane nahm seine Tabletten gern; sie stabilisierten ihn, auch wenn er davon aus dem Hintern blutete und den trockensten, klebrigsten Mund bekam, den er je gehabt hatte.

»Kein Rat?« sagte Lane zu Linda, als er seine Dosis schluckte.

»Sie sind fast mit allem durch, was wir Ihnen zu sagen haben«, sagte sie.

Die Menge strömte wieder in die Zimmer.

Im Flur wurde alles still. Es war kurz nach Sonnenuntergang. Lane hatte Alices Mutter erwischt – sein Herz donnerte, er kam sich wie ein Marathonläufer vor –, und dann hatte er die Nummer auf den gelben Notizblock geschrieben, den er sich mitgebracht hatte.

Er wählte die Nummer. Es läutete. Alice nahm ab.

»Hi«, sagte er. »Hier ist Lane.«

Am anderen Ende raschelte es, wurden Kräfte gesammelt und noch mal gesammelt.

»Hey, hi.«

»Ich, äh, ich habe mit, äh, Tony Crick geredet, heute nachmittag. Und dein Name – also er hat mir gesagt, daß du und Max... Tja, ich glaube, ich wollte ein paar Dinge klarstellen und so. Ich hab wegen ein paar Sachen ein schlechtes Gefühl, verstehst du. Du weißt, wo ich bin, stimmt's? Klar weißt du, wo ich bin.«

Dann Schweigen. Alice sagte nichts. Lane atmete. Er sah den Korridor hinauf und hinunter. Dann fing er einfach zu reden an. All diese Entscheidungen wurden getroffen, als würden sie woanders getroffen, nicht in seinem eigenen Kopf. Es war, als würde er nach Diktat schreiben. Er erzählte ihr davon, wo er war, davon, wie der Tag in der zweiten Woche gewesen war, als er plötzlich gewußt hatte, daß er es überleben würde, davon, wie sich in jenem Augenblick alles geklärt hatte. Wie eine lange, komplizierte Fuge, die zur Auflösung gekommen war. Lane erzählte Alice von den Frauen. Er erzählte ihr seine Vergehen – ohne auch nur zu wissen, ob sie zuhörte. Er erzählte ihr von der Frau im Philosophiekurs im College. Er erzählte ihr, daß es in der Patentanwaltskanzlei noch eine Frau gegeben hatte. Er hatte von beiden nie ein Wort verlauten lassen. Er hatte soviel Zeit allein verbracht. Er wußte nicht, wie viele Nachmittage so vergangen waren. Es gab keine Möglichkeit, die ganzen Gespräche anzufangen, die er schuldig war. Er wußte nicht einmal, wo er anfangen sollte. Bücher waren vielleicht besser als Menschen. Er erzählte ihr, daß er Angst vor Frauen hatte und vor Männern auch, und was er auf der Party auf dem Dach für ein Gefühl gehabt hatte, und was es für ein Gefühl gewesen war, als er fiel, und wie er springen wollte, und er erzählte ihr von bürgerlicher Korruptheit und philosophischer Aberkennung der Ehrenrechte und der Heuchelei des Patentrechts. Er erzählte ihr von seiner Gier, im Freien zu sein. Er erzählte ihr von allem, was schiefgelaufen war, von allem, was er verloren hatte, von jedem Menschen, der ihm weh getan hatte, und dann erzählte er ihr von seinem Vater.

Das ging eine Viertelstunde lang so. Es war ein Sprachschwall ohne viel Sinn. Lane war sich bewußt, daß ihm die Wörter aus dem Mund sprudelten, und auch des Hin und Hers im Korridor war er sich bewußt, aber darauf achtete er nicht. Er redete einfach.

»Also, ich weiß nicht. Ich weiß nicht«, sagte er und hielt an, um Atem zu holen. »Das wollte ich dir bloß sagen. Tun wir nicht so, als hätten wir uns nie gekannt oder so. Reden wir, wenn ich rauskomme, falls du willst, meine ich. Falls du es für okay hältst.«

Alice konnte nichts sagen, weil inzwischen die Zeit für das Gespräch abgelaufen war und Linda kam und ihm das Zeichen zum Aufhören gab.

Alice sagte: »Stark.«

Und Lane sagte: »Ich muß aufhören. Man darf hier nicht länger –«

Mach's gut.

7

Wieder eine Knallhitze – man merkte es, wenn man am Fenster des Aufenthaltsraums stand, wo sie am Sonntagmorgen kognitive Therapie hatten, oder vielleicht dachte Lane sich die Hitze nur aus, weil er wußte, daß seine Mutter inzwischen da war, daß sie vermutlich mit der Sozialarbeiterin redete, daß die Sozialarbeiterin seiner Mutter vermutlich Fragen stellte über schwierige Schwangerschaften, Alkohol während der Schwangerschaft, frühkindliche Eindrücke und Kindesmißhandlung. Er dachte sich die Hitze aus, weil er sich erinnerte.

Hitze, Hitze, Hitze. Darum hatte Lane Schwierigkeiten, sich auf die kognitive Therapie zu konzentrieren, wo es heute um Angst ging. Genauer gesagt redeten sie über Lanes Ängste, die er aufgezählt hatte, bevor er drankam: Gespräche, Nächte mit Wolken, Mord und Mord mit Gegenwehr, Uhren, Gelächter, Gedichte und Technik. Er hatte Angst vor alten Leuten (und Angst, einer von ihnen zu werden), vor Afrika, vor Luftangriffen. Er hatte Angst vor dem genetischen Kartell, der Erstgeburt und der Vererbung. Er hatte jetzt Angst vor Partys, vor Göttern und dem Nichtvorhandensein von Göttern. Er hatte Angst vor Faustkämpfen. Vor Alkoholläden. Er hatte Angst vor Paterson, New Jersey. Er hatte Angst vor jeglicher Art von Familienstand: verheiratet, ledig, verwitwet oder geschieden. Er hatte Angst vor jedem Tag und der Verantwortung, die er brachte, und vor seinen eigenen Worten und davor, welches Gesicht die anderen machten, wenn er mit ihnen telefonierte. Und er hatte Angst vor der Zukunft und der Entlassung. Und am meisten Angst hatte er vor seinem eigenen Leben und seinen Wahlmöglichkeiten, vor seiner Vergangenheit, die ihm, obwohl er dagegen ankämpfte, zentimeterweise wieder in den Sinn kam.

Was sie mit Ed machten, dem Leiter der kognitiven Therapie – ein anständiger, sympathischer Typ, aber keiner, der die Angst so riechen konnte wie sie, die Patienten –, war, daß sie die Angst an die Tafel schrieben. J. D.s Angst vor Lampen zum Beispiel. Dann versuchten sie alle Dinge aufzuzählen, die mit Lampen zu tun hatten, und stellten Fragen. Hatte J. D. Angst, eine Lampe einzuschalten? Oder sie auszuschalten? Was hatte sie bei Lampenschirmen für ein Gefühl? Hatte sie Angst vor elektromagnetischen Feldern?

Die meiste Zeit über saß sie reglos da, murmelte etwas oder sagte gar nichts. Aber dann war sie dran, das konnte jeder alte Manisch-Depressive spüren. Ihre Hände fingen zu zittern an, als Ed das Thema Nachtlampen aufbrachte. Es war komisch, aber nicht für J. D. Lane hatte erkannt, daß es bei den allergewöhnlichsten Sachen und Handlungen um Leben und Tod gehen konnte. Menschen konnten ihr Leben aufs Spiel setzen, wenn sie mit dem Aufzug fuhren oder eine Zeitung kaufen gingen.

J. D.s Arme waren wie Fische, die auf den Armlehnen ihres Stuhls zappelten. Keiner sagte etwas. Es sah aus, als würde sie nur Zeit schinden, aber dann bekam sie Krämpfe. Die Krankenschwestern kamen herein. Die Sitzung kam mit einem Ruck zum Stillstand. Sie gaben ihr eine Spritze – sie hielt ihren Arm hin und wisperte dabei: »Nein, nein« –, und dann war sie weggetreten. Lag auf der Couch im Aufenthaltsraum. Ed wischte ruhig mit seinem Schwamm über die Tafel. Sie marschierten alle hinaus. Keiner sagte etwas.

Jeden Tag verlor er einen Freund, nur weil er gesund wurde. Erst vor ein paar Wochen hatte es den Anschein gehabt, als würde J. D. wirklich wieder ins Leben springen. Jetzt nicht mehr. Er machte sich nicht einmal die Mühe, die Namen der Leute zu lernen, die frisch eingeliefert wurden.

In der Eingangshalle unten sagte seine Mutter vermutlich gerade: *Es ist nicht so, wie er es Ihnen erzählt, es ist nicht so, daß er immer so gewesen wäre, es ist nicht so, daß er nie mit jemand zurechtgekommen wäre.* Aber wenn es nicht so war, wie war es dann? Die Wünsche seiner Mutter waren nicht mehr wert als seine eigenen. In welchem Gedächtnis würde man nach zwanzig Jahren keine Spuren von Wunschdenken finden? Beweise, gesammelte Schnappschüsse würden jetzt nichts mehr helfen. Sobald das Gift in seinem Kopf verschwunden wäre, würde er schon klarkommen. Es mußte nichts revidiert werden.

Dann kam die Sozialarbeiterin. Sie hatte einen Schlüsselbund von der Größe einer Hängepflanze dabei, schloß ihm die Türen auf und führte ihn ins Büro. Im Profil glich das Gesicht seiner Mutter in nichts ihrem Gesicht von vor zwei Tagen. Ihre Haltung verriet Sorgen.

Die Sozialarbeiterin brachte es fertig, sich jeden Tag einen roten Strich Lippenstift ins Gesicht zu malen, aber darüber hinaus schien sie sich von den Aufgaben, denen sie sich hier gegenübersah, bedroht zu fühlen. Auf ihrem Schreibtisch und den verschiedenen Ablagetischen in ihrem Büro türmten sich Berge von Papier. Sie machte Lane Platz.

Er ließ sich auf den leeren Stuhl fallen.

Ruthie umklammerte ihre Handtasche. Sie hatte den Rock sorgfältig über die Knie gezogen. Sie begrüßte ihn ruhig. Er war der Bewerber, der aus der schalldichten Kammer auftauchte. Die Sozialarbeiterin rekapitulierte seine Vergangenheit – er sei als Kind weder beliebt noch unbeliebt gewesen, zwischen seinen Eltern sei es weder liebevoll noch gewalttätig zugegangen, er habe beim Sport recht gut und auch beim Lernen recht gut abgeschnitten und so weiter. Diese Feststellungen hatten nichts von den grellen Farben, an die er sich erinnerte, den glänzenden Augenblicken von Demütigung und Herabwürdigung. Es war nicht das Leben, das er gelebt hatte.

Die Sozialarbeiterin sprach jeden Satz so aus, als wäre er eine ausgesuchte Geste der Hochachtung. Sie sagte: »Was natürlich keine Rolle spielt, ist, ob das, was Lane über seine Vergangenheit sagt, stimmt oder nicht stimmt.«

Hier trat ein plötzliches und unerwartetes Schweigen ein, und die Sozialarbeiterin nickte ihm zu, und er begriff, daß er jetzt etwas sagen sollte. Ihm fiel nichts ein. Zwischen ihm und jedweder Erörterung der Vergangenheit tat sich ein Abgrund auf. Er sollte sie lossprechen, seinen Vater lossprechen, seinen Heimatort lossprechen, aber er konnte es noch nicht.

»Vielleicht sollten wir die Sache mit etwas Unterstützung von Ihrer Seite anfangen.« Sie sprach jetzt seine Mutter an. »Vielleicht hätte Lane es gern, daß Sie ihm sagen, sie verstehen, was diese Zeit für ihn gewesen ist.«

Seine Mutter machte jetzt ihre Handtasche auf.

Sie fing zu reden an. Sie hörte auf.

»Oje«, sagte sie.

Dann beugte Ruthie sich hinüber, um seine Hand zu nehmen, und die Handtasche rutschte ihr vom Schoß wie ein Kanu, das über einen Wasserfall gleitet, und sie griff nicht danach. Er wollte ihre Hand nicht nehmen – vielleicht kannte Ruthie den Leitsatz nicht, der Körperkontakt verbot, und ihm war danach, ihr den Kopf zu waschen oder einen Stapel dieser oberflächlich alphabetisch geordneten Papiere dort auf dem Beistelltisch umzustoßen. Er wollte nicht angefaßt werden.

In der Zwischenzeit redete die Sozialarbeiterin über Liebe, über Liebeserklärungen, als ob es das einfachste aller Gesprächsthemen wäre, ein bißchen Gerede, als ob man sagen würde: *Darf ich in den Aufenthaltsraum hinunter und mit der Aufsicht Schach spielen.* Er konnte diese Dinge nicht sagen. Nach all diesen Stunden in Haledon vor dem Fernseher, Alkohol- und Tablettenklau, nach all dem, was er getan hatte, nachdem er sich so lange versteckt und sich taub gestellt hatte – so leicht war er nicht zu überreden.

Doch seine Mutter hatte es gesagt, und er hatte es gehört.

Die Sozialarbeiterin fragte ihn, ob er es gehört habe. Er nickte. Er ließ seine Mutter seine Hand nehmen. Ihre Augen waren voneinander abgewandt.

Nach einer Weile sagte er: »Ich will nicht bleiben, ich will aber auch nicht weg. Ich habe eine Höllenangst.«

Die Sozialarbeiterin fragte Ruthie, ob sie es gehört habe, und sie nickte. Die Sozialarbeiterin war wie eine Art Schleusentor, eine Art Schadenskontrolle. Sie drängte sie voran – indem sie Dinge wiederholte, die er in der Gruppe gesagt hatte – und hielt sie von bestimmten Streitigkeiten ab. Er nickte, und Ruthie nickte, und es kam jetzt alles wieder, jedes Stückchen düsterer Schattierung, die ganze Dunkelheit. Er erinnerte sich an den Ort am alten Bahnhof, wo sie auf einem Seil zwischen zwei alten Ahornbäumen geschaukelt hatten, und wie ihm der Schatten zwischen den beiden Bäumen wie eine Schlinge vorgekommen war. Er erinnerte sich daran, eine streunende Katze umgebracht, sein eigenes Blut getrunken zu haben. Er hatte sein ganzes Leben an ein und demselben Ort verbracht, und am ersten Tag eines neuen Jahres kannte er sich noch immer nicht und war sicher, vom nächsten Zug überfahren zu werden.

Und er erinnerte sich an jedes Stückchen davon, wie das Gedächtnis seines Vaters ausgesetzt hatte.

Nach zwanzig Minuten erklärte die Sozialarbeiterin die Sache für beendet. Sie sagte: »Hier sind die Einzelheiten für die Nachsorge Ihres Sohnes.« Es wurden Dokumente unterzeichnet. Lane haßte diese ganzen Unterschriften. Akten wechselten die Besitzer – Akten mit kleinen Gleichungen, Akten mit Aussagen über die Wackligkeit seines Zustands. Sobald er fort war, würden diese Akten in den traurigen Korridoren hier schmachten und darauf warten, wiedergelesen zu werden.

Hitze auch in Haledon, Hitze und Feuchtigkeit, chromgrüne Wolken und Ozon und Radon in einer Glocke über der Stadt. Der Ventilator drehte sich wirkungslos. Scarlett hatte für Mittwoch ein Standby-Ticket für einen Flug ab Newark. Sie wollte vor dem Memorial Day am 30. Mai abreisen. Sie wollte den großen Ansturm vermeiden, den Sommeranfang mit dem Anstieg der Verbrechensrate. Sie wollte vorher wieder im Mittleren Westen sein, bei ihrer Familie.

Aber ehe sie ging, wollte sie noch einen großen Ausflug machen, einen Ausflug in die Stadt. Sie trank und dachte über das nach, was alles passierte, während sie hier gewesen war. Als sie jünger war, schien es so einfach, loszuziehen, fortzugehen. Es war zu einfach gewesen. Egal, Dennis hatte gesagt, er wolle mit ihr in die Stadt kommen, sehr gern, mit ihr. Er wisse nicht, warum es so lang gedauert habe. Diesmal keinen ausländischen Film mehr.

Sie war bei ihrem dritten Glas – und es war erst Mittag –, als Alice zurückkam. Ihre Füße polterten müde, militärisch die Stufen herauf. Alice hatte einen zerrissenen Jeansrock an. Ihr Haar war in einem Schal hochgebunden, und sie trug eine Bluse, eine echte Bluse.

»Komm rein«, sagte Scarlett, »leg die Füße hoch. Die Stunde des gesellschaftlichen Schmiermittels ist da. Ich nehme gerade einen zur Brust.«

Sie waren beide verlegen. Manchmal vergingen die Tage, ohne daß man es merkte. Sie brachten Hoffnung und Mut, aber es war noch nicht ganz deutlich. Scarlett behagte es nicht unbedingt. Alice setzte sich aufs Sofa. Sie spielte mit den Knöpfen am Fernseher herum, aber es gab kein Bild. Sie redeten nicht über Lanes Anruf vom Abend zuvor. In letzter Zeit fiel ihnen wenig ein, wenn sie zusammenwaren.

»Mein Vater kommt rüber«, sagte Alice. »Wir gehen zu diesem wichtigen Mittagessen. Ich weiß nicht, ob er mich abhängen will oder so. Oder was. Scheint irgendeine große Neuigkeit im Busch zu sein. Aber er kommt bald. Wenn du dich verdrücken willst, dann mach nur und geh duschen oder geh schlafen oder so.«

Scarlett brachte Alice einen Martini.

»Ich hätte nichts dagegen, ihn kennenzulernen, weißt du –«

»Er sieht genauso aus wie alle übrigen«, sagte Alice. »Alle Väter sehen gleich aus. Sie haben 'ne bestimmte Platte drauf. Du sagst: ›Aber Daddy, letzte Woche hast du gesagt –‹. So stell ich mir einen Vater vor. Mein Vater liebt Primzahlen und irrationale Zahlen. Alle Arten von Zahlen.«

»Mein Vater ist Buchhalter.«

»Genau das meine ich«, sagte Alice, »ganz genau das.«

Sie tranken eine Weile. Das Apartment war in Unordnung. Tag für Tag die Kaffeetassen im Spülstein. Sie spülten sie aus und benutzten sie wieder. Im Kühlschrank wurden die Sachen schlecht. Gesundes Essen, das schlecht wurde.

»Also, wie ist er?« sagte Scarlett.

»Wer?«

»Dein Vater.«

Der Summer ertönte.

»Er wird den gleichen Käse wie immer erzählen«, sagte Alice.

»Warum versteckst du dich nicht?« sagte Scarlett.

»Lohnt nicht«, sagte Alice. »Schon mal den *Heimwerker* gelesen? So ist er.« Sie schob das Fliegenfenster hoch und warf die Schlüssel hinaus. »Er ist ein Seelenheimwerker.«

Scarlett schaltete den Fernseher ab. Sie ging ins Schlafzimmer und legte sich hin. Dann, weil sie und Alice sich in einem Stadium befanden – Wohngemeinschaft, sogar Freundschaft –, in dem eine Enttäuschung fällig war, wartete sie, bis die Wohnungstür aufging, bis das Vorgeplänkel einsetzte, und dann ging sie wieder hinaus und tat so, als hätte sie etwas vergessen.

Er war klein und sehr rund. Er war vielleicht einsfünfundsechzig. Und er war dick. Unübersehbar. Er trug eine dunkle Brille; sein Hemd war am Kragen einen Knopf weiter offen, als das Hemd eines Vaters es sein sollte; sein Brusthaar wucherte aus der Öffnung wie Unkraut.

»Ach«, sagte Alice. »Dad, das ist Scarlett.«

»Sehr erfreut«, sagte er und streckte die Hand vor.

Dann standen sie da, und es war so peinlich wie nur möglich, und es war ihnen bewußt, daß sie eine kleine Sache erlebt hatten, die keiner von ihnen hatte erleben wollen. Der Ventilator im Fenster drehte sich und drehte sich, und es war heiß.

Lane kam raus.

Die Leute waren traurig, daß er ging, oder sagten es zumindest. Das Motel war eine große Erfahrung mit Verlassenheit, mit dem Trauma der Geburt. Aber wie Lane sich vor ein paar Tagen von Elena verabschiedet hatte, die zurückging in das Haus, wo ihre Mutter gestorben war, so mußte er sich jetzt auch verabschieden.

Der Gartenstaat war in seiner Abwesenheit gewachsen. Es war jetzt ein Land mit weitem Himmel, ein riesiger, offener Raum, ein Billigwarenhaus der schönen Aussichten. Als er vom Parkplatz des Motels zum Himmel aufblickte, war Lane wie ein Astrologe in der Vorzeit. Er musterte den großen Wagen seiner Mutter, fuhr mit den Händen über die verchromten Teile, öffnete und schloß die Tür, als wäre er der erste, der so etwas jemals tat.

Er hätte tanzen können, wenn er gewollt hätte.

Der Mai hatte so viele Farben. Das hatte er ganz vergessen. Und es gab den Wind und den Geruch von frischgemähtem Gras. Er drehte am Radio herum und erwischte ein Baseballspiel, eine Oper und ein Gespräch über Wiedergeburt. Es gab Rock and Roll, wenn es auch diese protzige Balladenscheiße war, und es gab Hip-Hop, und Lane roch Superbenzin und Plastik. In dem ordentlichen Städtchen Bernardsville sah er Kinder auf einem langen, flachen, abfallenden Gehsteig einem Eiswagen nachjagen. Der Rausch der Geschwindigkeit war besser als Wiedergeburt.

Am Freitag sollte der Gips von seinem Handgelenk abgenommen werden.

Was sollte er den Rest des Tages anfangen? Es war erst Mittag.

Seine Mutter sagte: »Was du willst. Warum entspannst du dich nicht einfach? Warum schaust du nicht fern oder arbeitest ein bißchen im Garten oder so?«

Im Garten?

»Der kann deine Hilfe gebrauchen.«

Lanes Stiefgroßvater sollte zu Besuch kommen. Der Vater seines Stiefvaters. Lane willigte ein, wenn möglich, ein anständiger Gastgeber zu sein. Die Frau des Stiefgroßvaters war gerade ins Krankenhaus eingeliefert worden, zum letzten Mal, wie es schien.

»Ich werde versuchen müssen, mich zu entspannen«, sagte Lane. »Ich werde versuchen müssen, es leicht zu nehmen.«

Sie fuhren auf die Bundesstraße 80, durch das dunstige Sfumato ihrer trostlosen Weiten, in Tunnel, an massigen Überresten verlassener Fabriken vorbei. Überall riesige Rohrkolben. Sie nahmen die lange Strecke.

»Vielleicht solltest du dich jetzt auf eine Sache konzentrieren –«

»Ich tue, was ich will, danke.«

Ruthie lachte nervös.

»Ich werde versuchen, dir zuzuhören, wenn du mit mir sprichst«, sagte er. »Ich werde versuchen, eine neue Stelle zu finden. Ich werde es versuchen.«

»Lane – «

»Paß auf«, sagte er und blickte sie an, sah ihre Augen, deren Farbe, die Ringe darunter. Er wußte nicht, warum er überhaupt so wütend war. Es gab keinen Grund auf der Welt, warum diese Unterhaltung nicht hätte leichter gehen sollen.

»Mein Vater – «

»Nächste Woche«, sagte Ruthie.

»Diese Woche«, sagte Lane.

»Lane – «

Er schauderte.

»Nächste Woche«, sagte Ruthie.

Sie waren beide bereits erschöpft.

Am Montag nachmittag fuhr Evelyn Smail in ihrem Leihwagen in die Stadt, um sich mit einem Immobilienmakler zu treffen – dem Freund eines Freundes –, um über Zweizimmergenossenschaftsapartments zu reden. Sonnig und heiß: Die Schnellstraße war in beiden Richtungen voll. Das Auto, das sie geliehen hatte, war ein einheimisches Modell mit Plastiksitzen, es hatte weder Radio noch Klimaanlage. Als besondere Vergünstigung hatte der Händler ihr jedoch ein Mobiltelefon dazugegeben. Bei der bevorstehenden Verhandlung wegen Evelyns Unfall wollte er nicht genannt werden.

Sie traute den Autos nicht länger, obwohl sie jetzt alle Gespenster der Vergangenheit abzuschütteln versuchte. Die erste der Kardinaltugenden, dachte Evelyn, ist die Hoffnung, und am Montag hatte sie Hoffnung im Übermaß. Sie fuhr. Auf dem Weg zur Brücke blieb sie an einem Verkehrskreuz stecken. Sie sah den grauen Transporter nicht, der auf der Standspur an ihr vorbeirauschte.

Der Kassettenrecorder in Dennis' Bus war noch immer kaputt, aber er hatte einen tragbaren mitgebracht. Er und Scarlett hatten ihn so laut aufgedreht, daß sie nicht viel zu reden brauchten. Aber das hieß nicht, daß er nicht noch denken mußte.

Scarlett redete wieder von der Stadt, von Graffitikünstlern und Performancekünstlern und einem Bekannten, der Maler gewesen war und jetzt auf der Straße lebte. Als sie einmal auf einem kleinen Platz an ihm vorbeigekommen war, hatte er ihr zugezischt: *Ich bin Halloween und habe neun Leben!*, und diesen Ausspruch hatte sie nicht vergessen können. Die Straße, hatte ihr jemand erzählt, sei der Ort, wo man leben konnte, wenn man sich sonst nirgendwo mehr wohl fühlte. Die Straße sei Denkmethode und Lebenssituation.

Dann stritten sie sich darüber, ob die meisten Bands vor oder nach ihren Plattenverträgen besser seien. Wer konnte das sagen? Wer argumentierte noch so? Die Zeit war vorbei, als man es als ein besonderes Glück empfand, zu einer Kneipenband zu gehören. Die Zeit, als es keine moralischen Konsequenzen und kein vergeudetes Leben gab, und Dennis und Scarlett erinnerten sich. Als die Kassette zum Ende kam und das Gespräch zum Ende kam, entstand ein langes Schweigen, und Scarlett seufzte, und beide merkten sie, wie schlimm der Verkehr war. Sie waren jetzt in Fort Lee, einer Stadt, die um Zollbaracken herum gebaut worden war.

»Paß auf«, sagte Dennis, als er aus einem langen Traum aufwachte, »wir könnten einfach auf den Palisades Parkway abbiegen und auf einen der Rastplätze rausfahren und 'ne Weile die Aussicht anschauen. Die Aussicht in uns aufnehmen.«

Scarlett überlegte es sich.

Es war jetzt Nachmittag, und auf den staubigen grauen Gebäuden auf der anderen Seite des Wassers spiegelten sich Orange, Rot und Ocker. Spiegelungen tanzten auch auf dem Gekräusel des Zusammenflusses von Süßwasser und Meerwasser.

»Sonst, eine halbe Stunde hier –«

»Okay, in Ordnung.«

Dennis schlug einen Haken nach rechts, ließ den Motor aufheulen. Rostige alte Teile quietschten und klapperten. Er überfuhr ein paar rote Ampeln, nur so. Es wurde gehupt. Sie kamen an einem Laden mit Meeresfrüchten und am Bestattungsinstitut Squitieri vorbei, wo vielleicht der eine Typ aus Paterson hingekommen war, der ins Wasser gesprungen war, und sie drehten eine neue Kassette auf. Dennis und Scarlett fühlten sich jetzt alles in allem ziemlich gut. Grün und Grün und noch mehr Grün. Country-Music und Banjo-Solos und Gospels und so weiter: Scarlett hatte eine Nachtsendung im Mittleren Westen aufgenommen.

»Ich wär echt froh, wenn du nicht gehen würdest.« Er fing wieder von vorn an.

»Ja«, sagte sie. Sie sah aus dem Fenster. »Na ja, ich kann immer wieder zurück. Vielleicht ist es bloß für zwei Wochen oder so. Tja, wie lang kann man's denn überhaupt bei seiner Familie aushalten? Es kann nicht so lang dauern.«

»Klar«, sagte Dennis, und dann beugte er sich rüber, um sie zu küssen. Er fuhr und beugte sich rüber, und also machte sie die Augen zu, weil sie es wollte, und ihre Lippen trafen sich, und Dennis kam einen Moment von der Spur ab und mußte ausweichen, um nicht auf einen Kleinwagen vor ihnen aufzufahren.

»Nur die Ruhe«, sagte Scarlett. »Such lieber den Rastplatz. Den Panoramablick.«

Es war nicht so weit. Knapp zehn Kilometer vielleicht. Sie

fuhren auf die Nordgrenze des Staats zu, und die Landschaft war jetzt lichterfüllt. So gut wie irgendein Gemälde, das sie sich hätten ansehen können, Darstellung von Licht, nicht das Licht selbst.

Der Rastplatz war leer, und der Bus war kaum ausgerollt, als sie wieder anfingen. Sanfte Küsse, nichts Verschlingendes. Küsse, die viel dazu beitrugen, daß sie den alten Zeiten nicht länger nachtrauerten.

»Scheiße«, sagte Scarlett leise.

Sie küßten sich eine Weile lang, und dann legte ihr Dennis die Hand auf die Brust. Sie waren wieder am Ursprung des Küssens, des Verliebtseins, sie saßen wieder in einem Bus, und sie arbeiteten sich voran. Sie trug dieses zerrissene T-Shirt unter einer schwarzen Strickweste, und er hob die Schichten ab, als würde er sich von einem Vermächtnis befreien.

Dann stiegen sie aus und verzogen sich in den Wald. Er hatte den Einfall, daß Kiefern und Kiefernnadeln da sein würde. Betten aus Kiefernnadeln. Aber der Weg den Hügel hinunter an den Rand der Klippen war mit Giftefeu, stinkendem Zehrwurz und Bierflaschen verschandelt. Überall hohes Unkraut.

Doch dann kamen sie auf eine rauhe Felsnase, und von dort aus konnte man die ganze verdammte Megalopolis überblicken. Dieser Fluß war größer als jede Stadt, größer als jede neue Uferplanung. Dennis spürte, wieviel Mythisches Flüsse in sich trugen, wie viele Geschichten. Solche Weite mußte Würde tragen. Und dann kam das nördliche Ende dieser Insel. Schieferfarben, Grabsteinfarben. All das Leben, das Gewirr, von dem aus dieser Entfernung nichts mehr zu sehen war. All die Enttäuschung. Das sagte Scarlett. Jeder Turm dort war zerklüftetes Beharren; die Kirchen gehörten alchemistischen Philosophen, ketzerischen Ritualen. Die Universitäten beherbergten aufgegebene, verworfene Theorien, wie die Theorie der Erdscheibe, die Theorie des geozentrischen Universums und des Lustprinzips. Sie waren froh, weit weg zu sein, am anderen Ufer.

Dennis umschlang Scarlett mit den Armen. Sie legten sich auf die Felsen, die mit Graffiti bekritzelt waren, uralten Schriften. Sie küßten sich weiter, und es spielte keine Rolle, daß es wieder heiß war – der heißeste Mai aller Zeiten –, und über der Großstadt hing Ozon. Die Sonne versank hinter Paramus, hinter dem Einkaufszentrum. Schulkinder waren draußen, und sie kamen hierher, um zu trinken, von den Felsen ins Wasser zu springen wie die Generationen vor ihnen. Dennis kannte jeden Schritt.

Alles still dort im Eßzimmer, das tröstliche Schlurfen der Schritte seiner Mutter, als sie wieder in die Küche ging, um das Gemüse zu holen (grüne Bohnen), die gebackenen Kartoffeln. Sein Stiefvater sagte nichts, hielt sich an seine eigenen Aufgaben: das Zerlegen (Schmorbraten), das Trinken aus einem Whiskyglas (sauber). Die Lichter waren heruntergedreht (Rheostat), die Kartoffeln in der Mikrowelle gegart, die Atmosphäre ein wenig gespannt.

Lane stellte die Kristallflöte rechts von seinem Teller auf den Kopf. Und dann ging er selbst in die Küche und suchte nach einem Glas, weil er Milch trank. Als er kleiner gewesen war, war er immer in die Küche gegangen, um einer Unterhaltung auszuweichen. Damals hatte ihm die saubere Aufreihung moderner Technik um ihrer selbst willen gefallen, das glänzende Aluminium, Kupfer, Eisen und der rostfreie Stahl und das Silber.

»Wo ist Dennis?«

Ruthie hielt die letzte Kartoffel in ihrer behandschuhten Hand und trug sie durch die Küche zu einer Servierplatte, wo drei andere Kartoffeln warteten.

»In der Stadt«, sagte sie.

»Wann räumt er seine Sachen aus?«

»Was spielt das für eine Rolle?«

»Mit wem ist er in der Stadt?« sagte Lane. Er starrte in den Kühlschrank, der heute mit Gesundheitsgetränken, Diätgerichten mit geringem Fettgehalt und Gläsern mit Multi- und Megavitaminen gefüllt war – Schwermetalle in kleinen Dosen, Lezithin, Joghurtkulturen.

»Mit Scarlett, du weißt schon, die –«

Ruthie schien keine Meinung dazu zu haben. Lane erinnerte sich daran, wie er auf dem Dach gewesen war, kurz vor dem Blackout. Er goß sich Milch in ein altes Glas. Sie gingen ins Eßzimmer zurück. Sein Stiefvater – in einem beigen Leinensakko – rückte seine Brille zurecht und legte die Bratenscheiben auf die Teller, die um die Servierplatte standen. Ruthie und Lane setzten sich, und die Kartoffeln gingen herum und die grünen Bohnen, und die Farben wirkten tröstlich auf Lane. Der Dampf, der von den Kartoffeln aufstieg, wirkte tröstlich. Er nahm Pfeffer und Salz, und alles schien in Ordnung.

Er hoffte, seine Familie in Zukunft nicht verletzen zu müssen.

Sein Stiefvater hob das Glas: »Willkommen daheim.«

Und auch Ruthie hob ihr Glas. Lane war sich nicht im klaren, ob das das richtige war – einen Trinkspruch über sich ergehen zu lassen –, aber er lächelte trotzdem. Sie fingen an zu essen.

Ruthie sagte: »Dein Großvater wird in Dennis' Zimmer schlafen. Wenn Dennis über Nacht dableibt, schläft er auf dem Sofa im Arbeitszimmer.«

Lane nickte.

Sie aßen.

»Deine Großmutter ist jetzt ziemlich krank«, fuhr sie fort. »Wenn du mit ihm reden könntest, weißt du, dann wäre er sehr dankbar.«

»Er erinnert sich an dich, weißt du«, sagte sein Stiefvater.
»Ja, Mutter erinnert sich auch an dich.«

Ruthie füllte ihr Weinglas auf, und bald verschwand sein Stiefvater in der Speisekammer. Die Musik klirrender Flaschen. Lane stellte sich vor, wie der Scotch mit zwanghafter Genauigkeit in der Hand gewogen wurde.

»Was machen Dennis und Scarlett in der Stadt?« fragte Lane.

»Sind im Museum«, sagte Ruthie.

Lane sagte: »Ich weiß nicht.«

Sein Stiefvater stand in der Tür, sah herein und verzog sich dann wieder in die Küche.

»Ich weiß, mein Lieber«, sagte Ruthie. Um ihre Augen war die Erschöpfung in kleinen Karos eingeritzt. »Es wird schwer werden.«

»Ich glaube nicht, daß du es hören willst«, sagte er. »Du willst nicht hören, was ich zu sagen habe.«

»Das stimmt einfach nicht.«

Er nahm sein Besteck wieder in die Hand. Von Gewissensbissen zum Schweigen gebracht. Er warf die Sachen auf den Teller, und die Reste des Essens spritzten um ihn herum. Weil du dich im Motel zusammengenommen hast, bist du rausgekommen, du hast deine Medikamente genommen, und trotzdem hast du erst eine ganz kleine Kerbe geschlagen. »Scheiße«, sagte Lane, »verdammte Scheiße.«

»Was?« sagte Ruthie.

Sein Stiefvater kam wieder herein, vorsichtig, mit Brötchen in der Hand.

»Ich weiß nicht, wie ich funktionieren soll.«

Alles war so spannungsgeladen.

»Ich will in die Stadt«, sagte Lane. »Vielleicht bring ich Dennis dazu, mich morgen in die Stadt zu fahren.«

»Morgen ist Dienstag«, sagte Ruthie. »Andere Leute müssen arbeiten.«

»Scheiße, ich weiß, was für ein Tag ist«, sagte Lane.

»Beruhige dich«, sagte sein Stiefvater.

Und dann Schweigen.

Dann standen plötzlich alle auf. Auch Lane stand auf. Alle in dem Einvernehmen, nicht mehr darüber zu reden, nicht jetzt. Teil der stummen Welt. Er wußte es. Schon wurde das Motel zu etwas, was nur in seiner Erinnerung existierte, nicht in Short Hills, nicht wirklich, oder zu schwach existierte in dieser großen Weite aus Raum und Zeit.

Am Montag nach Einbruch der Dunkelheit kam Max Crick in Bayonne am Ufer der Newark Bay wieder zu sich. Da draußen roch es nach chemischer Kriegsführung, nach schleichendem Tod. Sein Bruder hatte ihn aus Short Hills angerufen. Kam raus, kam heim, endlich. Wo aber war daheim? Gut, daß *er* angerufen hatte, weil Max' Telefon kaputt war und Gespräche nur noch annehmen konnte, und es sah aus, als würde er den Wohnwagen loswerden und wieder in die Stadt ziehen müssen. Er hatte Schwierigkeiten mit Zahlungen, mit vielen verschiedenen Zahlungen. Und Giolas hatte sich bereit erklärt, ihn bei sich auf der Couch schlafen zu lassen, und Nails Pennebaker würde ihn bei sich schlafen lassen, und vielleicht würde Lane ihn bei sich auf der Couch schlafen lassen, weil Dennis ja sowieso auszog. Bis sich was auftat.

Wie hielt sich Nails über Wasser, das war eins, was er wissen wollte. Mit der Arbeit in der Autowaschanlage? Soviel bitteres Elend auf der Welt. So viele Scheißjobs. Wie konnte sich überhaupt jemand über Wasser halten? Er glaubte nicht, daß Tony dazu in der Lage sein würde, außerhalb von Short Hills, und Lane zum Beispiel auch nicht. Max jedoch hatte gewisse Reserven.

Was ihn alles wieder dazu gebracht hatte, über Mike Maas nachzudenken. Es war nicht allzu weit von Bayonne gewesen, wo Mike getan hatte, was er getan hatte. Man konnte eine Sache totreden, wenn man sich vorzustellen versuchte, wie sie passiert war. Tony wußte sogar noch, daß er einmal mit Mike mit Streichhölzern gespielt hatte. Tony behauptete, Mike sei vom Feuer besessen gewesen, aber nicht mehr als alle anderen. Wir alle sehen gern zu, wenn Sachen vom Feuer verzehrt werden. Es ist wie Fernsehen, hatte Tony gesagt, man kann ewig hineinstarren.

Mike führte kein geheimes Leben. Jedenfalls wußte man nichts davon. Er verspielte nicht das Haus seiner Mutter oder so. Es wäre eine zu leichte Erklärung gewesen. Tony zündete sich nicht an. Lane nicht. Nails Pennebaker zündete sich auch nicht an, noch warf er sein Kind von einem Hochhaus herunter oder erschoß seine Frau, und er hatte genug Grund dazu.

Bei Mike gab es sowieso nicht mehr viel zu erinnern, außer der Geschichte, wie er gestorben war. Die Erinnerungen waren nur noch Erinnerungen. Erinnerungen, Beschreibungen um der Sensation willen. Nur Mrs. Maas erinnerte sich. Und Max. Max' Problem bestand darin, daß er nicht richtig dazu imstande war, zu vergessen. Mrs. Maas hatte zu ihm gesagt: *Mike war ein Spitzenschüler, ein Spitzensänger im Schulchor, ein Spitzensportler.* Nichts davon stimmte eigentlich, aber Max sagte nichts – damals bei seinem Besuch. Er ließ sie eine Weile reden. Er dachte an eine Zeit, als seine Mom noch nicht tot gewesen war, eine Zeit, die in seinem Gedächtnis nicht vorhanden war, die er sich aber vorstellen konnte.

Er sagte zu Mrs. Maas, wie sehr Mike ihm fehlte und daß er sich wünschte, daß alles nicht passiert wäre. Es war nicht viel, aber er war über seinen Schatten gesprungen, um es zu sagen, und es war ihm jetzt egal, ob es peinlich war, nach so langer Zeit wieder davon anzufangen. Die Stadt war schuld, der Staat war schuld, das Zeitalter, die Gene. Mike war schuld. Er hätte weitermachen können.

Jetzt war er draußen am Pier, übersah die ganze verdammte Newark Bay und dachte, wie schön die Lichter dieser Fabriken waren.

Er hatte versprochen, sich heute abend im Dover mit L. G. zu treffen, und er war jetzt eine Dreiviertelstunde von der Stadt entfernt, und das auch nur, wenn der Verkehr es zuließ. Andererseits hatte er jetzt wieder seinen Roller, und er konnte die ganze Sache abblasen und durch den Tunnel fahren. Auf diesem Weg sah man die großen Panoramen des Bundesstaats. Kräne überragten die Wasserstraßen wie große Kraniche, wie die Stelzvögel der Urgeschichte. Schleppkähne zogen vorbei.

Max trank das letzte Bier aus dem Sechserpack und warf die leeren Flaschen in die Bucht. Es war spät. Er war jenseits jeglicher vernünftiger Erwartung. Soviel Frieden jetzt. So vieles, auf das er sich freuen konnte.

Das Schönste an diesen letzten Tagen in Haledon kam, als Scarlett nach Hause fuhr, nachdem sie mit Dennis in Palisades Park herumgevögelt hatte. Es war spät. Sie wußte nicht, wie spät es war. Die Sonne ging im Mai fast nie unter, aber jetzt war sie weg. Scarlett kam auf Zehenspitzen herein, sie hatte seinen Geschmack noch im Mund, sie hatte Blätter an sich kleben, Spuren von Giftefeu hier und da, und Alice schlief mit der Jeansjacke über sich auf der Couch. Sie hatte nicht viel an, bloß Unterwäsche. Im Schlaf glich sie so sehr einem Kind, man hätte sie kaum für eine Frau halten können.

Alice schnarchte nicht. Sie war so reglos wie gestorben. Was Schläfer so einzigartig macht, erkannte Scarlett, ist, daß ihnen keine andere Wahl bleibt, als Vertrauen zu haben. Darum war nicht herumzukommen. Daher muß man sich vergewissern, wenn man schlafen geht, daß alle Angelegenheiten in Ordnung sind.

Scarlett wollte Alice küssen, ihren Schlaf ausnutzen, um

ein wenig von dem zu bezeugen, was der Liebe nahe kommt – von dem Wohnungsgenossen nie etwas bemerken, ehe sie nicht mit dem nächsten Wohnungsgenossen zusammen sind. Sie tat es nicht. Statt dessen zog sie in der Tür die Schuhe aus, stellte sie neben den Haufen Schuhe – einige von Alice, einige von ihr, noch uneingepackt –, schälte sich aus ihrer grünen Strumpfhose und ihrer Strickjacke und ließ alles auf dem Boden liegen.

In der Küche beschloß sie, einen Tee zu trinken. Sie füllte den fleckigen Stahlkessel mit Wasser aus der Flasche und weinte dann einen Moment lang still darüber, daß sie sich mit Alices Freund getroffen und ihn gemocht hatte und jetzt wegging und ihn und Alice zurückließ, die beide in verschiedenen Teilen der Stadt auf der Couch schliefen.

Das Telefon klingelte.

Sie sah auf die Uhr, stolperte über einen Aschenbecher, rannte, damit Alice nicht geweckt wurde, rannte, damit sich der Anrufbeantworter nicht einschaltete – sie war außer Atem und gereizt, als sie die beige Plastikfaust abnahm.

Dann gab sie jegliche Vorspiegelung von Ruhe auf und schüttelte Alice, bis sie aufwachte – Alice murmelte »Scheiße, Mist, Scheißmist, o Scheiße«, bis sie aufrecht saß. Dann ging Scarlett in ihr Schlafzimmer, um auf das Heulen des Kessels zu warten.

»Was ist denn los?« sagte Lane.

»Was heißt hier, was ist denn los?« sagte Alice. »Ich bin gerade aufgewacht. Ich sitze auf der Couch, ich habe geschlafen. Es ist sozusagen, ach, ich weiß nicht. Es ist sozusagen früh am Morgen, und ich muß morgen zu einem Vorstellungsgespräch.«

»Was für ein Vorstellungsgespräch?«

»Im Einkaufszentrum. Ich will mich mal als Lederwarenverkäuferin versuchen.«

»Lederwaren –« sagte Lane.

»Tja –«

Lane fuhr fort: »Wenn du morgen vormittag ein Vorstellungsgespräch hast, dann könnten wir vielleicht, ich weiß nicht. Weil, ich weiß nicht, ich hatte so 'ne Idee. Ich hab sozusagen vor, in die –«

»Einen Moment mal«, sagte Alice. »Weil ich –«

»Ja, ich möchte vielleicht in die Stadt fahren«, sagte Lane, »den Vormittag über, und ich hab mir gedacht, daß du vielleicht mitwillst oder so. Ich weiß nicht. Ich will hinfahren und mich umsehen. Meine alte Wohnung sehen. Ich will einfach dorthin zurück. Ich hab gedacht, wir könnten reinfahren. Am Vormittag, für ein paar Stunden.«

»Was – hast du ein Auto?«

»Nein, ich –«

»Dann muß man einen Bus nehmen oder so«, sagte Alice. »Ich hab hier irgendwo einen Fahrplan, oder vielleicht hat Scarlett einen.«

»Scarlett, wo ist der verdammte –«

Sie schluckte es runter.

Ein wenig zu schnell war sie wieder dran.

»Bist du dir sicher?« sagte Alice.

»Ich hab's meiner Mutter nicht gesagt«, sagte er, »verstehst du? Ich fahr bloß in die Stadt, um –«

»Das würd ich gern«, sagte Alice.

»Alle sagen, ich soll meinen Vater nicht besuchen, und okay, ich kapier's schon, aber –«

»Da verpaßt du nicht viel«, sagte Alice.

Dann folgte ein langes Schweigen. Lane seufzte.

Alice sagte: »Wann treffen wir uns?«

Lane sagte: »Fahren wir früh. Nehmen wir einen Bus um zehn oder so.«

Und das war's. Danach konnte Alice nicht mehr schlafen. Sie hatte etwas vor.

Keiner war so geworden, wie sie geglaubt hatten, aber keiner war richtig schlecht geworden, wenn der Trick, okay zu sein, in diesem Jahrzehnt darin bestand, einigermaßen geradlinig zu sein und nicht das Eigentum anderer zu begehren. In dieser vorletzten Nacht blieben Alice und Scarlett lange auf, sahen sich die Nachtsendungen im Fernsehen an und redeten über alles – wie flach dieses Land war, ob die Religion wiederkehrte, ob Lane ausgerutscht oder gesprungen war, als er auf die Feuerleiter fiel, was Mike Maas dazu gebracht hatte, es zu tun, wie lang es bis zur Rezession dauern würde, ob der Rock and Roll wirklich tot war.

Entschlossenheit ist vergänglich. Es ist wahrscheinlicher, im Lotto zu gewinnen, als eine Offenbarung zu erleben. Trotzdem mache man sich zur Offenbarung bereit. Was Haledon liebte, waren drei Tage lange Wochenenden. Mitten in einer Maiwoche planten die Bürger ihre Flucht, die Flucht an die Küste. Dieser Mai war so heiß, daß die Küste der letzte Zufluchtsort war, obwohl man sich Sorgen machte über das, was dort alles an Land gespült wurde.

Auch andernorts löste das lange Wochenende die Gezeitenbewegung aus in Richtung Heimatstädte und von Heimatstädten weg über das Land, ein rastloser Exodus ohne bestimmtes Ziel. Es löste die Bewegung derer aus, die den Osten verließen, um sich an Orte wie Austin, Tallahassee, Baton Rouge, Cheyenne zu begeben – nicht gerade nirgendwohin, aber auch keine Orte großer Erwartungen. Gedanken an das Wochenende verdrängten das schleichende Altwerden und Klugwerden, die wachsende Bereitwilligkeit, Kompromisse einzugehen.

Das lange Wochenende und die unumgänglichen Zusammenkünfte von Familien und Freunden – Partys am Strand, Essen in den klimatisierten Restaurants an der Haledon

Avenue –, das alles verschleierte die wirklichen Probleme zwar, trug aber nichts zu ihrer Lösung bei. Vielleicht vermochte die Sprache nicht einmal auszudrücken, was uns beunruhigte, obwohl die Sprachströme – Diskussionen über Zufall und Wahrscheinlichkeit, Aufstieg und Fall – irgendwie immer über das Schweigen hinweg dröhnten. Der Klang von Zügen zum Beispiel. Darum war der Klang der Gewehre am Memorial Day – Salutschüsse für Soldaten, die in Kriegen gefallen waren, an die sich die meisten nicht mehr erinnerten – so bewegend, und darum war der Rhythmus von Militärausbildern wie Hip-Hop, und darum klingt der Rock and Roll manchmal so mittelalterlich, und darum sind alle großen Pläne verschlissen, und darum hat jeder bei der Parade das Gefühl, etwas verloren zu haben.

Lane suchte im Haus nach einer Fahrkarte. Er dachte, irgendwo wäre eine Zeitkarte, und er bräuchte nicht zu bezahlen. Aber Ruthie lieh ihm schließlich kommentarlos drei Dollar, und das störte ihn irgendwie. Er wollte keine Almosen.

Er rasierte sich und zog eine schwarze Jeans und ein T-Shirt an – auch wenn er sie aus Dennis' Kommode klauen mußte –, und er stiefelte eine Zeitlang im Haus herum und schloß mit allem Frieden. Dann schluckte er mit seinem Kaffee ein paar Antidepressiva, und fertig war er.

Inzwischen redete L. G. im Einkaufszentrum mit den Oberen seiner Firma über einen, den er kenne, der schon ein paarmal Ausverkäufe gemacht habe, der als Bodenverkäufer wirklich gut sein könne. Tagelang hatte L. G. hin und her überlegt, wie er es ausdrücken sollte, aber als es dann dazu kam, machten ihm nicht die Wörter Sorgen. Es ging darum, den Ton zu treffen. Trotzdem waren die Oberen bereit, sich diesen Mann mal anzusehen, diesen Max Crick. Und es schien die Verhandlungen, die mit L. G.s Beförderung zu tun hatten, nicht zu gefährden. Denn im Augenblick war L. G. der Teppichverkäufer der Teppichverkäufer, er konnte einem Millionär Stroh verkaufen und ihn glauben machen, es sei besser als chinesische Seide. Er stieß einen Seufzer der Erleichterung aus und machte sich bereit, in den Verkaufsraum zu gehen, an einem seiner letzten Tage hier in der Filiale von Paterson. Nachdem er das Gespräch im Büro hinter sich hatte, vergaß er Max eine Weile ganz und gar, vergaß auch seinen Umzug nach Paramus Park. Er dachte statt dessen über Wörter nach, und darüber, daß mit den richtigen Wörtern aus Weiß Schwarz wurde und amerikanische Autos die Straßen beherrschten.

Und Max war in der Wohnung seines Vaters, die nicht allzu weit von der Bushaltestelle entfernt war, wo Lane wartete. Plötzlich hatte er nicht mehr in seinem Wohnwagen allein sein wollen. Es war ein so schlimmes Gefühl gewesen, daß er sich entschied, zu seinem Vater zu gehen. Er wollte hin. Und am Mittwochmorgen saß er wach da, und während er dachte: *Das ist der Tag, an dem Tony zurückkommt*, stellte er sich vor, wie sein Vater im Nebenzimmer schlief und vom Mord seines Sohnes träumte – wie er ihn fröhlich erdrosselte oder ihn zwang, die Hand in einen Toaster zu stecken. Vielleicht während Tony zusah.

Max hatte gestern abend Nails aufgesucht, in seiner Wohnung in Paterson, aber Nails war nicht dagewesen. Und seine Frau hatte erklärt (im Hintergrund drückte sich das Kind herum, mit verlorenem Gesichtsausdruck), Nails lebe in einer Therapiegemeinschaft. Eine Art Rehageschichte, die *zwei Jahre* dauerte. Würde ihn das Kind noch kennen, wenn er da rauskam? Was würde seine Frau noch von ihm wissen?

Und Dennis war früh aufgestanden und hatte an Scarlett gedacht. Er hatte wieder im Bus geschlafen, und jetzt stand er am Bahnhof und trank einen Liter Orangensaft, den er bei einem kurzen Halt in seinem Elternhaus aus dem Kühlschrank stibitzt hatte. Er dachte, er wünschte sich, sie würde endlich in das Scheißflugzeug steigen und sich anschnallen. Und er überlegte, was er morgen tun würde.

Und er dachte darüber nach, was auf dem Dach passiert war, und über den Augenblick, als er gedacht hatte, Alice hätte Lane dazu gedrängt, dort hinaufzugehen. Und er dachte darüber nach, wie er die Feuerleiter hinuntergestiegen war und Lane dort aufgehoben hatte, wo er mit einem umgeknickten Arm bewußtlos dalag, wie eine Marionette, die von ihren Fäden abgeschnitten worden ist. Lane völlig weggetreten. Dem Tod nah. Er versuchte, ihn aufzuwekken, und dachte dabei *Bruder, Bruder*, er hob ihn auf, klopfte ihm den Staub ab, überredete ihn, die Leiter hinaufzuklettern und den ganzen Leuten gegenüberzutreten, die über den Sims glotzten, dem Schweigen gegenüberzutreten, den ganzen Leuten, die wissen wollten, was passiert war. Den ganzen Leuten, die so schnell wie möglich Ursachen und Wirkungen festsetzten. Er erinnerte sich an all das. Überlegte, ob man je wieder mit jemand, den man so gesehen hatte, verwandt sein konnte. Überlegte und wollte wieder mit Lane reden, wie sie früher manchmal geredet hatten, wie Menschen, die nicht verwandt waren und denen es sowieso scheißegal war. Wollte über irgendwas reden, über das, worüber Lane nachdachte, was er überhaupt über alles dachte, wollte, daß Lane ihm Sachen erzählte, ein paar Dinge beibrachte. Ihm vom Malen erzählen. Wollte, daß Lane ihm ein Stück von seinen Gedanken schenkte. Mochte ihn und verabscheute ihn. Überlegte und hoffte.

Und Scarlett trug einen Overall, denselben, den sie schon als Teenager getragen hatte, und sie ging die Treppe des Hauses hinunter, an dem Kammerjäger vorbei – der ein ärmelloses T-Shirt anhatte, weil es heute um die fünfunddreißig Grad heiß werden sollte, mit hoher Luftfeuchtigkeit – und auf die Straße hinaus, die jetzt leer war, weil die Stoßzeit vorbei war und die Leute ihr Tagwerk begonnen hatten. Es würde schön sein, daheim zu sein und eine Mutter zu haben, die über ihre gefärbten Haare jammerte, und leere Landstraßen zu sehen, auf denen zu fahren keiner sich mehr die Mühe machte. Vipern zu sehen und Typen mit Angelausrüstung. Es würde schön sein, das eine zurückzubekommen, selbst wenn man was anderes verlieren mußte, um es zu kriegen.

Ruthie Francis nahm auf ihrem Weg zum Haus der Smails hinauf die feuchte Luft des Mittwochs kaum wahr. Sie spürte in ihrem Kopf ein wenig Lärm, Hoffnungslosigkeit wegen ihrer Kinder, ihrer Söhne, ihrer Ehe. Sie empfand Neid auf Evelyn Smails Entschluß, den Ort zu verlassen. Was war denn hier überhaupt noch übrig, eine neue Generation berufstätiger Paare, die ihre zweitausend Quadratmeter großen Grundstücke überteuert gekauft hatten, sie benahmen sich schlecht, sie beschränkten sich auf Leistungen im Schlafzimmer. Was würde aus ihrem Sohn werden, und wie konnte sie mit dem Gefühl fertig werden, dafür verantwortlich zu sein? Was war aus ihr geworden, aus ihrer Jugend?

Die Straße war ruhig – kleine Grüppchen von Jungen spielten vor den Ausfahrten, gruben still Erdklumpen aus den Rasen und um die Büsche herum aus –, aber Ruthie war sich jetzt sicher, daß in jedem dieser Häuser der Schrecken wohnte; es waren kleine Nester voll Schrecken und Ungewißheit.

Doch Evelyn Smail, die auf Ruthie wartete, war unnatürlich glücklich. Es hatte eigentlich mit nichts zu tun, nicht mit dem Geräusch des vorüberfahrenden Zuges, mit dem verschwenderischen Sonnenschein, mit den Kolibris im Hinterhof, mit der Tatsache, daß sie die letzten Sachen packte, um noch in diesem Monat fortzuziehen, sagen wir, vor dem ersten offiziellen Sommertag, es kam einfach so. Es war das gleiche Gefühl, das sie damals gehabt hatte, als sie bloß eine Spritztour in die Berge machte und ihr klargeworden war, daß sie einfach immer weiterfahren konnte. Dieses Gefühl war stärker geworden. Evelyn stieg die Treppe hinauf in das ehemalige Zimmer ihrer Tochter, und dort tanzte sie auf den leeren Dielen einen Tanz. Sie hatte alles verloren.

Alice Smail mit den starken Ansichten sah an der Ecke Lane, der eigentlich zuviel Schwarz trug. Er sah so gut aus, wie sie es sich gedacht hatte. Alles war möglich. Staatliche Bildung war möglich in einer Welt wie dieser, ethnische Koexistenz und regionale Eintracht. Wer oder was immer Lane dazu gebracht hatte, seine Meinung zu ändern und sie anzurufen, welcher Schutzheilige für kleine Entschuldigungen und Vergebungen auch immer, sie stand in seiner Schuld.

Die Umarmung war kurz, und bald darauf kam der Bus. Lane versuchte, seinen Körper mehrere Zentimeter von ihr fernzuhalten, während er sie umarmte, aber sie war nah genug, um sein Haar zu riechen und die Farbe seiner Augen wahrzunehmen und zu sehen, daß sie ein wenig blutunterlaufen waren. Dann kam der Bus. Sie legten mehrere Dollar in Kleingeld hin. Sie gingen direkt nach hinten.

Lane und Alice unterhielten sich über Busfahrten, die sie gemacht hatten, über die Male, in denen sie in der Stadt gewesen waren, darüber, daß die Fahrpreise über die Jahre gestiegen waren, daß die Busse schöner waren als früher, über die besten Routen in die Stadt und Fahrten spätnachts durch den Bezirk, als sie noch jünger waren, und darüber, wie gefährlich die Straßen spätnachts sind, und über Leute, die von der Brücke gestürzt waren, und über Leute, die sie kannten und die tot waren, und dann redeten sie, ohne die Namen von Leuten zu erwähnen, die sie gut kannten, übers Trinken.

Danach herrschte lange Schweigen.

Es war eine Unterhaltung wie der alte Taschentuchtrick. Je mehr sie sagten, um so mehr gab es zu sagen, aber nichts davon bewirkte etwas, nichts davon gab ihnen das Gefühl, verstanden zu werden, das Gefühl, daß menschliche Gesellschaft Einsamkeit lindern kann. Die Unterhaltung glich dem endlosen Pflaster unter den Busrädern. Sie war wie eine tausendfach durchquerte, unbekannte Landschaft. Man kannte nur die Reklametafeln. Trotzdem lohnte sie sich.

Der Bus fuhr durch städtisches und Industriegebiet. Es wurde immer städtischer. Zu beiden Seiten standen Fabriken, Öltanks, Kräne, Essen, aus denen Flammen und Rauch wallten, Parkplätze voller ausländischer Autos. Nirgends eine Menschenseele zu sehen.

Diese Woche hatte im westlichen Teil des Bundesstaats ein Mann ein Gerät für Strahlentherapie geöffnet und verkündet, der Inhalt erheische religiöse Verehrung. Diese Woche hatte ein Mann in New Jersey während eines Leichtathletikwettbewerbs sein Privatflugzeug im Sturzflug in den Boden des Stadions gebohrt. Diese Woche hatten in Atlantic City Buchmacher Wetten auf den vermutlichen Ort des Absturzes eines Satelliten angenommen. Nichts sei mehr ein Geheimnis, sagte Lane, außer der Freundlichkeit unter den Menschen.

Sie verließen das Ödland an der Brücke. Der Blick von dieser Seite New Jerseys aus war heute morgen wunderschön. Grün, Grau und überall Leben. Im Bus waren Kinder, die nicht still sitzen konnten, die den einen Staat nicht vom anderen unterscheiden konnten, die nichts vom Jersey Devil oder anderen Schreckensbildern der Gegend wußten. Es waren alte Leute da, Leute, die heute nicht zur Arbeit gingen. In die Berge hinauf, zum Hafen hinunter, der große Fluß. Nach der Brücke folgten sie der Straße im Kreis herum, um einen Schrotthaufen aus Glassplittern und liegengebliebenen Autos herum. Stadt der Narkolepsie,

Stadt der Machenschaften, Stadt der öffentlichen Hinrichtungen, Stadt der Musikkonserven und vorehelichen Übereinkommen, Stadt der Basispunkte, Invitro-Fertilisationen, Hausbesetzerrechte, Elektroschocktherapie, Traumlosigkeit und des Armutswahnsinns. Der Bus bog an der Universität nach rechts ab und fuhr den Fluß entlang.

Lanes Vergangenheit bedrängte ihn. Es waren nicht nur die Straßen, die Bodegas und Imbißläden, es war der Ort und sein Geist. Er hatte nicht das Gefühl, wieder da oder daheim zu sein. Er hatte das Gefühl, als ob ein Teil von ihm verschwunden wäre. Aber er wußte, daß er dieses Gefühl immer gehabt hatte. Ein Teil von ihm war immer verschwunden gewesen. Es schien nicht so schlimm zu sein. Er war so aufgeregt an diesem Ort, daß er einmal Alice an der Bluse packte, als sie im Norden an der unfertigen Kathedrale vorbeifuhren. Er hielt sie einen Augenblick lang fest.

Und dann fuhren sie durch eins der alten Drogengebiete, wo Typen, die Lane in der Firma gekannt hatte, hingegangen waren, um Stoff zu kaufen, wenn sie nachts unterwegs waren. Und dann kamen sie im dichten Verkehr, den Menschenmassen kaum noch vorwärts. Noch ein Verkehrskreuz, und immer hinter einer langen Karawane von Bussen her, die aus Peapack, Blunt, Tyre, Mahwah, Summit, Ho Ho Kus und Teaneck gekommen waren, und dann ging es donnernd das letzte Stück bis zu ihrem Ziel, und der Bus spuckte sie aus.

Sogar auf der Rolltreppe waren dichtgedrängt Körper. Das war das erste. Schlafende Körper oben an der lautlos sich bewegenden Rolltreppe, und die Pendler suchten sich ihren Weg an ihnen vorbei. Lane und Alice taten es auch, achteten darauf, nicht auf einen Knöchel oder eine nachlässig auf dem Boden ausgestreckte Hand zu trampeln. Oben an der Treppe schliefen viele Typen, sie sahen aber nicht wie

Penner aus. Sie hatten die richtigen Turnschuhe an, teure Basketballschuhe. Es waren Amerikaner, und die Ecke war klimatisiert, und da wohnten sie.

Es war ein Labyrinth aus Nestern und Behausungen. Die Treppe öffnete sich auf einen Zeitungsstand, und rechts und links davon befanden sich die Billardhallen und das Wettbüro. Neben dem Wettbüro standen ausgezehrte Schatten mit sorgfältig gefalteten Zeitungen und schlugen immer wieder die Zahlen nach. Sie musterten die Passanten und kehrten dann an ihre Arbeit zurück. Keiner rührte sich. Dann machten sie einen Schritt hierhin oder dorthin – wandten sich an die vorbeiziehenden Völkerscharen mit Fragen oder Bedürfnissen –, um gleich wieder auszuruhen. Schwindlerspiele in Massen, Spiele mit der Leichtgläubigkeit. Schnorren hieß die Laufbahn, wenn gar nichts mehr half, und die Sprache, die man dafür brauchte, war so logisch wie die Rechtssprache und so verführerisch wie ein Reklamefeldzug.

In einem Flügel des Gebäudes stand eine riesige Skulptur, eine zufällige Ansammlung von Drähten und Anschlüssen, durch die immer die gleichen fünf Kugeln – Kegelkugeln – rollten, Tag für Tag. Die Durchreisenden staunten über die Skulptur. Die Anwohner haßten ihre Präzision.

Es gab Fast-food-Lokale, wo keiner aß, weil sich die Anwohner mit Bleiberecht dort jede Nische angeeignet hatten. Sie breiteten ihre Habseligkeiten um sich aus, um sie wieder und wieder zu zählen. Es gab Polizisten und Polizistinnen auf Streife; es gab Transvestiten auf dem Weg die Eighth Avenue hinauf; es gab Liebespaare in den Herrentoiletten und Dealer hinter jedem Pfeiler. Lane und Alice waren im Terminal gelandet, dem Endpunkt vieler verschiedener Reisen.

Sie standen kurz vor einem der Zeitungsstände mit Pornoheften.

»Wir haben's geschafft«, sagte Lane.

»Klar.«

»Ich hab gedacht, du –« sagte er. »Ich hab gedacht, es würde so komisch werden, zurückzukommen. Ich hab nicht mal geglaubt –«

»Ich war 'ne ganze Weile nicht hier«, sagte Alice.

»Aber es war nett von dir«, sagte Lane.

»Es ist wirklich gut, mal wieder rauszukommen.«

»Danke«, sagte Lane. »Moment.«

Sie gingen an den Glastüren vorbei, die sich automatisch öffneten, als Alice in das Blickfeld einer Kamera trat. Von draußen kam ein Schwall tropischer Luft. Die Leute hasteten vorbei.

Und genau in diesem Augenblick, als die Türen aufgingen, hörte Lane auf, über die Vergangenheit nachzugrübeln.

»Alice«, sagte er.

Alles lag vor ihnen, und sie sahen auf.

»*Der Updike der neunziger Jahre*«

The New York Observer

317 Seiten. Leinen

New Canaan, Connecticut: Ein Tag im November 1973, kurz
nach Thanksgiving: die alltägliche Misere der beiden Familien
Hood und Williams eskaliert – die Misere dieses Lebens in
relativem Wohlstand, dieses tödlich langweiligen Daseins, der
frustrierten Liebesbeziehungen und der Sehnsucht nach
wahren Emotionen. Der gewaltige Eissturm, der ausgerechnet
an diesem Wochenende losbricht, fordert in jeder Hinsicht
seinen Tribut.
In den USA als große literarische Entdeckung gefeiert,
porträtiert Rick Moody lakonisch zwei ganz normale
nordamerikanische Familien, die an ihren Gefühlsdefiziten
zerbrechen.

PIPER